上海大学创意写作丛书(第五辑)
本书系国家社科基金重大项目"世界创意写作前沿理论文献的翻译、整理与研究"(项目编号:23&ZD294)的阶段性成果

游戏写作入门

徐倩倩　方钰铃　许道军　著

上海大学出版社
·上海·

图书在版编目(CIP)数据

游戏写作入门 / 徐倩倩,方钰铃,许道军著.
上海：上海大学出版社,2025.6. -- ISBN 978-7-5671-5307-3
Ⅰ.I04
中国国家版本馆 CIP 数据核字第 2025P4J499 号

责任编辑　徐雁华
封面设计　倪天辰
技术编辑　金　鑫　钱宇坤

游戏写作入门

徐倩倩　方钰铃　许道军　著
上海大学出版社出版发行
(上海市上大路 99 号　邮政编码 200444)
(https://www.shupress.cn 发行热线 021-66135112)
出版人　余　洋
*
南京展望文化发展有限公司排版
上海华业装璜印刷厂有限公司印刷　各地新华书店经销
开本 890mm×1240mm　1/32　印张 9.75　字数 218 千
2025 年 8 月第 1 版　2025 年 8 月第 1 次印刷
ISBN 978-7-5671-5307-3/I·725　定价　68.00 元

版权所有　侵权必究
如发现本书有印装质量问题请与印刷厂质量科联系
联系电话：021-56475919

总　序

许道军（教授、博导，上海大学中国创意写作研究院执行院长）

　　创意写作引进国内高校至今已有 16 个年头，2024 年 1 月，中文创意写作正式入列中国语言文学二级学科，实现了从学科引进、中国化创生、"野蛮发展"到建制化发展的持续性飞跃。16 年间，"上海大学创意写作丛书"全程见证并参与了这个进程，"创意本位中文创意写作学"也逐渐成形，上海大学出版社功不可没。

　　创意写作要不要理论，需不需要建构自己的学术体系，对于一个正式的学术科目来说，实则无须论证。但之所以出现"创意写作需不需要理论"这样的疑问——而事实上世界创意写作也确实存在理论不足的现象——这里面有深刻的历史原因。创意写作兴起于 19 世纪 80 年代的美国高校，其"初心"表面上是反抗当时文学教育文学选本陈旧、语文学和修辞学对文学审美性的压抑，但底层逻辑却是为了创建美国"国族文学"。相较于欧洲，美国文学传统几乎微不足道，"创造性发展"和"创新性继承"无从谈起，"美国在政治上独立了，文学也需要独立"，"创造美国文学"迫在眉睫，而创造首先需要"创意"。爱默生倡导"创意写作"与"创意阅读"，我们需要在这个背景下去理解。事实上，之后的创意写作发展尽管在某些时候、某种形式上"偏离"了这个预设——比如创意写作最初的形式是"英语写作"——但整体上是在"创意"领域展开的。

任何持久深入的实践都需要理论的支持,创意写作也是如此,它最初受益于进步主义。进步主义反对理论(或者说反对过度理论化)——尽管它也是理论的一种,——给了创意写作这个新生事物极大的信心,让它可以"撇开"学术权威,专心教学探索。第二次世界大战后创意写作专业又连续得到几个"大礼包":一是出自冷战意识形态竞争的需要,美国政府(包括中央情报局)给予了它足够的经费资助;二是《军人权利法案》和《国防教育法案》颁布后,成千上万的军人涌入创意写作课堂,给予了它"报效国家"、大展宏图的专属机会;三是20世纪70年代始的美国大学扩张和"婴儿潮",相当程度上解决了它的就业和生源。此时,创意写作依旧只需要专注于教学教法,宣扬"实践效能"即可。但到了20世纪80年代,几个外在加持相继失效,创意写作成了一个普通的常规学科,"彪悍"不再,这个时候它要独自面对市场和学术,证明自己的合法性。首先它要区分创意写作与文学写作、作文写作的不同,确证自己的学科独立性;其次要走出文学研究、作文研究"搭伙过日子"的舒适区,建构自己的知识体系,证明自己能够贡献新学术知识;最后它要真正扎下根基、沉下心来,磨炼自己的"技能",如专业的作家培养模式、科学的写作技巧,以及能应对创意时代需要的核心素养等,证明自己继续"能",创意写作研究由此兴起了。它开始反思自己过往的理论不足,总结与提炼自己的学科史、学科方法等,我们熟知的创意写作研究成果,如《大象教学——1880年代以来的美国创意写作史》《创意写作的兴起——战后美国小说的"系统时代"》《作为学术科目的创意写作研究》等相继问世。再坚持"创意写作无须理论"不合时宜了,当然再说创意写作没有理论也不符合事实,尽管它的成果与自己的实践实在不相匹配。

创意写作在中国的兴起自有其背景与愿景,相对于美国创意写作,中国创意写作学科的创建迟了许多年,但创建"创意本位中文创意写作学"却恰逢其时。一是包括美国在内的世界创意写作实践已有一百多年,积累了大量的经验和研究材料;二是创意写作全球化传播与在地化发展,形成了多种路径与模式,"历史上的创意写作""现实/发展中的创意写作"与"理想/应然的创意写作"三个图景并存,给我们提供了更开阔的视野;三是世界创意写作研究的迟滞为中文创意写作提供了宝贵的时间窗口,在某种意义上说,中文创意写作学研究与世界创意写作研究实际上同步,我们有机会与世界创意写作一起共同应对新时代的写作问题,在这个过程中实现中西创意写作研究的对话、交流与互鉴。

葛红兵教授是创建中国创意写作学科的重要奠基人,"创意本位中文创意写作学"的提出者与践行者,其主持的国家社会科学基金重大项目"世界创意写作前沿理论文献的翻译、整理与研究"(23&ZD294)为相关研究提供了重要平台。从世界创意写作研究看,"创意本位"而不是"实践本位""文学/写作本位"代表着最新学科认识。世界创意写作研究在文学研究、写作研究上逗留了太多时间,最重要的几位学者也才刚刚认识到这一点——这也说明,走出舒适区有多难,开创新的学术领域有多难。

"上海大学创意写作丛书"第五辑一如既往坚持"创意本位中文创意写作学"学术立场,即"坚持创意本位,坚持面向文化创意产业和创意国家建设,坚持生成叙事和生成抒情规律研究",为中文创意写作实践和创建创意写作"中国学派"服务。它不再讨论"作家是否可以培养""写作是否可以教学"这些初级命题,也不再纠结"创意写作古已有之""创意写作的创意性"这些似是而非的问题,在宏观上全神贯注研究中国/世界创意写作研究的新范式、新知识、新话语、新学术体系,中观上研究创意写作的分/跨文体、分/跨文类、分/跨媒介的写作与教学,微观上研究创意写作的文本创意与生成、作家的培养与生存等。同时,丛书一如既往地坚持它的前沿性与探索风格,研究新的写作文类,比如微短视频写作、剧情游戏写作,研究创意写作过程管理,研究新型创意作家的培养,打通创意写作与服务文化创意产业发展"最后一公里"的区隔。其中,创意写作的叙事生成语法、抒情生成语法将是我们的攻关领域。

AI 写作的兴起划时代地改变了人类写作,也对以"培养作家"著称的创意写作学科造成了巨大挑战,但我们不会纠结"写作是否需要亲历亲为""作家是否有必要培养"这些挑衅性问题,也不会对 AI 写作视而不见或以邻为壑,而是勇敢并欣然地拥抱新技术与新写作逻辑,积极开展"人机协同/对抗"研究、"AI 生成叙事/抒情语法"研究、"元写作"研究等,相信创意写作不仅能够反哺文学写作,也能反哺 AI 写作算法。假如我们认为 AI 写作算法并不完美、需要现有多学科提供支持的话,那么创意写作将是最积极也是最有力的那一个。毕竟,将写作的权利与能力交付所有人,实现全民写作,是创意写作的愿景,而这一点,它与 AI 写作不谋而合,相向而行。

创意写作研究,朝阳永续!

2025 年 6 月 14 日星期六

前　言

游戏是人之本能,如席勒所主张的:"不论人还是动物,如果他们活动的动力是为了维持生存,他们就是在工作(或劳动);但如果是过剩的生命刺激他们活动,他们就是在游戏。"他甚至直言,"只有当人是完全意义上的人,他才游戏;只有当人游戏时,他才完全是人。"① 游戏也是古老的技艺,从狩猎到竞技,人类一直在游戏中模仿与学习生存技能,但它更多的是给人带来身心愉悦。因其能够提供集中而优质的情绪价值,游戏行为逐渐从自发走向自觉,进而发展出相关职业与产业,带来经济收益。

电子游戏是游戏的新种类,也是新宠儿。角色扮演游戏、战略游戏、冒险游戏、动作游戏以及其他益智游戏,新品类层出不穷;可装载于手机、电脑、手表等平台,方便携带与操作;不同社会阶层与身份背景的人可以在同一时间段消费同一款产品,在一定程度上模糊了消费界限,因而受众更广泛。电子游戏制作流程繁杂,运营周期长,可修改性高,产品面世后,可以根据玩家反馈进行迭代与优化,更能贴近消费意愿,满足消费需求。近年来,游戏产业发展迅速,2023 年,全球游戏市场规模约为 1 840 亿美元,其中我国占

---

① 席勒:《审美教育书简》,冯至、范大灿译,上海:上海人民出版社 2022 年版,第 132、227 页。

3 029.64亿元人民币。在全球游戏市场规模增长停滞的背景下，我国游戏市场规模同比逆势增长了14.22%。2024年上半年，我国游戏用户规模高达6.74亿人，再创新高，游戏产业俨然成为不可忽视的经济增长点以及新的就业渠道。历史上也出现过这种现象，2008年金融危机后，日本经济一片低迷，任天堂等游戏产业却保持着惊人的高额利润，处于长期增长态势。

巨大的经济效益与广阔的市场前景为电子游戏产业的发展提供了机遇，同时引发了产业同行愈演愈烈的竞争。"体验至上"建立在"内容为王"的基础上，游戏的制作与游戏内容的写作至为关键。本书所指游戏写作，也主要基于电子游戏的技术前提，特指"电子游戏写作"，其写作内容包括常规性文档的写作与作为玩法机制基础的剧情写作两个部分，我们可以宽泛地将两者统称为"游戏剧本写作"，它引导着整个游戏的设计与制作。任何游戏的迭代优化与新游戏的内容开发都离不开游戏剧本写作行为，但今天的游戏剧本写作面临着更高的要求，专业化、科学化与商业化是其基本要求。所谓"专业化"是指游戏剧本的写作要求必须"以游戏剧本写作的方式"展开，面向玩家体验，面向玩法机制，面向游戏制作，虽然它离不开"文学性"，离不开"故事"，与影视、剧本杀游戏等也有着相似性，但它的确是一种独有的，与上述种种完全不同的写作。所谓"科学性"是指游戏剧本的写作在很大程度上是一种高度理性的文案设计，所有的写作环节都要求与"玩法""机制"匹配，多类文档比如剧情文本、音乐和美术需求、包装文案等高度协同，多个团队比如文案、策划、音频、美术等环环相扣，而写作者个人的风格、个性甚至"天才"不再被强调。更为重要的是，所有的努力都必须经受玩家的考验，而成熟的游戏一般都需要经历多次的迭代与优化。所谓"商业化"是指游戏剧本的写作服从游戏产业的盈利需要,它既要接受产业内部的专业检验,更要接受市场的收益检验,而后者甚至比前者更重要。这就要求游戏剧本的写作自一开始就得精心选择与孵育有市场前景的素材,预测并对准玩家心理、玩家习惯,最大化电子载体的功能,突出"可玩性"(而不是"故事性""文学性")。

这是一种新型的、具有高度挑战性的写作方式。这种写作当然可以从传统文学写作入门,可以"跟队"观摩,甚至"自学成才",但在高度商业化、竞争日趋激烈的今天,这种成长模式对于游戏产业来说,成本与风险极大。换句话说,电子游戏剧本的写作需要专业化与科学性的学习,而相关人才的培养也需要相应的学科训练——这个学科就是创意写作。创意写作产生于美国,面向文化创意产业,培养了大批量、多类型、多层次的产业写作人才,至今已经有一百多年的实践史。它被引进中国已有20余年,并于2024年1月正式入列中国语言文学二级学科,命名为"中文创意写作"。在中国化的过程中,它开设包括游戏剧本写作在内的多门与文化创意产业相关的写作课程,但中国尚缺乏既具有产业视野、理论指导,又具有实践指引的游戏剧本写作著作与教材。

《游戏写作入门》的三位作者徐倩倩、方钰铃、许道军分别来自国内一线游戏公司和中国创意写作学科高地高校,有着丰富的游戏剧本写作经验、大量的成功案例和扎实的写作理论知识储备。本书紧跟世界游戏产业前沿进展,结合经典游戏案例与个人写作经验,配置创意写作训练与学习方法,着眼电子游戏内容的设计、制作与宣发过程中的写作环节,重点讨论电子游戏内容文本与副文本的写作,从游戏知识、写作原理、行业规则、剧本内容设计与技巧等方面，步步为营，致力于新游戏的产生，讲述游戏剧本写作的全过程。内容包括绪论、正文与附录三个部分，正文部分包括"电子游戏类型与内容创作""电子游戏工种与流程""电子游戏剧本写作""游戏剧本策划案""世界观设定""剧情设计""剧情演绎与制作""游戏角色创作""游戏剧本中的特性创作""游戏走出去"等十章，附录包括"电子游戏行业术语表""电子游戏剧本文档模板""日本ACGN①部分作品受众倾向分类标签示例""施密特原型理论下的文化产品角色示例""国内外配音产业介绍"，全部来自一线游戏剧本写作实践的实用性文档。从电子游戏发展历史到电子游戏剧本写作原理、写作过程，再到写作技巧，体例上完整构成了游戏写作的全链条，具有极强的参考价值。因而本书可作为新手入门的导引，也可以作为从业者的参考。

当然，本书作为一部具有探索性的新型写作教材，难免存在不足，比如理论与实践的结合、专业性向通俗化的转化、游戏剧本写作训练方案的科学化等方面，仍旧需要加强。但我们相信并努力做到，《游戏写作入门》将与游戏剧本写作、游戏设计与制作一样，以读者的学习实效为目标，面向实战，勇敢接受反馈，在不断的改进中"迭代与优化"，力求更好地服务于游戏产业的整体提升。

2025年6月5日

---

① ACGN：由英文单词Animation（动画）、Comic（漫画）、Game（游戏）、Novel（小说）的合并缩写而来，是从ACG扩展而来的新词汇，主要流行于亚洲文化圈。

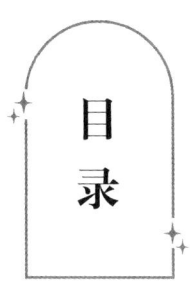

绪　论

一、电子游戏的兴起 …………………………………………… 3
二、电子游戏的特点 …………………………………………… 5
三、电子游戏写作 ……………………………………………… 10
四、游戏中的故事 ……………………………………………… 13
五、剧本式写作 ………………………………………………… 15
六、剧本写作者定位 …………………………………………… 16

第一章　电子游戏类型与内容创作

一、角色扮演游戏 ……………………………………………… 26
二、模拟游戏 …………………………………………………… 30
三、战略游戏 …………………………………………………… 35
四、冒险游戏 …………………………………………………… 38
五、动作游戏 …………………………………………………… 39
六、其他类型游戏 ……………………………………………… 42

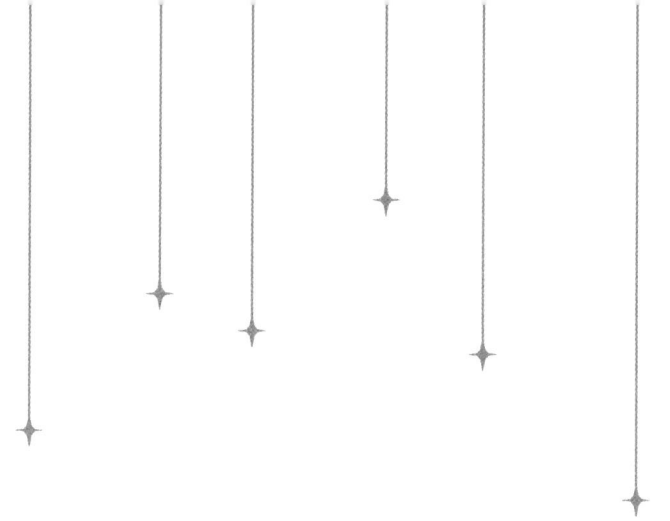

第二章　电子游戏工种与流程

一、电子游戏基础工种与职能……………………………… 49
二、电子游戏设计制作流程………………………………… 55

第三章　电子游戏剧本写作

一、电子游戏剧本的定义…………………………………… 62
二、写作思路：设计、需求与制作………………………… 64

第四章　游戏剧本策划案

一、游戏代号………………………………………………… 73
二、游戏品类………………………………………………… 74
三、游戏标签………………………………………………… 75
四、核心设定………………………………………………… 80
五、故事简述………………………………………………… 82

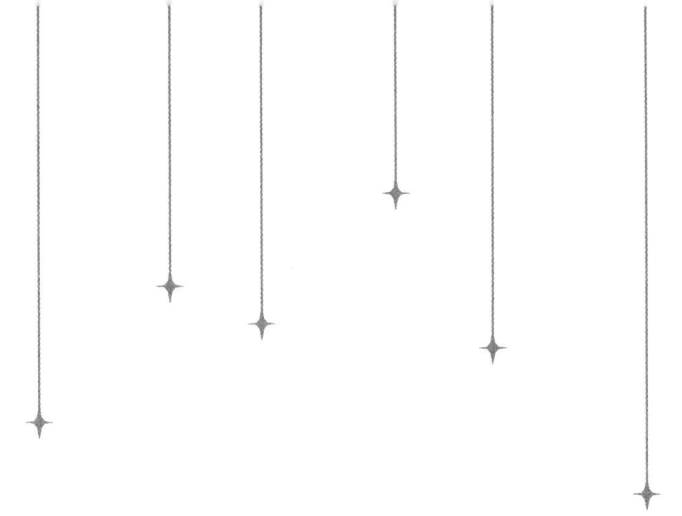

第五章　世界观设定

一、游戏世界观 ··· 89
二、核心框架 ··· 92
三、世界构成 ··· 96
四、文化符号说明与设计指导手册 ············· 110

第六章　剧情设计

一、概念风暴 ··· 115
二、剧情创作的特性 ································· 117
三、游戏剧情的特点 ································· 123
四、游戏剧情的构成 ································· 124
五、新手剧情 ··· 126
六、剧情通式 ··· 134
七、剧情类型 ··· 135

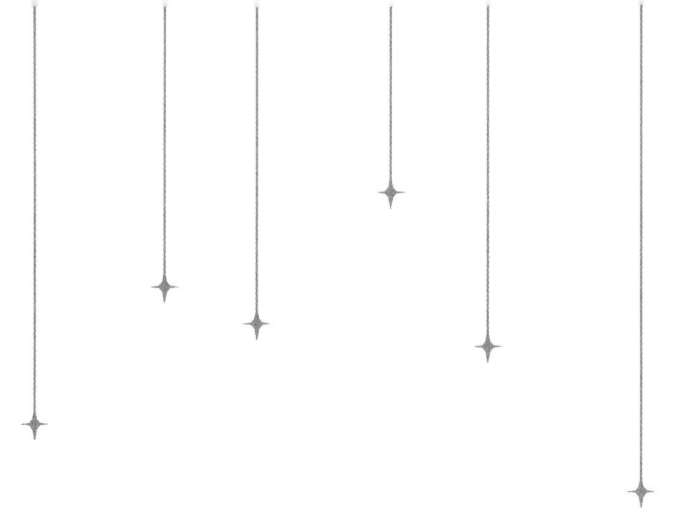

第七章　剧情演绎与制作

一、叙事视角 ··· 141
二、叙事结构 ··· 147
三、剧情媒介与表达 ··· 155
四、剧情制作文档 ·· 158

第八章　游戏角色创作

一、游戏角色创作 ·· 165
二、角色定位 ··· 166
三、角色设定文本 ·· 171
四、配套音频和美术需求制作 ······························ 179

第九章　游戏剧本中的特性创作

一、隐藏的文本与副文本 ···································· 185
二、IP化创作与IP改编 ······································ 190
三、文本管理 ··· 194

四、创作规划与盘点 ………………………………………… 198

第十章　游戏走出去

一、文化趋同与差异化 ……………………………………… 207
二、区域法令对游戏制作的影响 …………………………… 211
三、讲好中国故事 …………………………………………… 219

附　　录

附录1　电子游戏行业术语表 ……………………………… 227
附录2　电子游戏剧本文档模板 …………………………… 234
附录3　日本ACGN部分作品受众倾向分类标签示例 …… 249
附录4　施密特原型理论下的文化产品角色示例 ………… 261
附录5　国内外配音产业介绍 ……………………………… 274

参考文献 ……………………………………………………… 278
参考游戏 ……………………………………………………… 285
后记 …………………………………………………………… 293

绪 论

电子游戏是游戏的一种,它沿袭传统游戏的基本属性,但又由电脑程序设计并依托电子设备平台运行,融合视听、交互等多形态,实现了传统游戏在新技术条件下的进化与变身。它随着电子技术迭代而优化,蝶变出新的艺术形式,大大增加了游戏的"可玩性""交互性""沉浸感",更能满足玩家的精神需求,从而成为市场广阔、需求强劲、可推广、可盈利的电子产品。

相较于传统游戏,电子游戏的制作与内容设计更加繁杂。它既要遵循游戏规则,又要充分考虑技术、艺术、媒介、市场等要素。因而就内容设计而言,其复杂与精密程度远超"脚本""文案",在很大程度上,其文字,包括指示性符号等文档,俨然是"剧本",电子游戏写作实则是"电子游戏剧本写作"。

电子游戏同时具备游戏、媒介、技术、艺术、产品等多种属性,其中,"游戏"是其基本属性,而"媒介""技术""艺术"等建立在游戏行为的精神需求及"可玩性""交互性"基础之上,保证其以盈利为目的的产品本质。"电子游戏剧本"就是对上述要求与承诺的兑现,因而对电子游戏剧本写作者而言,除了了解基本的剧本写作规范,他们还必须深谙游戏的本质和电子游戏的特性,必须深刻认知电子游戏的产品属性,建立商业意识;而众多脱颖而出、口碑与商业利益双赢、"好玩"与"耐玩"兼顾的电子游戏之所以成功,其内容往往建立在强大的剧情之上,因而"故事设计"与"剧情叙事"依旧是"电子游戏剧本"的重中之重。

一、电子游戏的兴起

1952年,剑桥大学的A.S.道格拉斯用真空管计算机研发出

一款叫作 *OXO* 的井字棋游戏,成为世界上第一款有视觉互动的电子游戏,电子游戏的发展序幕由此拉开。1955 年,美国军方设计了一款名为 *HUTSPIEL* 的模拟战争游戏,用以虚拟对战演练,后来它逐渐扩展出军用之外的功能,成为展示电子技术的前沿科技载体。1958 年,世界上首款非军用模拟目的的电子游戏《双人网球》(*Tennis for Two*)诞生于美国的布鲁克海文国家实验室,该款游戏由美国物理学家威廉·希金伯泰在工作之余设计,最初目的只是想在实验室的年度对外展览上展出,结果却大受欢迎,在为期三天的展览上,试玩者大排长龙。人们似乎窥见了电子游戏新的可能性,可惜的是此时的电子游戏尚处发展初期,娱乐性暂未正式显现,在展览结束后《双人网球》的设备便被解体。

伴随着个人计算机的发展与普及,电子游戏的产业化进程正式进入快车道。20 世纪 60 年代,小型个人电脑进入大众视野,由迪吉多公司推出的 PDP 系列的第一款机型 PDP-1 随之诞生。第一款在个人计算机上运行的电子游戏《太空大战》(*Spacewar*!)横空出世。此后,电子游戏正式作为娱乐商品被各大公司激情开发和售卖,一方面依托最前沿的电子技术,另一方面也催生出除个人计算机之外的游戏专属电子平台。

从 70 年代至今,电子游戏的进化均深度捆绑内容载体,即电子设备的革新。雅达利 2600 首次实现了游戏机与游戏软件的分离,进而对整个游戏产业产生革新式的巨大影响。任天堂于 1983 年发售家用游戏机红白机,以其累计高达 6 191 万台的销量,将电子游戏商业化的风暴推向了全球。1989 年,任天堂成功推出 Game Boy,实现了电缆通信与联机对战的全新游戏模式。

1996年3dfx Interactive[①]推出了3D显卡,为游戏带来图像革新的同时,无疑也使电脑有了取代家用游戏机的显著优势。2000年后,互联网的推广普及,直接影响了电子游戏的发展方向,大型多人线上游戏逐渐成为主流。与此同时,无须安装游戏软件的网页游戏、操作简单且具备可携性的手机游戏也逐渐崛起。

电子游戏蓬勃的商业动力加速了电子平台的迭代,不同的平台也成为聚集不同类型核心用户的阵地。现今游戏电子平台多数存在于街头游戏机、掌上游戏机、家用游戏机、个人电脑、手机和虚拟现实[②](VR)设备这六大平台中,不同的平台与不同的游戏关联,前者则直接影响后者的内容分级、剧情占比、延展性以及后续的版本更新方式。

二、电子游戏的特点

电子游戏剧本写作为电子游戏的设计、制作与发行、销售服务,电子游戏剧本写作入门,首先应从了解电子游戏的特点入手。

(一)围绕规则构建

游戏规则是指导玩家如何玩游戏的一种行为规范,也是游戏制作者对玩家游戏行为的一种预设与限制,电子游戏同样具有规则。

一款电子游戏至少具备一种规则,如前文提到的井字棋游戏,

---

① 3dfx Interative:一家成立于1994年的硬件公司,该公司在20世纪90年代至21世纪初,一直在显卡与3D芯片研发业内声名远播。

② 虚拟现实:虚拟现实技术,英语为Virtual Reality,简称VR,最早由美国VPL Research公司的创始人拉尼尔(Jaron Lanier)于1989年提出,1990年11月27日钱学森将虚拟现实翻译为"灵境",故又称灵境技术或实灵境。(汤君友:《虚拟现实技术与应用》,南京:东南大学出版社2020年版,第289页。)

玩家与电脑一个打×一个打○,轮流在一个3×3共9格的棋盘上画上属于自己的符号,最先连成一线为胜者。恐怖游戏《寂静岭》①中,玩家扮演主角哈利·梅森,通过战斗、探索与解谜等游戏行为,去寻找失踪的女儿雪柔·梅森,在过程中以冷兵器与枪支和怪物对战。再如,《塞尔达传说:旷野之息》②这款动作角色扮演游戏包含如下规则:

(1) 玩家仅可扮演主角林克进行游戏,而非其他角色。

(2) 玩家可通过非线性玩法③完成游戏任务,而非线性顺序推进任务。

(3) 玩家可以操控角色进行游戏行为如奔跑、攀爬、游泳,甚至能够通过点燃可燃物产生热气流进行飞翔,也可以使用磁力技能吸引金属物件,更可以暂停时间。

(4) 玩家所使用的武器会与真实的武器一样产生损耗乃至毁坏。

这些规则是游戏的基础,它决定了玩家的游戏行为、游戏目的、游戏方式、游戏体验,注定与游戏内容设计密不可分。

(二) 反馈具有即时性、交互性和变化性

电子游戏具备反馈机制,但实时结算的电子技术更具交互性,即玩家进行游戏行为的同时,会同步获得相应的结果反馈。另外,电子游戏因其多媒介载体的特质,使得反馈结果得以量化,反馈方

---

① 《寂静岭》:サイレントヒル,Silent Hill,[日] 科乐美,1999 年。
② 《塞尔达传说:旷野之息》:The Legend of Zelda: Breath of the Wild,[日] 任天堂,2017 年。
③ 非线性玩法:Nonlinear Gameplay,一种游戏设计方式,指以多线程方式推进游戏进度(如游戏故事或游戏进程),通常此类游戏拥有多种玩法或子系统,玩家通过不同的游戏任务在不同的系统或玩法中进行游戏行为,并且可以自行选择完成任务的时间与顺序,自由度较高。

式也更为多样,玩家得以最直观地感受到自身行为所造成的结果与影响,因此反馈表现的设计成为电子游戏设计的重要环节。

电子游戏的反馈表现可以是《乓》中双方竞赛后的分值呈现,也可以是《魔法使之夜》①这一电子视觉小说中的终章剧情解锁,更可以是《魔兽世界》中一次错误的技能释放或错误的决策导致的任务失败。与影视剧这类单向传播、不具交互的传统作品不同的是,电子游戏玩家行为决定了电子游戏反馈的结果,比如《信长的野望》②中玩家选择织田信长还是武田信玄,会直接决定玩家在游戏中的身份与游戏剧情,随之而来的战役与结果反馈当然也会不同。另外,因为反馈结果具备变化性,玩家为了维持某一种反馈状态,必须持续进行游戏行为。以《权力的游戏:凛冬将至》③为例,玩家身为领主占领了诸多城池,获得了游戏中的数值、称号等反馈结果,在后续全球跨服战④中如果不保卫自己的城池,就会被其他玩家夺走领土,失去这些原本属于他的反馈结果。为了维持这一状态,玩家必须积极参与跨服战以保其位。无论是出于对数值的迷恋,还是希望比其他玩家有"更厉害"的游戏体验,抑或有称霸服务器的称号与体面,都反映出电子游戏的反馈结果对玩家而言具有重要意义。

正因玩家对反馈的重视,电子游戏反馈结果的设计成了游戏设计中提高游戏品质,从而提升玩家体验的一种方式。试想一款电子游戏若以粗制滥造的过场剧情动画、频频战败的结算展示为

---

① 《魔法师之夜》:魔法使いの夜,[日] Type-Moon,2012 年。
② 《信长的野望》:信長の野望シリーズ,*Nobunaga's Ambition*,[日] 光荣,1983 年。
③ 《权力的游戏:凛冬将至》,[中] 游族网络,2019 年。
④ 跨服战:游戏对战玩法(模式),指玩家可不受服务器限制,与其他服务器玩家在同一时间同一游戏场景中进行战斗。

反馈结果,那么玩家必然会流失,而引人入胜的剧情设计、优秀的美术设计、正向的战斗反馈,则会增加玩家对反馈的喜好度与用户黏性,从而提升产品价值。因此在电子游戏的设计与制作中,需要把反馈机制融入其中,将电子游戏的交互性与娱乐性发挥到极致,这要求一开始就从内容介入。

(三)促使玩家产生依赖并引导消耗行为

游戏为满足人类的精神需求而设计,因其"好玩""沉浸""重反馈"的特质,更容易使玩家产生依赖,这是其在产品变现上的基础与天然优势,也是其商业化潜力所在。

电子游戏使玩家产生的消耗可分为物质消耗与心灵消耗两类。前者指社会经济体系内的资源与物质的消耗,如资源、金钱等;后者则泛指一些与玩家自身关联的非物质类型的消耗,如时间、精力、情感等。消耗行为可以导致依赖的产生,依赖也可以促使消耗行为的发生,两者互为因果。举例而言,当购买一款买断制游戏如《巫师3:狂猎》[1],玩家便产生了物质消耗,随后在游戏过程中被故事、音乐和美术表现等内容设计吸引产生了依赖,就产生了心灵消耗;又或者当玩家下载一款免费游戏如《愤怒的小鸟》[2]后,随着游戏的进程增加了游戏时间,被有趣的玩法、可爱的角色形象所吸引,产生了心灵消耗和依赖,最后发生付费行为,即物质消耗。

早期电子游戏的商业模式简单,多数为一次性买断或计时收费模式,其对时间与精力的心灵消耗行为是在消费行为后的附加属性,但是随着电子技术的发展,电子游戏的商业化属性与产品属

---

[1] 《巫师3:狂猎》:*The Witcher 3: Wild Hunt*,[波兰] CD Projekt RED,2015年。
[2] 《愤怒的小鸟》:*Angry Birds*,[芬兰] Rovio,2009年。

性加强,心灵消耗成为加强产品设计的一种能力与表现。能够使玩家产生心灵消耗,自愿花时间、精力去进行游戏,并且产生心理上的依赖,则成为游戏制作中的设计重点。以知名竞技游戏《英雄联盟》①为例,该游戏为免费游戏,下载与进行游戏本身并不需要物质消耗,但是在后续游戏过程中,宏大的世界观设计、紧张刺激的竞技体验、各式各样的可使用角色、设计新颖时尚的角色时装②,都会让玩家忍不住产生物质消耗。游戏设计了合理的经济循环体系,玩家可以通过参与战斗,完成任务获得金币去换取相应的道具或时装,或者用金钱购买付费内容。无论哪种方式,玩家都必然产生了消耗行为,并因依赖性而持续消耗。

产生物质消耗是电子游戏身为商品的目的,促使玩家进行心灵消耗是促进物质消耗的路径,而玩家对内容产生依赖与否则是产品优劣的表现。现如今电子游戏中的"氪金"方式繁多,它可以是一次性买断游戏的购买费用,也可以是计时付费游戏的游戏时长费用,还可以是免费游戏中付费虚拟道具的购买费用。电子技术的发展促进游戏付费机制多样化的同时,也使得身为"产品"的电子游戏不得不提升自身的设计与制作标准,以内容质量的提升来加强其商业价值。

以上三个特性最终都将借由内容设计得以实现。规则限定了内容的机制化,反馈则对媒介与交互提出要求,依赖与消耗是电子游戏在产品和商品性质上的新需求。作为产品指导和设计纲领,它们对电子游戏的内容设计与剧本写作提出特定要求,也制定了

---

① 《英雄联盟》: *League of Legends*,[美]拳头游戏,2009 年。
② 时装:游戏术语,指角色的装扮外观,通常需要付费购买。

特定标准。满足电子游戏机制化、互动化、复合化以及商业化需求，是游戏设计与写作的使命。

三、电子游戏写作

电子游戏高速发展至今，已经形成了完整的产业链，虚拟现实、人机交互①、人工智能等新技术的加持，让电子游戏如虎添翼，更加丰富、复杂、好玩，而这个行业也成为最具生命力的产业之一。

用户体量的扩大一方面振奋了游戏市场，另一方面也对游戏制作提出更高的要求。为了满足玩家日益增长的精神娱乐需求，也为了应对日益激烈的市场竞争，电子游戏的内容精品化是各大游戏厂商的战略路径之一。游戏玩法更复杂，游戏画面更精美，游戏故事更创意，游戏体验更沉浸等，都是新游戏研发的重点。

电子游戏的研发离不开内容写作，但游戏故事必须服从于游戏玩法，这导致游戏写作在研发过程中长期不受重视，甚至产生游戏只需要文案设计而不需要剧本写作的误解。在实际的电子游戏剧本写作过程中，其迥异于传统写作的方式也导致它难以被学习、被规范。

游戏写作与传统写作存在巨大差异，具体体现在三个方面。

一是创作模式的不同。传统写作习惯于"单打独斗"，比如小说家可以独自一人主宰故事的命运，任意支配、组合笔下的文字，但游戏写作却是一场"团队写作"。很多时候，游戏写作者需要与

---

① 人机交互：意即人机互动，狭义上是指人与计算机间使用某种语言，以一定方式产生互动。广义上是指一种研究用户与系统之间关系的学科，与其相关的衍生内容非常宽泛，如人机界面(Human-Computer Interface，简称HCI)、交互性、交互设计等内容。

部门同事共同推进一个文档:同命题方案比稿(比如多人同时为游戏的开场动画各出方案,择优推进)、流水线的写作接力(比如剧情组由一人负责剧情大纲的设计而另一人负责落地台本的撰写)、互审润色。这种创作模式类似于好莱坞专业的编剧工作室,便于头脑风暴与修改,一方面保障了内容不会出现个人化的风格错误,另一方面也能让内容提前接受批评与考验,从而在面世前就反复进行内部优化。当然团队写作的优势不止于此,写作部门人人能写的模式使内容设计不会因为个人的离开而停摆,在开发周期紧急的特殊时期也能大大提升内容的产出速度,这确保了研发和运营的长线稳定,但反之也对写作提出了规范化、模板式的要求。此外,游戏写作的"协同性"还体现在跨部门跨媒介的内容共创上。电子游戏的故事不单以文字体现,甚至最好不以文字体现,更受玩家喜爱的动画以及更有参与感的互动操作使得游戏写作者必须与音频部门、美术部门和策划部门共同推进一段剧情、一个角色、一套活动的落地。写作者作为内容的上游和音乐美术内容制作的发起者,需要最先提出一个供整个研发团队探讨的原始方案(即底稿),这是整个创意的"原点",也是内容的"胚胎"。伴随着研发团队各部门专家的探讨和建议,写作者不断修改输出优化方案(即过程稿),最终确立方案(即定稿)并进行后续制作。此后,写作者还需要持续跟进监修制作过程,确保最终输出的内容与预期相符,也经常跟着最终状态进行配套文案的修改。团队写作的模式始终贯穿在游戏写作中,这需要写作者在长达数年的研发期间,在成百上千的文字文档中始终具有"协作意识"和"过程意识",这种工业化的写作模式会让传统写作者产生一种本能的割裂:对笔下故事的"失控",将"自我"置后或多或少使人困扰。

二是写作性质的不同。虽然小说最终也会被出版,在一定程度上具备商业性质,但游戏写作的商业化贯穿写作始终。游戏写作的终点是一款在市面上贩售并持续营收的具备可玩性的视听互动产品面世,这使得游戏写作不得不考虑市场,夸张点说,游戏写作甚至是直接由市场指导的商业化写作。诚然,传统写作也需要具备"读者意识",但游戏写作却需要根据市场风向、测试结果、用研建议、玩家反馈不断进行调整和修改,很有可能写到最后与最初版本早已是截然不同。明确游戏写作是商业写作,接受其服务于市场的性质,不排斥甚至积极将"故事"变现,是写作的前提。

三是写作过程的不同。游戏写作表面是写作行为,实则是工作流程。这份工作要产出的并不是一个单独的文学作品,而是以文字作为载体来制作的文档合集,"需求意识"尤为重要。在这个过程中,写作不能与研发脱钩,而要根据研发的不同阶段,撰写不同类型的文档,根据不同部门提出的需求从写作方面提供不同支持。因此不明确游戏研发阶段,就无法拆分写作内容;不了解合作工种,就无法精准输出文本。这要求写作者对游戏行业的基础工种、游戏研发的主要阶段、游戏写作的各种文档都心中有数,对于有工作经验的"老手"也许不是难事,但刚入行的从业者甚至行业外的"小白"对此却存在认知鸿沟。

无论如何,电子游戏写作的终点是电子交互产品,而不是纸质发表或者网络连载,这对写作提出了更多要求。团队写作与协同写作、写作性质的商业化以及将写作行为规范成工作流程,是电子游戏写作的特点和基本事实。

游戏写作不是一场"输出",而是一种"对话",这是它区别于网络文学、电影的独特所在。游戏写作者不能自顾自地讲故事,也不能过分着墨于细节甚至心理独白。因为在游戏场景下,玩家对文字的阅读不像小说一般沉浸耐心,无论是游戏玩法如战斗、升级对故事造成的中断,还是玩家自发退出游戏主动停止对剧情的体验,游戏故事始终具有"碎片化"的特征,这使得游戏写作必须注重"重点性"和"流畅性",写作者要确保玩家快速浏览剧情以顺畅继续游戏行为并在纷繁的系统中快速明确内容重点。精简、准确、有重点,成为"有效对话"的底线,而与游戏所要传递的文化与思想气质相符的"沉浸度""情景性""风格化"则是更高要求。

四、游戏中的故事

不同的游戏品类具有不同的游戏规则,不同的规则决定不同的故事。大多数电子游戏都有剧情,即使在电脑上运行的国际象棋游戏,除了规则说明和操作提示文本,几乎没有一句带剧情性质的对白,但它依旧建立在"故事"基础之上,只不过这个"故事"是人类无数战争故事的抽象:两国对战,狭路相逢智者胜。为了保护自己的国王,步卒、骑士、主教、王后竭力一战,诡计、陷阱、火并、牺牲等人类战争故事再次被激活。经典合成玩法下的"大鱼吃小鱼"游戏,玩家通过合成相同外观的"小鱼",获得"大鱼",再合成相同外观的"大鱼"去成长为"更大鱼",最终抵御"最大鱼"的攻击,它利用自然界中的"成长"概念和"强吃弱"法则为玩家呈现自然由严酷的法则运行:为了生存,作为"小鱼"的"我"必须成长,成为"大鱼",以抵御更强挑战的降临,直至获取最后胜利。这个规则看似抽象,实则是人类成长故事的演绎。

叙事类文学的核心内容是故事,讲述行为与具体故事本身不可分离,但游戏故事却具有相对的独立性。游戏故事可以跨文体迁移，比如《龙枪》①与《龙与地下城》②，前者是后者的官方小说，后者是前者故事的演绎，《猎魔人》③系列小说的故事是经典游戏《巫师》系列的改编来源。游戏故事也可以脱离具体游戏成为一种独立的故事原型，比如上述"大鱼吃小鱼"，作为故事，它可以被视作由多个合成游戏所共享的一套故事模板，"强弱冲突"与"升级"是这类故事特有的发展路径，这个故事可以被应用进所有具备合成机制的游戏之中，并进行变形，小鱼可以衍生成为恐龙蛋、原石、建材等。相似的故事原型还有"秘境寻宝""真相探究""荒野求生"等，它们在诸如冒险游戏、战略游戏等各大游戏品类中都能够寻获自己的栖息地。

实际上，故事的跨文体、跨载体、跨行业迁移是一种常见现象，根据故事成规甚至超类型情节开发新的故事，也是包括小说写作在内常见的手法。而在大情节、动作性强烈的通俗故事，比如竞技、战争、战斗等故事中，其情节大多遵循某种"成长"模式，而在游戏中，这种竞技、争斗与成长模式则体现为"机制"。也可以说，是一种"刚性"的竞技、争斗与成长模式，而玩家在"成长"过程中，则会兼容多种游戏行为，即为了成长所采取的各种人物行动。

从某种意义上说，电子游戏故事是一种"机制化"的故事，而机制就是玩法结合技术在游戏中的落地实现，所有故事均被安置于游戏规则之下，它作为对规则的生动化讲解和艺术性演绎，与游

---

① 《龙枪》(Dragonlance)系列小说：由玛格莉特·魏丝和崔西·西克曼撰写的以龙与地下城战役为背景的官方小说，该系列第一部为1984年出版的《龙枪编年史：秋暮之巨龙》(Dragonlance Chronicle: Dragons of Autumn Twilight)。
② 《龙与地下城》：Dungeons & Dragons，[美] TSR，1974年。
③ 《猎魔人》系列小说：波兰作家安杰伊·萨普科夫斯基撰写的奇幻小说，该作最早于1986年在奇幻杂志 Fatastyka 发表。

机制同频发展。夸张一点说,机制就是电子游戏故事的一种新型叙事模式,故事事件就是玩家操作,故事变化就是玩法的变更和等级或能力的提升。

因此,游戏故事大致可以总结为两种:一种是与传统写作更贴近,写作者更熟悉的"具象的游戏故事",它有具体的故事主人公供玩家代入、操控,让玩家进入具体的故事情景,包含具体的场景、对白、情节、冲突等;另一种则是"抽象的游戏故事",玩家无从代入,但可以将自己投射在符号化的图像和物品中,跟着游戏机制来感受故事发展。这是一种电子游戏专属的"新型故事",也使游戏写作正式被确立为一种"程序式"的理性写作。

五、剧本式写作

在绝大多数的游戏写作中,故事设计和叙事仍旧是重点,游戏故事最终会成为一套主线剧情,其中涉及新手剧情、主线、支线等。抽象故事的游戏不需要专门设计人物、事件、对话等要素,其剧情或者说玩法可以通过文本、界面、音画等媒介联合展示。相较于影视剧本写作主要依赖文字,游戏写作的书写符号则复杂得多,除了剧情文字,还包括指示性符号、图片以及各种指示文档,属于更为特殊的剧本写作。

电子游戏写作某种意义上更像是在剧组投资方所确立的题材和类型下所进行的"命题作文",创新性和文学性固然可使其出彩,但"复合性""机制化"仍旧是其基本要求。同时,其创作也如剧本般参与全程制作,历经产品立项、制作、发行、运营等各个时期,应制作人、研发、用研、宣发等各通道随时发起的修改和共创,流程意识、过程意识、修改意识、写作意识须贯穿始终。

在游戏剧本的写作中,故事和叙事仍旧重要,但其重点还应放在那些能有直接音画表现的"能变形"的世界观、剧情、角色等文档撰写上,具体如何落地将在第三章详述。

总而言之,电子游戏写作是剧本式的写作,是一场完完全全的"需求式"写作,任何文档都有其目的性和指向性,写作指向制作,服务于行业和市场,它必然会失去一些独立性,但却有其产业化写作的重大价值,因而类似于影视剧本写作那样更工业化的游戏写作模式亟待被确立。

六、剧本写作者定位

游戏剧本写作者是嵌入游戏开发团队的作家,他全程参与研发阶段,从头至尾与各部门互动合作[①]。

他不仅要写作,还要参与设计音乐和美术表现,甚至会指导游戏中所有内容的制作,他的写作对象是关于故事与故事表现设计的文本内容集合。

游戏剧本写作并非一蹴而就,它是一种过程写作,修改是剧本写作者最大的工作内容。任何一个文档,都会经过初稿—迭代优化—测试反馈—定稿这一漫长的过程,在这一过程中,写作者需要及时回应来自研发、宣发、政审部门和玩家发起的任何反馈并迅速进行修改。很多情况下,都会出现改到"面目全非"的情况。对修改全身心地敞开胸怀、对漫长的定稿流程平和接受是每一位游戏剧本写作者的必修课。

---

① 布劳特:《游戏故事写作》,许道军、孙小洋译,北京:中国人民大学出版社 2023 年版。

因此,游戏剧本写作者既是独立艺术家,又是产业"螺丝钉",这要求他们不仅要有高超的专业能力、产业知识,还要具备良好的服务意识和工作态度,他至少需要具备以下六点基本素养:

(1) 扎实的文学素养和创作能力;

(2) 清晰的创作目的和工作拆解能力;

(3) 集体创作和过程创作的适应性;

(4) 跨部门合作的协调性;

(5) 敏锐的市场意识和产品思维;

(6) 积极修改、玩家至上的意识。

只有明确此种定位,才能正式动笔,才能正式开启以文本写作为主要形式的游戏故事设计工作。

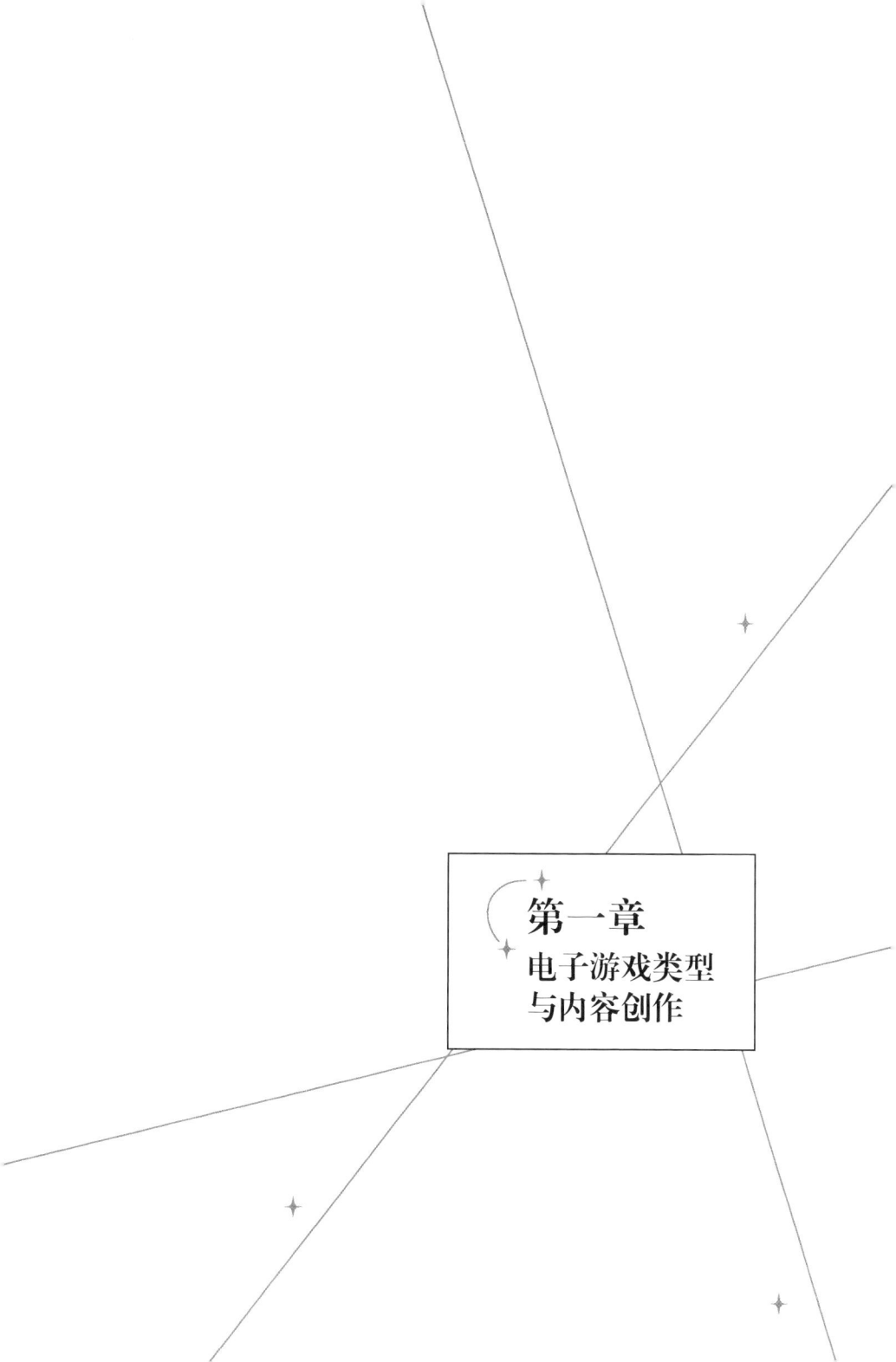

第一章
电子游戏类型与内容创作

电子游戏的底层逻辑是规则,规则决定了玩法,而玩法很大程度上限定了剧本内容的设计,通俗而言也就是"写法"。广义上具备相似玩法的游戏大致上可划分为同一类,但现阶段游戏类型的分类方式繁杂,有以玩法为依据的、以游戏的题材或美术风格进行区分的,也有业内既定而成的,甚至以一款游戏代表一种玩法的,其分类标准界限模糊,难成体系。加之,随着技术发展和市场需求的变化,电子游戏的玩法复合杂糅,新兴设计不断出现,游戏兼类重合的情况愈加普遍。为了使电子游戏剧本创作更具针对性,本章除列举现阶段较主流的游戏分类方式外,还将结合实际产业与市场发展现状,提炼出一套基于游戏规则,但落点在玩家游戏行为及核心体验的新型分类法,试图与游戏设计和剧本写作的实际流程更加适配,并针对不同类型浅析其创作导向和重点,以期为入门者提供基础方法。

1. 人数与设备

电子游戏的类型多样,从参与人数与设备维度,可分为以下三种类型:单人单机游戏、多人单机游戏和多人多机游戏。

单人单机游戏是指单一玩家在一台独立设备上进行的游戏类型,游戏设备有且仅有一台,游戏不存在与其他玩家交互的可能性,设备可以是家用主机,亦可以是移动设备如手机、平板电脑等。早期受技术限制,此类游戏居多,现阶段多数单人单机游戏是为了强调游戏完整的个人体验而不增加联网模块或内容,如文字冒险游戏《生命线》[1]、冒险游戏《机械迷城》[2]和解谜游戏《纪念碑

---

[1] 《生命线》:*Lifeline*,[美] 3 Minute Games,2015 年。
[2] 《机械迷城》:*Machinarium*,[捷克] Amanita Design,2009 年。

谷》等①。

多人单机游戏是指两个以上玩家使用同一台设备进行的游戏,早期街机与家用主机上有许多此类游戏,如《魂斗罗》《街头霸王》和派对游戏《马里奥派对》②都属此类。如今随着科技发展,许多家用游戏机设备都可以进行多人单机游戏。

多人多机游戏是指多名玩家在多台设备上同时进行的游戏,亦称为网络游戏,在如今的技术背景下,此类游戏占据了电子游戏市场的多数份额,即便不是全游戏流程都需要多人进行,也会有相对应的多人参与模块,如《魔兽世界》和《最终幻想14》③便是此类游戏的代表。

2. 玩法与设计特点

产业发展至今,游戏分类维度多样,部分以玩法为维度,如动作、冒险、战略、解谜等;部分以某一款游戏指代某一种类,如打砖块游戏;部分以商业卖点或设计特点为分类,如美少女游戏等。总结其分类方法,多以游戏玩法与设计特点为出发点,以下列举部分业内熟知的电子游戏类型及其英文全称、简称,以供学习理解,详见表1-1。

表1-1 部分电子游戏类型中英文对照表

类　　型	英　文　全　称	简　　称
角色扮演游戏	Role-Playing Game	RPG
迷宫探索游戏	Dungeon Crawl Game	DCG

---

① 《纪念碑谷》:Monument Valley,[英] ustwo Games,2014年。
② 《马里奥派对》:マリオパーティ,[日] Hudson Soft,1998年。
③ 《最终幻想14》:Final Fantasy XIV,[日] 史克威尔・艾尼克斯,2013年。

续 表

类　　型	英　文　全　称	简　　称
多人在线角色扮演游戏	Massively Multiplayer Online Role-Playing Game	MMORPG
战略角色扮演游戏	Strategy Role-Playing Game	SRPG
动作角色扮演游戏	Action Role-Playing Game	ARPG
肉鸽游戏	Roguelike/Roguelite Game	ROG
模拟游戏	Simulation Game	Sim Game
生活模拟游戏	Life Simulation Game	LSG
建造与经营模拟游戏	Construction and Management Simulation Game	CMSG
交通与载具模拟游戏	Vehicle Simulation Game	VSG
体育与运动模拟游戏	Sports Simulation Game	SSG
运动游戏	Sports Game	SPG
赛车游戏	Racing Game	RCG
步行与情景模拟游戏	Exploration Game /Walking Simulators Game	EPG
战略游戏	Strategy Game	STTG
4X 游戏	4X Game	4X
即时战略游戏	Real-time Strategy Game	RTS
多人即时虚拟游戏	Multi-User Dungeon/Dimension/Domain	MUD
多人线上战斗竞技场游戏	Multiplayer Online Battle Arena	MOBA

续表

类　　型	英 文 全 称	简　　称
冒险游戏	Adventure Game	AVG/ADV
动作游戏	Action Game	ACT
砍杀游戏	Hack and Slash Game	HSG
动作冒险	Action Adventure Game	AAVG
格斗游戏	Fighting Game	FTG
射击游戏	Shooter Game	STG
战术射击游戏	Tactical Shooting Game	TTSG
士兵模拟游戏	Soldier Sims	SOLG
音乐游戏	Music Game	MUG
节奏游戏	Rhythm Game	PHYG
第一人称射击游戏	First-Person Shooter	FPS
大型多人在线第一人称射击游戏	Massively Multiplayer Online First-person Shooter	MMOFPS
第三人称射击游戏	Third-Person Shooter	TPS
平台游戏	Platform Game	PTG
集换式卡牌游戏	Trading Card Game/Customizable Card Game/Collectable Card Game	TCG/CCG
桌牌游戏	Tabletop Board Game	TBG
互动电影游戏	Interactive Movie Game/ Interactive Film	IMG

续 表

类　　型	英　文　全　称	简　　称
文字冒险	Interactive Fiction	IF
解谜游戏	Puzzle Game	PZG
直播互动游戏	Live Interactive Game	LIG
沙盒游戏	Sandbox Game	SBG
自走棋	Auto Battler/Auto Chess	AUCG
潜行游戏	Stealth Game	STLG
美少女游戏	Galgame	GAL
打砖块游戏	Breakout Clone Game	BRCG
生存游戏	Survival Game	/

3. 玩家行为与玩家体验

倘若游戏的核心价值在于其满足了游戏者的精神需求,使其快乐,"玩家意识"便呼之欲出。对于游戏的制作者和写作者而言,充分认同"玩家心理"既重要也必要。一款游戏要在规则的既定框架内,引导玩家进行完整、多样化、沉浸式的游戏行为,才能达到满足其精神需求的高阶追求。因此,玩家/游戏行为导向之路径始终是游戏制作的"黄金大道"。制作层的"用户思维"、写作层的"玩家意识"是确保一套漫长、庞杂的游戏研发周期始终不偏离正轨行进的两驾马车。

玩家在游戏时受规则限制,规则是指导玩家如何玩游戏的一种行为准则,也是游戏制作时制作者对玩家行为的一种预设与限制，同时也决定了玩家在此限制下将会获得何种游戏体验。因此从这一角度切入，以玩家行为与玩家体验为维度对电子游戏进行分类有一定的科学性，也很实用。本书将电子游戏分成五大类，即角色扮演类游戏、模拟类游戏、战略类游戏、冒险类游戏、动作类游戏。下文将结合数十款优秀电子游戏作品来进行对应类型的分析说明，从玩家游戏行为和游戏体验出发，反推出相应的创作要点。

一、角色扮演游戏

角色扮演游戏（RPG）中的核心玩法是"角色扮演"，玩家的主要游戏行为亦是角色扮演，玩家会扮演一个或多个角色进行游戏，在游戏过程中操控角色与敌人战斗、提升个人等级、强化装备、完成任务，体验所扮演角色的剧情。

此类游戏中，玩家通过扮演某一角色沉浸式体验该角色的故事，角色视角就是玩家视角，玩家通过"附身"其上，透过角色的眼睛看世界，体验角色的剧情，完成角色的任务。因此，可扮演的角色均拥有明确的人物目标和强劲的行动力，而实现终极目标的过程通常被拆解成若干任务和剧情事件，以此驱动玩家持续不断进行游戏。玩家的成长线与角色成长线保持高度一致，并通过角色在游戏中的各个维度得以体现，如借助常见的游戏属性（角色等级、生命值、魔法值、武力值等）表现数值化增长，抑或角色自身在经历诸多事件后的心理成长，又或玩家在扮演角色过程中获得的情感体验等。上述内容可在游戏的各个环节中体现，如战斗中的获胜、真相的揭示、故事的发展等。因此，在进行角色扮演游戏内容创作时，基于玩家行为和与其相应的游戏体验，其内容创作要点是：

（1）玩家必须拥有至少一个可扮演角色，因此需要不少于一个与之匹配的完整角色设计内容。

（2）为了满足玩家的成长体验，可扮演角色必须拥有与其配套的角色剧情线及任务设计，且剧情与游戏中的人物成长必须保持一致性。

以日本老牌游戏开发商史克威尔·艾尼克斯开发的《勇者斗恶龙》[①]系列的首作为例，玩家扮演的角色是"拥有罗德血统的年轻勇者"，故事开始于拉达托姆城国王拉鲁斯16世的宫殿，国王的独生女萝拉公主被恶龙掳走，国王委托勇者拯救公主，打败恶龙并夺回象征和平的光之玉，阻止世界被黑暗吞噬。玩家扮演勇者之后，就能开始属于自己的冒险故事，玩家的主线剧情与任务内容构成了勇者的故事，玩家的终极目标就是角色的终极目标——到达龙王城堡，击败恶龙并救出公主、夺回光之玉。其中的种种事件、人物的变化和成长都是玩家扮演人物之后获得的游戏体验。

早期的角色扮演游戏深受桌面角色扮演游戏《龙与地下城》的影响，拥有相似的游戏术语、世界观设定以及人物成长路径。伴随着电子技术的发展，游戏行为得以通过程序和算法进行实时反馈，又借由丰富的音画媒介展示给玩家。此举弱化了传统角色扮演桌游中主持人（简称GM[②]）的重要性，使玩家得以独立进行游戏，RPG由此正式剔除桌游基因，成为电子游戏中发展最蓬勃的大类之一。时至今日新兴子类仍层出不穷，现阶段业内主流RPG在"角色扮演"这一特征下，除了传统角色扮演游戏之外，又增加了其他

[①] 《勇者斗恶龙》：*Dragon Quest*，[日]艾尼克斯，1986年。
[②] GM：桌游主持人，英文为Game Master。随着电子游戏产业发展，在电子游戏语境中，Game Master特指游戏管理员，游戏管理员一般由游戏团队人员任职，其工作内容是维护游戏内环境，保证玩家的游戏体验。

附加属性,使其分类更为丰富。

多人在线角色扮演游戏(MMORPG)是指在角色扮演游戏基础上增加多人在线属性,玩家可在游戏中扮演一个或多个虚拟角色,控制该角色参与整个虚拟世界的游戏活动,由于核心玩法增加了多人参与的行为属性,游戏需要更多的子系统和符合多人玩法的内容创作,因此多人在线角色扮演游戏的创作要点如下:

(1)玩家必须拥有一个以上可扮演的角色以供选择,并且有与其匹配的角色设计内容。

(2)为了满足玩家的成长体验,可扮演角色必须拥有与其配套的角色剧情线与任务设计,且剧情与游戏中的人物成长必须保持一致性。

(3)多个可扮演角色之间必须形成一定关系网,不可毫无关联。

(4)必须有一定的承载玩家社交内容的世界观设计内容,以供后续玩法设计。

基于游戏故事背景设定的社交行为让玩家所扮演的人物之间产生真实联系。以 MMORPG《魔兽世界》为例,为了能够构建更好的社交系统,游戏对故事背景的设计着墨颇重,为每个可扮演人物设置了"关系网",不同的种族、势力、出生地自带一套既定的友好/对立人际结构,能使玩家在扮演时天然拥有阵营归属感并以此为基础开展后续的游戏社交行为。单人模式下玩家扮演角色的叙述视角是单一的,剧情的体验内容也是固定的,而多人在线角色扮演游戏则更像是群像剧,在同一时间同一个游戏世界中,会同时发生多个不同的人物故事,他们可以彼此交会,互相影响,产生更多样化的体验内容。

战略角色扮演游戏(SRPG)在角色扮演游戏的基础上更偏重

游戏的宏观策略性，玩家在基础的"角色扮演"行为之外，还会进行直接带来结果反馈的策略性操作，所以在基础的创作要点之外，需要针对策略性玩法，进行与之耦合的世界观内容设计。以《火焰纹章》[①]为例，其策略性体现在诸多系统上，其中包括常见的武器与职业搭配。该游戏中除剑、枪、斧、弓、魔法、法杖等基础武器外，在世界观体系内还有一套名为三相循环相克系统的设定，即剑克斧、斧克枪、枪克剑，弓则不受循环克制，比如当玩家操控的角色持有剑系武器时，则能克制斧系武器，但会遭到枪武器的克制，从而影响战斗结果等。

动作角色扮演游戏（ARPG）是在角色扮演基础上更着重于玩家动作类操作体验的游戏，战斗和自由探索等体验内容是此类游戏的设计重点，因此将其与故事、角色结合并进行合理化是该类游戏剧本创作的要点。以《塞尔达传说：旷野之息》为例，玩家扮演的角色林克因为在游戏开始便失去了记忆，所以这个故事的核心是寻找失去的记忆，玩家也因此拥有了探索世界的理由，种种历险与战斗也变得合情合理。玩家在寻找和探索的过程中最终获得自身的蜕变，这样的设计既满足了角色扮演游戏对于人物自身成长性的要求，又让游戏中的动作操作行为得以合理化。玩家在游戏过程中可以扮演林克进行奔跑、攀爬、游泳等操作，自由探索海拉鲁王国，并在探索的过程中找回失去的记忆。

肉鸽游戏（ROG）是一种特殊的角色扮演游戏子类，玩家可以通过扮演游戏中的角色闯过一系列的随机生成关卡，参与战斗；但是玩家操控的角色如果在游戏中失败（点数归零或战局死亡），则

---

① 《火焰纹章》：*Fire Emblem*，[日] Intelligent Systems，1990 年。

会遭遇"永久性死亡"而被迫重新开始游戏。因其"无限死亡、无限重来"的特殊设计,玩家所扮演的人物会不断地死亡与重生,所以该类游戏中的可扮演角色必须拥有"无限次死亡"和"无限次复活"的背景设定,将"死亡"视作常态,并永存于"地牢"。

以《哈迪斯》①为例,该游戏的主要内容是冥界之子扎格列欧斯为了逃离其父亲哈迪斯(Hades)所掌控的冥界而不断进行战斗。冥界之王哈迪斯掌管生死之力,他在扎格列欧斯第一次"死亡"时也笑着对他说:"傻孩子,我说过了不管是死人还是活人,没人能离开这里。不过,这次在我的领地搞破坏感觉怎么样啊?"短短一句话就明确了"死亡"在冥界不过是常态,"死亡"并非肉体由生至死,而是指代玩家所扮演的扎格列欧斯对抗冥王父亲的失败。父子间"恶作剧"的性质为无限复生带来设定解释,也使玩家借由"死亡"逃离的行动既是游戏行为,也是游戏目的。该游戏将肉鸽游戏的基础玩法、游戏行为及核心目标彼此合理并耦合,可谓绝佳示例。

二、模拟游戏

模拟游戏(Sim Game)是指玩家以特定身份在电子游戏中通过"模拟"该身份特有的合理行为,去获得近乎真实的情境体验的游戏。由于模拟游戏呈现现实或幻想世界中的环境与事件,从而给玩家带来拟真体验,所以此类游戏的创作要点如下:

(1)玩家需要拥有符合模拟行为的身份设定与相关背景设定。

(2)玩家所处的世界观设计必须与玩家游戏行为相符,并且能为模拟行为的合理性提供支撑。

---

① 《哈迪斯》:*Hades*,[美] Supergiant Games,2020年。

模拟游戏与角色扮演游戏主要的区别在于,模拟游戏并不强制要求必须存在游戏角色/玩家目标,也不强制玩家所使用的角色必须有其专属的人物剧情线。模拟游戏的涵盖面广、可玩性高,使其在电子游戏诸多品类中始终长盛不衰。随着品类发展,模拟游戏产生了诸多业内既定的分类,其中部分以所模拟的题材分类,亦有一部分以游戏模拟行为分类。早期部分带有策略性的战争或历史模拟游戏也属于模拟游戏大类,但后续单独拆分出战略游戏(STTG)这一类型,这也进一步强调了模拟游戏的核心是玩家的模拟行为,其模拟行为对象附带的属性与玩家的模拟体验可以成为其子类的依据。

生活模拟游戏(LSG)玩家在游戏中进行生活类行为的模拟,其核心游戏体验是真实感与沉浸感,并不强求胜负或数值体验,换言之就是对"另一种生活的向往与期待",因此对模拟行为(即游戏行为)的人物身份及其所在世界的背景设计尤为重要,既要合情合理地参与和融入现实世界,又要带给玩家不同于真实世界的别样生活。

以生活模拟类游戏《模拟人生 4》为例,玩家扮演的是"模拟人",其身份为生活在游戏虚拟世界内的人类,玩家能够在游戏中成长、学习、从事不同职业、结婚生子甚至衰老死亡。游戏不仅为玩家提供了丰富的日常生活模拟要素,还增加了诸如性格、癖好、行为习惯等更丰富更多样的角色定制选项,进而使玩家能够以全然不同的角色加入游戏中。同时辅以昼夜系统、季节变换、意外事件等系统深入模拟了人们在现实生活中的方方面面,这也使得《模拟人生》系列成为众多玩家体验不同人生、不同生活的代表作品。

建造与经营模拟游戏(CMSG)是模拟游戏的另一个子类,除模拟游戏的基础行为外,玩家还会以有限的资源进行建设、管理与拓展等经营行为,玩家的预期体验并非胜负,而在于持续建设与经营,因此在设计此类游戏的内容时,从无到有的建设是其标志性设计内容,环环相扣的剧情任务设计应与持续的模拟经营行为耦合,使玩家不断进行经营/建造性的模拟行为。以《星露谷物语》[1]为例,玩家在游戏中扮演一名奔波于生计、过着枯燥乏味办公室生活的上班族,他的祖父在临终前留给他一封信,希望他在厌倦现在生活的时候打开。玩家打开信件前往星露谷,继承了祖父位于鹈鹕镇(Pelican Town)的一片土地与农舍,开始了他的新生活。该设计让玩家在游戏开始时就明确了游戏身份和游戏动因,也让玩家在游戏过程中进行的农场开垦、种植作物、修理屋舍、养殖动物、探索迷宫等游戏行为都得到了合理的解释。在游戏过程中,每一步模拟经营行为都有与其关联的任务与剧情内容设计,且任务与任务之间环环相扣,形成了一个完整的剧情段落。当玩家初次来到星露谷中的星之果实酒吧时,与酒吧老板格斯进行了简单交谈,酒吧老板抱怨收入不多还一直被熟人赊账。正说着,一个叫作潘姆的女性角色出现,她就是酒吧老板口中的赊账熟人,玩家替酒吧老板要回了潘姆的酒钱,酒吧老板为此请玩家喝了一杯,而潘姆的故事也就此展开。因为酒吧追账事件玩家决定拜访潘姆,这才发现原来潘姆住在酒吧东边的房车里,与女儿潘妮相依为命,曾经是一名大巴司机的潘姆因为大巴车祸损坏而失去了工作,自此日日买醉。而她的女儿潘妮则经常需要在母亲前往酒吧或者在家醉倒时收拾

---

[1] 《星露谷物语》: *Stardew Valley*,[美] ConcernedApe,2016 年。

这个破烂的"房车"。当玩家到来时,潘妮正在做家务,并询问玩家是否愿意一起打扫,玩家选择加入打扫,这是关于打扫行为的一种任务。当玩家打扫结束后,潘姆醉醺醺地从酒吧归来,她发现一个陌生人打扫了自己的房间,恼怒又羞愧,把玩家责骂之后赶出了家门。在接下来的看似无关的游戏任务中,玩家一边发现社区的危机,一边爬上高台找到了巫师,解读了神秘语言,通过修复社区中心留下的能够实现愿望帮助小镇居民的小精灵"祝尼魔",并拜托它修复好了损坏的大巴,而潘姆也重新成为大巴司机并恢复了自信。这一系列剧情与游戏任务环环相扣,玩家去酒吧——帮酒吧老板追债——帮助潘姆的女儿潘妮打扫她们的"房车"——发现社区危机——寻找巫师解读信件中的神秘语言——修复社区中心留下的小精灵"祝尼魔"——祝尼魔修复大巴——潘姆重新成为大巴司机,每一段新剧情都带来了新的游戏任务,对应新的游戏行为,首尾衔接,持续不断。

交通与载具模拟游戏(VSG)是指玩家模拟参与操作各种交通工具的游戏,此类游戏模拟涉及的交通工具通常包括汽车、火车、船舶、飞行器等,游戏中玩家一般以驾驶员或指挥员的身份参与游戏,该类游戏主打模拟驾驶/指挥的真实体验。

体育与运动模拟游戏(SSG)是指让玩家参与模拟各类专业运动的游戏,玩家可以运动员或者职业经理人的身份参与游戏。此类游戏模拟的运动如足球、篮球、网球、高尔夫、橄榄球、拳击、赛车、棒球、钓鱼等,其主打体验是模拟参与该类运动项目与相关赛事的真实体验。

上述两类游戏都着重于相关模拟行为的真实体验,因此模拟行为的相关设定内容应保持专业性,以保持"拟真"体验,这是两类模拟游戏玩法与游戏任务设计的基础。以模拟足球运动的 FIFA[①] 系列为例，FIFA 本身就是现实中"国际足球联合会"的简称（Fédération Internationale de Football Association），该组织是管理英式足球、室内五人足球、沙滩足球的国际体育联盟，通过授权协议，游戏中的运动方式、可选运动员和比赛机制都与现实中 FIFA 所组织的各类赛事别无二致。与之相似的还有模拟篮球运动的 NBA2K[②]，顾名思义就是模拟美国职业篮球联赛进行模拟篮球运动的游戏。

  步行与情景模拟游戏（EPG）着重于模拟游戏中的情境体验，因为情境体验更像是一场"旅行"，因此除了合理的身份设计，玩家开始旅行的原因、旅程中的内容设计以及旅行终点给角色带来的转变也是此类游戏的设计重点。以《看火人》[③]为例，游戏中玩家扮演一个名叫亨利的火警瞭望员，在 1988 年黄石公园大火后，他为了逃避照顾身患早发性阿尔兹海默病的妻子，独自前往肖松尼国家森林成为一名火警瞭望员，这是玩家开始"旅行"的原因。游戏以第一人称视角展现内容并提供了大量剧情分支供玩家选择，虽然玩家主要游戏行为是模拟火警瞭望员在荒野中漫步和搜寻，但是其中夹杂了如醉酒纵火少女的离奇失踪、夜晚出现的神秘人、神秘消失的前看火人父子、从未对外公布的隐秘研究所等剧情以及相关的事件任务，给原本的模拟步行游戏带来了更多的神秘和冒险色彩。旅程中所见的一段段剧情事件让亨利走向了真相，原来，前看火人奈德疏忽照顾害死了自己的儿子，为了掩盖这一真相，他故意制造一系列的骚乱引发了森林大火。游戏最后，亨利等来了救

---

① FIFA，[美] 艺电，1993 年。
② NBA 2K，[美] 2K Games，1999 年。
③ 《看火人》: Firewatch，[美] Campo Santo，2016 年。

援,迎来了旅行的终点,仿佛大梦一场,他选择卸下看火人的身份,回到妻子身边,玩家随之结束游戏。

三、战略游戏

战略游戏(STTG)是指游戏本身主要玩法具备策略性,游戏过程中玩家会进行战略部署与决策,并且决策行为会直接影响游戏反馈结果。战略游戏与一般游戏的区别在于其本身的结果反馈更依赖玩家"决策",它要求游戏设计具备较深的策略性,玩家的游戏行为与获得的反馈结果具备因果关系,而非纯粹偶然或概率。此类游戏的内容创作重点如下:

(1)玩家需要进行战略部署与决策,因此须设计一个符合该行为路径的玩家身份背景,并且为玩家的战略行为设计一个合理动因。

(2)战略行为需要发生在两个及两个以上势力之间,因此需要与之匹配的势力以便后续的系统、任务与剧情内容的设计。

(3)为使战略与决策部署行为的发生合理化,故事背景多设定为战乱时代或多方势力并存的背景下,亦可由历史战役改编。

战略游戏的玩法核心机制在于"决策",决策的周期、决策的方式、参与决策的玩家数量等多种因素会影响战略游戏的游戏体验,因此战略游戏大多拥有玩家与电脑或其他玩家轮流进行决策行为的玩法设计,其典型体验多以回合制的方式展开。例如 2K Game 发行的经典游戏 XCOM(亦称《幽浮》)系列便是战术游戏的经典作品,在其最新作 XCOM2 中,背景是地球已经被外星人占领超过了 20 年,此时世界各国领袖早已向外星人无条件投降,在外星人的统治下号称人类最后防线的 XCOM 组织早已被赶尽杀绝烟消云散。如今在一座座由外星人所建立的城市背后,一场针对抵抗者与反叛军的秘密屠杀正在进行。而在那些远离城市、外星势力掌控力较弱的地区，XCOM组织的流亡者与当地人类重新建立起了一支反抗力量，发誓要从外星人手中重新夺回地球。而玩家将作为这一支反抗势力的指挥者、协调者加入到这场夺回家园的战斗中，他们需要在每一轮决策周期中以全球视角调遣部队、招募斗士并派遣战术小队攻击关键目标。辅以研究、发展和科技升级相关系统，玩家能够以全球视野来施展战术策略对抗外星敌人。而XCOM2精巧且细腻的战场战斗环节也为玩家提供了富有成就感的战术体验，得益于精细的地形、技能、指令系统，玩家可以在一个回合周期内布下详尽、缜密且环环相扣的战术布置，并在结算时体验到以少胜多、逆转战局的战术乐趣。此外日本光荣株式会社开发的《三国志》《信长的野望》系列亦是此类游戏的典型作品。

　　基于游戏内玩家决策的侧重点不同或轮流决策周期长短的不同，战略游戏又被细分为以下几种不同的类型。

　　4X游戏（4X）里的4X即explore（探索）、expand（扩张）、exploit（开发）、exterminate（征服），系统玩法中包含探索、扩张、开发与征服元素。诸如前文中的《文明》系列以及知名IP《魔法门》系列的衍生作品《魔法门之英雄无敌》[①]系列均为该类佳作。

　　即时战略游戏（RTS）顾名思义是指游戏进行时玩家与电脑或玩家与玩家之间游戏策略的部署与结算的回合周期被无限压缩，进而呈现出即时结算的效果。即时战略游戏的代表作众多，其中最著名的有《星际争霸》系列、《魔兽争霸》系列、《红色警戒》系列、

---

① 《魔法门之英雄无敌》：*Heroes of Might and Magic*，[美] New World Computing，首作发售于1995年的回合制战略游戏，同时也为4X游戏。

《帝国时代》系列等。

以《星际争霸》为例，故事发生于虚构的银河系中心"科普卢星区"，在这里人类殖民舰队因导航故障与地球失去了联络，并逐渐形成了自己的殖民地政权，即泰伦联邦。为了与泰伦联邦的高压统治对抗，反抗军领袖蒙斯克使用幽能技术引异虫摧毁了泰伦联邦的首都，并借此建立了属于自己的新帝国。然而在这场战争中蒙斯克牺牲了麾下的顶级特工莎拉·凯瑞甘，任由其被异虫大军吞没，但事与愿违的是异虫察觉到莎拉·凯瑞甘强大的幽能潜力，并未杀死她，而是将她改造成为虫族的女皇，并令她与异虫自古以来的宿敌星灵作战。对于星灵而言，异虫是能够吞噬宇宙消灭一切生命的"疾病"，因此当泰伦联邦的首都行星塔桑尼斯被异虫摧毁之际，隐藏在星区幕后的星灵也以"净化"的名义出现在人类和异虫之间。至此人类、异虫、星灵正式被卷入了战争之中。在游戏中，玩家可以分别以人类、异虫和星灵的视角来体验战役故事，并作为所选种族的"指挥官"参与战役战斗。玩家可凭借即时生效的战略结算机制，感受到战场瞬息万变的紧张体验。同时玩家的每个决策都会影响战役的走向，其结果会即时体现在战役中，并关乎着故事的发展与展开，只有通过策略与战术赢得胜利，玩家才能够以三种不同的视角理解科普卢星区这场冲突的全貌。

多人线上战斗竞技场游戏（MOBA）最初诞生于《魔兽争霸3》中一张名为《遗迹保卫战：全明星》（*Defense of the Ancients: Allstars*）的玩家自定义地图，它包含了实时策略游戏（RTSG）的策略性与实时反馈的特征，并在此基础上增强了对战与竞技性。《英雄联盟》、*DOTA2*、《风暴英雄》、《王者荣耀》等游戏都是如今大家耳熟能详的国内外 MOBA 佳品。

四、冒险游戏

冒险游戏（AVG），亦称 ADV，是指玩家操控游戏角色进行虚拟冒险的游戏类型，该类型游戏的核心体验是"冒险"，因此玩家在游戏过程中会进行信息收集、线索发掘、未知探索与解谜等游戏行为。该类游戏的创作要点如下：

（1）玩家需要至少一个可供操控的角色以便进行"冒险"，因此需要不少于一个与之匹配的角色身份设计与相关剧情内容，但故事的主人公不一定是玩家。

（2）为推动冒险行为，故事设计必须层层递进，并且在故事中预留设计冒险任务的空间，如设计谜题、设置收集信息、埋下伏笔、预留线索等。

（3）故事是此类游戏的核心，循序渐进发展的故事与环环相扣的任务必须相辅相成，不可割裂。

（4）冒险游戏的故事设计必须有结局，无论是否阶段性结束。

以最早可追溯到的文字冒险游戏《巨洞冒险》[1]为例，这款开发于 PDP‑10[2] 平台的纯文字冒险游戏的背景设定在美国猛犸洞国家公园，并结合了《龙与地下城》元素，玩家可以以自然语言（英语）为指令进行游戏选项的选择，进而开始冒险与探索。该游戏奠定了多数冒险游戏的最大特质，即探索、冒险以获得故事的结局。玩

---

[1] 《巨洞冒险》：Colossal Cave Adventure，［美］William Crowther，1976 年。
[2] PDP‑10，是一个大型计算机产品家族，也是 PDP 系列产品之一，由迪吉多公司在 1966 年至 20 世纪 80 年代之间生产。它的架构大体上沿用自 PDP‑6，采用相同的指令集，同样采用 36-bit 字元的长度。在 VAX 上市后，迪吉多公司于 1983 年宣布 PDP‑10 停产，它的后继机种为 PDP‑11。

家扮演一名冒险者,探索一个位于森林旁的红砖建筑,通过遭遇事件收集信息、击败敌人、获得物品等游戏行为,获得隐藏的宝藏。

再以发售于 2015 年的文字冒险游戏《生命线》为例,故事主人公是一个名为泰勒的瓦利亚号星际飞船的宇航员,由于飞船故障,他被困在一颗无人星球,身边的同僚不是失踪便是身亡,而玩家则被设定为泰勒无意中联系上的一名陌生人。玩家需要与泰勒通过即时通信软件的文本对话保持联络,在这个过程中和泰勒一同寻找医疗舱、寻找补给、发现飞船遗骸、探索未知领域、解开种种谜题,最后协助他得到救援。故事的结局有多种,比如泰勒自救成功,或者救下船长与自己,他也可能死于外星人之手,或者因救援时的意外身故,玩家的不同操作会导致不同的故事结局。

冒险游戏与角色扮演游戏的不同之处在于,冒险游戏侧重点是探索与冒险,因此不强制角色具备成长属性,角色本身的等级、属性等信息并不一定会影响游戏进程。但同时由于冒险游戏的涵盖面广,其与许多游戏互为兼类,如果在具备循序渐进的冒险元素的同时又兼具角色个人成长,那它既可以是一款角色扮演游戏,亦可以是一款冒险游戏,前述《塞尔达》就是案例。它既是一款动作角色扮演游戏,也是一款动作冒险游戏。另外,冒险游戏在早期由于技术限制多数以文字的输入与输出为主要形式,玩家主要通过控制游戏角色进行剧情选择来影响游戏的进程与游戏结局,所以也曾经被称为文字冒险游戏。随着产业发展和品类细化,如今纯粹以故事为核心,以剧情体验为侧重点的文字冒险游戏又被称为互动小说。

五、动作游戏

动作游戏(ACT)是指玩家操控游戏角色,针对周围环境的变化做出相应的动作反应,例如跳跃、移动、攻击等操作的游戏。其核心体验来自动作的流畅感与节奏的刺激感,一般此类游戏围绕玩家手眼协调能力、反应能力进行游戏规则设计,会存在关卡设计以便玩家对动作操作的阶段性验证。对于着重角色扮演元素的动作游戏,已在前文角色扮演部分加以具体说明,此处将从不同动作操作所带来的不同体验入手,将动作游戏根据动作类型诸如格斗、射击等进行子类划分。和上述的多数品类一样,动作游戏并不与其他游戏品类相斥,只是与其他游戏相比更侧重于游戏的"动作"属性,因此"动作"在故事背景中设定的合理性是此类游戏的设计重点,无论是以操控角色进行近身格斗的格斗游戏,还是操控角色进行模拟射击的射击游戏,抑或是操控角色进行跳跃、前行的平台游戏,都存在以下创作要点:

(1) 玩家必须拥有至少一个可操控角色,因此需要不少于一个与之匹配的完整角色设计内容。

(2) 玩家的动作操作必须事出有因,游戏行为必须拥有合理的游戏动因。

以知名格斗游戏《街头霸王》[①]系列为例,在初代《街道霸王》游戏中,主角隆是一名钻研格斗独自修行的武斗家,为了追求"真格斗家"之道而四处旅行,不断寻找对手,最终在格斗大赛上获得了冠军。故事虽然简单,但是要素齐全,可操控角色是一名潜心修行的武斗家,格斗原因是希望变强,游戏世界存在以全球为单位的格斗大赛,人人格斗合乎情理。不仅如此,为了完善相关设定,在后续的作品中,春丽身负杀父之仇,为查找维嘉的恶行证据而不断战

---

① 《街头霸王》:*Street Fighter*,[日] 卡普空,1987 年。

斗,试图在与武斗家的战斗中找到维嘉并将其手刃,每个人都有他们格斗的因由,每个人物的行为路径也得到了合理解释。

再以平台游戏《超级马力欧兄弟》①系列与《星之卡比》②系列为例,前者为了从反派库巴手中拯救桃花公主开始了蘑菇王国的游历,后者则是旅行者卡比来到了噗噗噗王国,发现帝帝帝国王抢走了所有的食物,所以前往讨伐。由此可见,在早期的动作游戏中,游戏故事的最大作用是使游戏行为合理化,人物的个人成长或者剧情体验并非必需,像风靡全球的《舞力全开》③《太鼓达人》④等节奏动作游戏更不用说,玩家需要的更是对音感和节奏而非对人物剧情的把控。

但是随着游戏行业的发展,早期动作游戏中突出"动作"特性而忽略或者弱化游戏故事的设计理念逐渐式微,现阶段许多游戏为了使玩家获得更好的游戏体验,会在基本的动作操作基础上加强故事的比重和剧情体验。以《古树旋律》⑤为例,虽然玩法和其他节奏动作游戏一样:在既定的范围内点击落下的音符,但是伴随着游戏的开始与结束,增设了大量的剧情动画。游戏开始,一个叫作爱丽丝的小女孩掉落在一个黑影人面前,每次玩家完成一首歌曲,画面中的树枝就会成长,而随着完成度逐渐提高,游戏中的剧情内容相继解锁,玩家得以窥得故事的全貌。原来故事中的女孩爱丽丝与哥哥一起出了车祸,哥哥身亡,女孩因种种原因陷入昏迷,在昏迷中,女孩通过一首首悦耳的旋律寻找到了自己流落梦境的真相,也与自己完成和解,最终从昏迷中苏醒。从简单的胜负或者评分系统中获得的

---

① 《超级马力欧兄弟》:*Super Mario*,[日]任天堂,1985年。
② 《星之卡比》:*Kirby*,[日]HAL研究所,1992年。
③ 《舞力全开》:*Just Dance*,[法]育碧,2009年。
④ 《太鼓达人》:太鼓の達人,[日]南梦宫,2001年。
⑤ 《古树旋律》,[中]雷亚游戏,2013年。

数值反馈及赋予这些音乐以救赎的意义相比，显然后者更让人记忆深刻，因此动作游戏的剧情化现象，也是行业的大势所趋。

六、其他类型游戏

电子游戏作为一种创意产品，受市场和时代潮流的影响而发生高速变化，这也导致许多原本从属某一游戏大类的作品，逐渐成为全新的游戏类型。除了上文所述的几种常见游戏类型以外，还有许多业内约定俗成的游戏类型，在此我们列举三种内容创作上较有特点的类型加以补充说明。

集换式卡牌游戏（TCG）是指玩家收集卡牌并进行卡牌战斗的游戏类型，主要的游戏行为是"收集"，核心体验为卡牌卡组的养成。当代集换式卡牌游戏起源于桌面卡牌游戏《万智牌》[1]，该游戏由美国数学家理查德·加菲（Richard Channing Garfield）发明，并在1992年由威世智（Wizards of the Coast）发行。在集换式卡牌游戏中，每一张卡牌都带有特定效果，通过对卡牌的合理组合，玩家能够构筑一套由若干卡牌组成的牌库，借此与其他玩家进行对决比拼。由于集换式卡牌侧重于"收集"与"卡牌战斗"这两种特性，使其具有以下几个创作侧重点：

（1）卡牌战斗行为与战斗规则需要一个合理的世界观设定。

（2）每张卡牌视为一个角色，需要与之匹配的完整角色设计。

（3）因为有卡组的设定，因此固定卡组之间的角色设计必须存在一定关联且符合整个世界观设定。

---

[1] 《万智牌》：*Magic The Gathering*，[美]威世智，1993年。

《万智牌：竞技场》《游戏王：决斗链接》①《炉石传说：魔兽英雄传》②都是该类型游戏中的优秀作品。

以《炉石传说：魔兽英雄传》为例，该游戏以《魔兽世界》为世界观背景，玩家在游戏中可扮演的角色为《魔兽世界》九大职业中的任意一种，如勇敢的战士、智慧的法师或神秘的潜行者等。玩家在游戏中的主要行为是收集各种卡牌来构建自己的卡组，这些卡牌代表了《魔兽世界》游戏中的法术、武器、随从和英雄技能，而玩家会使用这些卡牌来对抗其他玩家或电脑控制的对手，通过策略和技巧来赢得对战。游戏的目标是通过合理使用卡牌和资源，减少对手的生命值直至为零，从而获得胜利。游戏的世界观和卡片战斗行为都源自《魔兽世界》，因此庞大而成熟的既定世界观使它的卡牌结构完整、统一且目标明确。

《炉石传说》每隔一段时间都会大规模更新一次剧情扩展包③，这是《炉石传说》的主线剧情，玩家会在扩展包的新增游戏内容里，扮演对应的角色，体验新的故事。以 2014 年 6 月更新的冒险模式扩展包《纳克萨玛斯的诅咒》为例，其故事源自《魔兽世界》中的同名团队副本纳克萨玛斯。玩家扮演《魔兽世界》中的艾泽拉斯勇士，进入归属于巫妖王的浮空城纳克萨玛斯，这座城飘浮在瘟疫之地上空，由克尔苏加德领导的亡灵军团所控制。玩家的游戏目标是进入要塞，挑战首领，阻止巫妖王的邪恶计划，在此过程中玩家可以通过战胜各个区域的天灾军团将领，如瘟疫区的大巫妖诺斯、

---

① 《游戏王：决斗链接》：*Yu-Gi-Oh! Duel Links*，[日]科乐美，2016 年。
② 《炉石传说：魔兽英雄传》：*HearthStone: Heroes of Warcraft*，[美]暴雪娱乐，2014 年。
③ 扩展包：游戏用语，即 DLC(Downloadable Content)，指游戏后续可下载内容。

军事区的教官拉苏维奥斯、构造区的帕奇维克等来收集新的卡牌，新卡牌的投放为收集带来新的动力，也带来新的策略和玩法组合，为玩家最终对战纳克萨玛斯的首领克尔苏加德打下基础。而这场最终对决既是故事的高潮，也是对玩家卡牌策略和技巧的终极验证，只有用最强的卡组战胜克尔苏加德，玩家才能彻底摧毁纳克萨玛斯的诅咒，为艾泽拉斯带去和平。

生存游戏（Survival Game）是指玩家在游戏开始时只有少量资源，需要在游戏中通过收集、战斗来获取更多资源以保证自己在恶劣环境中生存的游戏。多数生存游戏的首要游戏目标是生存，游戏多为开放式且没有既定目标，生存游戏的创作要点如下：

（1）玩家必须拥有至少一个可操控角色，需要不少于一个与之匹配的完整角色设计内容。

（2）生存游戏因为强调生存目标，沉浸感和代入感强，因此玩家可操控角色多为游戏故事的主人公。

（3）玩家进入游戏后无论从故事上还是游戏状态上，都应身处"绝境"，即故事中的绝境与游戏中的资源匮乏，并且两者设计应相结合。

（4）玩家的绝境求生行为必须有合理的世界观设定支撑，因此游戏世界环境应为困境，如天灾、人祸、险境等。

生存游戏同样有多种细分子类，既有类似《饥荒》[1]《方舟：生存进化》[2]这样的传统生存游戏，也有《黎明杀机》[3]这样取材于捉迷藏的非对称竞技游戏，《绝地求生》[4]这样的大逃杀游戏也同样属

---

[1] 《饥荒》：*Don't Starve*，[加] Klei Entertainment, 2013 年。
[2] 《方舟：生存进化》：*Ark: Survival Evolved*，[美] Studio Wildcard, 2015 年。
[3] 《黎明杀机》：*Dead by Daylight*，[加] Behavior Interactive, 2016 年。
[4] 《绝地求生》：*PlayerUnknown's Battlegrounds*，[韩] KRAFTON Inc., 2017 年。

于生存游戏的范畴。它们都有一个设计上的共同点,就是营造故事中的"绝境"以便后续求生行为的发生,如《饥荒》中故事的主人公,科学家威尔逊被暗影拉到了充满饥饿与危险的永恒领域中,黑暗之王麦斯威尔不断给主人公降下更多困难:严酷的天气、永恒的黑暗……主人公需要克服诸多苦难存活下来,并寻找到永恒世界的真相。而在《黎明杀机》中,玩家所扮演的幸存者则需要在恶灵所创造的充满了追杀、献祭与恐怖的世界里逃出生天。

互动电影游戏(IMG)又称互动电影(Interactive Film),是随着电子技术的发展应运而生的一种结合文字冒险游戏与角色扮演游戏特点的新游戏类型。此类游戏兼具游戏和电影的双重特质,作为游戏它拥有更完整更沉浸的故事体验,作为电影它又极大地提升了观众的交互性,让受众不仅仅是观影者,更是参与者与决策者。作为一种新兴的游戏品类亦是一种新兴媒介,《暴雨》[1]《超凡双生》[2]《底特律:化身为人》[3]《心灵杀手》[4]《量子破碎》[5]《控制》[6]等作品均为此类游戏佳作。

互动电影游戏的内容创作接近电影剧本的创作,但是其结构又与之存在差异。小说、电影等叙事作品在创作完故事后会选择故事的唯一叙事视角、叙事方式与最后呈现给受众的既定的剧情排布顺序,从而使作品完整;而互动影视作品的创作则会将整个故事拆分、扩展成多个事件,由玩家通过游戏选项进行不同事件组

---

[1] 《暴雨》:*Heavy Rain*,[法] Quantic Dream,2010 年。
[2] 《超凡双生》:*Beyond: Two Souls*,[法] Quantic Dream,2013 年。
[3] 《底特律:化身为人》:*Detroit: Become Human*,[法] Quantic Dream,2018 年。
[4] 《心灵杀手》:*Alan Wake*,[芬] Remedy,2010 年。
[5] 《量子破碎》:*Quantum Break*,[芬] Remedy,2016 年。
[6] 《控制》:*Control*,[芬] Remedy,2019 年。

合,形成新的故事。该类游戏的玩家核心体验是故事,因此所有设计都应以保证故事体验为先。该类游戏的创作要点如下:

(1)游戏故事可以存在一个或多个结局。

(2)整个游戏故事由多个剧情事件组成,以便玩家体验和组合。

(3)游戏结局取决于玩家的游戏操作,不同的剧情事件和剧情事件的分支选择可以导向同一个结局,也可以导向不同的结局。

在知名互动电影游戏《暴雨》中,故事的开始是男主角伊森·马尔斯与大儿子杰森在购物的时候,因伊森疏忽看顾而让杰森身陷交通事故,虽然伊森奋不顾身地保护杰森,但是后者依旧死于车祸,伊森自己也陷入重度昏迷。六个月后伊森苏醒,他陷入了深深的自责和痛苦之中,也留下了时不时突发昏迷的后遗症,随后伊森与妻子分居,与次子疏远。某次与次子肖恩会面时他又一次突发昏迷,醒来时肖恩失踪。肖恩的失踪让人们想起一个外号"折纸杀手"的连环杀手,杀手会在每年秋天的雨天绑架并溺毙一名男童,并在其手中放入一个折纸,胸口摆放一朵兰花。FBI探员诺曼·杰登受命调查本案,执着真相的私家侦探史考特·谢尔比与追查独家新闻的女记者麦迪逊·贝基也相继开展了各自的调查。与此同时,随着肖恩的失踪,伊森开始怀疑自己是不是患上了精神分裂,他的第二人格就是"折纸杀手"……女记者偶遇受伤的伊森,FBI探员利用他的高科技眼镜开始分析,私家侦探则开始一一拜访先前的受害者家属……这些角色分别开始了他们的调查,玩家在这四名角色之间切换视角,抽丝剥茧寻找线索,试图找到真相救出肖恩。与传统的电影叙事不同的是,玩家的操作与行为会影响故事的结局,肖恩能否被拯救完全依赖玩家的游戏行为,因此,互动电影游戏给受众带来的交互性、沉浸感也必定远超普通电影。

第二章
电子游戏工种与流程

电子游戏写作不但是技艺,还是一个"工程",须从产业维度进行写作准备。它首先是一场过程性的协同写作,不同工种、不同研发期、不同模块,均需要写作者产出不同文档,因此创作之前,需要对行业工种流程进行通识了解,清楚创作的协同对象。同时,梳理电子游戏制作的流程将为写作者明确每个阶段的写作重点。

一、电子游戏基础工种与职能

电子游戏产品的研发经历设计、写作与制作,是一个系统性的流程,需要通过制作人、游戏美术设计师、游戏研发工程师、游戏策划、音频设计师、品质管理人员等多个工种的团队合作来实现。下面我们针对游戏制作过程中所涉及的工种与职能分别进行说明。

(一)游戏制作人(Game Producer)

《游戏制作的本质》认为:"游戏制作人相关角色所涉及的范围囊括了从项目管理协调到执行制作人等许多不同类别。他们专注于管理和跟进游戏的研发,并充当团队和团队外人员(如工作室管理部门)的主要中间人……制作人一般不负责游戏资源的实际创作,因为他们的主要职责是有效地管理创造游戏内容的人。其目的是让团队将心思全部用在完成游戏制作任务上,而不是用在督促进度、人际沟通、管理外部供应商、合同谈判、校对营销文案,以及任何与游戏内容无关的事情上。"[①]一般情况下,行业内有三种制

---

① 钱德勒:《游戏制作的本质(第3版)》,腾讯游戏译,北京:电子工业出版社2017年版,第15页。

作人分类,即:

(1) 执行制作人(Executive Producer);

(2) 制作人(Producer);

(3) 助理制作人(Assistant Produce)。

在目前的行业背景下,并非所有公司都设立这三种制作人岗位,而这三种制作人的职责与工作内容也会根据公司及项目需要进行调整。

(二) 游戏美术设计师(Game Artist)

游戏美术设计师这一大类包括游戏设计过程中与游戏视觉表现相关的所有岗位。游戏美术资源作为游戏资源中占比最高的资源类型,其制作、设计与产出与游戏美术师的工作密不可分。虽然每个公司对美术团队的定位各有不同,但是对基础岗位的定义与职能规划多数较为统一,常规的游戏美术设计师分类有以下几种:

(1) 美术总监(Art Director)。主要把控与确认游戏内的美术风格,通常是拥有较高专业认可度与经验的美术专业人士,一般美术总监职位存在于独立工作室部门内,或公司中台部门。

(2) 主美术师(Lead Artist)/首席美术师(Principle Artist)。主美术师简称主美,是负责整个游戏研发过程中的美术资源制作进度与美术质量把控的资深人士,其工作职能与美术总监部分重叠,多归属于项目组。

(3) 概念设计师(Concept Artist)。在我国的游戏行业背景下更偏向于原画概念设计师,是负责游戏内原画设计的美术设计师。现阶段国内一般分为场景原画设计师(Environment Concept Artist)和角色原画设计师(Character Concept Artist),多数原画设计师都是 2D 原画设计师出身。

（4）3D 建模师（3D Artist & Model Artist）。是指将 2D 概念设计原画实现成为 3D 模型的专业美术设计师，一般分为角色建模师（3D Character Modeler）和场景建模师（3D Scene Modeler）。

（5）动画设计师（Gameplay Animator）。负责游戏内动画设计与制作的美术设计师，一般而言动画设计师对 2D、3D 的设计均须有所涉猎。

（6）技术美术设计师（Technical Artist）。负责解决与美术表现相关问题的技术类人员，技术美术设计师可以是美术设计师出身，懂得图形学与引擎相关专业内容的技术人员，也可以是技术出身，具备美术设计能力且懂得美术效果实现方法的专业人员，具体可按照项目需求进行定位。

（7）特效设计师（VFX Artist & FX Artist）。指负责游戏内所有特效相关内容制作与设计的美术设计人员。

（8）界面设计师（User Interface Artist/UI Artist）。指游戏内界面设计、交互设计与操作逻辑设计的设计师。由于界面设计师需要非常强的逻辑能力与用户思维，所以一部分游戏公司还会将按照纯界面设计和侧重用户交互逻辑将其拆分为两个岗位，即 UI 设计师（UI Designer）与 UX 策划（UX Designer）。

（9）场景设计师（Environment Artist）。其职能与现阶段业内地图编辑师岗位具有非常高的重合度，其岗位职责包括对场景外观的设计，3D 场景的地图、地形、地貌设计与排布，以及与场景编辑相关的所有工作。

（10）灯光设计师（Lighting Artist）。顾名思义就是对游戏场景灯光进行设计的专业美术设计师。灯光设计师会针对游戏场景的使用场合、使用目的,进行符合该场景的灯光设计,针对场景的类型与实现方案,进行专业设计。

上述分类大致为现阶段业内通用的美术设计师分类,但部分公司会根据自己项目的特性衍生出更为细致或者特殊的岗位,例如关卡美术设计师或资源美术设计师等,具体以项目需求为划分依据。

(三) 游戏研发工程师(Gameplay Software Engineer)/程序员(Programmer)

游戏研发工程师,亦称为程序员,在游戏研发过程中负责实现策划设计的游戏玩法与功能,接入游戏中的各类资源并进行适配。程序员参与游戏制作的方方面面,功能实现、资源入版、效果优化、反馈迭代都离不开程序员的代码,现阶段基础程序员岗位有以下几个大类:

(1) 技术总监(Technical Director),一般由行业中拥有经验且具备资深程序员水平的专家级技术人员担任。他需要了解最前沿的技术,并且能够以项目与团队为出发点,找到最优路径解决游戏开发中的各种问题,是一个需要前瞻性、宏观视角与经验累积的重要岗位。

(2) 主程序员(Lead Programmer),部分工作内容可能会与技术总监重合,并非所有公司都设立技术总监岗位,但是多数游戏工作或项目组都会拥有主程序岗位。主程序员除了负责团队的日常管理工作之外,也应是行业中的资深技术人员,能够制定项目的研发标准并解决项目研发过程中的各种问题。

(3) 程序员(Programmer),在技术行业中存在许多不同的专业领域,一般而言,多数程序员都会选择其中的 1—2 个专业领域进行突破,因此按照专业类型,我们可将程序员细分为以下几类以供参考:① 网络程序员(Network Programmer);② 动画程序员(Animation Programmer);③ 图形程序员(Graphics Programmer);④ 工具开发程序员(Tech & Tools programmer);⑤ 引擎程序员(Engine Programmer);⑥ AI程序员/人工智能程序员(AI Programmer)。

序号为②③④⑤⑥的岗位在某些大型公司可能会归属于相关职能的中台部门或特性小组(诸如音频中台、效能中台等),而不归属于项目组内。

(四) 游戏策划(Game Designer)

策划负责游戏中玩法与各类系统的设计,包含游戏最核心与最基础的内容,涵盖从操作方案、游戏机制、游戏玩法到影音表现的多数模块。因此,"策划必须和美术师及程序员紧密联系,并决定如何利用美术和技术来让游戏栩栩如生。策划需要参与从游戏制作开始到结束的整个过程。在前期制作时,他们将可能的游戏玩法以头脑风暴的形式讨论并做成原型,然后记录下那些在游戏的局限下最好的想法。在游戏中期制作过程中,他们落实游戏设计,包括编写任务脚本、编写对话和玩法测试等。他们的职责也包括整合反馈信息,并在需要时重新设计游戏的某些内容。此外,策划在整个研发过程中必须与团队中的其他成员通力合作"[①]。虽然不同公司对团队构架的理念不同会造成部分职位的职能与名称不同,但一般的游戏研发团队中基础策划岗位有以下几种:

(1) 创意总监(Creative Director);

[①] 钱德勒:《游戏制作的本质(第3版)》,腾讯游戏译,北京:电子工业出版社2017年版,第21页。

(2) 主策划(Lead Game Designer);

(3) 游戏策划:① 系统策划(Gameplay Systems Designer);② 数值策划(Economic Game Designer);③ 技术策划(Technical Designer);④ 任务策划(Mission Designer);⑤ 文案策划&编剧(Game Writer & Scriptwriter);⑥ 关卡策划(Level Designer);⑦ 战斗策划(Combat Designer);⑧ UX策划(UX Designer);⑨ 叙事设计师(Narrative Designer)。

其中,序号⑤⑨即游戏剧本的写作者,但由于剧本写作内容的多样性,许多公司会根据实际工作需求自定义相关岗位,诸如品牌文案策划、叙事策划、世界观策划、IP策划等,具体的工作内容与职能会根据实际需求而作细微变动,但多数工作内容重合。

(五) 音频设计师(Audio Artist)

音频泛指游戏内的所有声音内容,如游戏音乐、角色语音与游戏音效等。音频设计师负责音频内容的设计、制作、入版等工作。在大型项目中通常会有一个比较完整的音频团队来负责相关的设计制作与管理工作,若项目没有独立音频部门,则会由公司层级的中台音频部门来完成这部分工作。音频设计师从架构与职能角度可分为以下几类:

(1) 音频总监(Audio Director),指全局性把控游戏内音频表现、风格方向、技术实现等内容,对项目中的音频方案做出全局规划并保证其实现的音频工作人员。

(2) 音频引擎工程师(Audio Engineer)/技术音频设计师(Technical Audio Designer),音频引擎工程师是指拥有一定编程专业背景,掌握一定音频相关基础知识,能运用编程等技术解决音频相关技术问题的音频工作人员。技术音频设计师负责音频的实际操作及落地调优,他们会基于项目所使用的工具及软件开发轻量化的脚本/自动化工具以辅助项目开发。

(3)音效设计师(Sound Designer),指能结合游戏的实际视觉表现、电子游戏剧本等创作出符合游戏表现及设定的音效设计的音频工作人员。

(4)配音导演(Dubbing Director)/配音监制(Dubbing Supervisor),配音导演是指基于游戏剧本中角色台词设计,结合语音需求为虚拟角色匹配不同的音色,为之挑选合适的配音演员,并在语音录制阶段在现场或远程进行指导的人员。

(5)作曲家(Composer)/音乐设计师(Music Designer),指能够基于游戏剧本与既有的美术表现内容,为游戏创作音乐的创作者。

(六)品质管理人员(Quality Assurance Tester)

又称QA测试人员,是游戏研发过程中跟随游戏版本进行阶段性测试并输出测试结果,检测游戏的缺陷与可迭代内容的人员。游戏品质的提升与QA工作息息相关,因此他们也是打磨整体游戏品质的关键岗位,常见的QA岗位有以下两种:

(1)QA负责人(Test Manager);

(2)QA测试员(Game Tester)。

二、电子游戏设计制作流程

电子游戏的设计制作集体共创,制作周期长、制作内容多,上线运营与研发并行的特殊模式,致使玩法、剧情的设计与制作经常存在并线或多线模式,因而各部门各司其职、并行开展、和谐共创是电子游戏制作的理想状态。

电子游戏的制作要经历剧情创作、玩法设计、美术资源制作、音频资源制作、程序实现等多个环节,必须由策划、美术设计师、音频设计师、程序工程师等多个工种协同参与,这是一个庞大的团队工程,需要清晰的职责分类和流畅的制作流程。基础工种与职能上文已作介绍,下面我们继续了解电子游戏研发的主要流程,并明确每一个阶段的主要工作。

基于制作侧的角度,研发过程可被简单概述为四个基础阶段。

(一) 立项期

立项期是指项目启动之前的准备阶段,在该阶段需要完成的工作内容大体有以下几种:

(1) 确认游戏品类。

(2) 明确游戏的市场定位与主要受众群体。

(3) 游戏核心内容的初期规划(含基础玩法构架、世界观构架、主线故事设计、早期的音美风格测试等)。

(二) 制作期

制作期即项目研发中期,是项目研发最为关键的时期。在此阶段会确立游戏制作的既定标准,并开始进行游戏玩法设计与制作。这个阶段的工作内容与工作量均有所上升,其中较为关键的工作如下:

(1) 核心玩法的确认、设计与制作。

(2) 以玩法模块为基础进入资源量产阶段(如音乐、美术及文本资源等)。

(3) 完整的版本规划,确认测试节点与里程碑[①]。

---

① 里程碑:游戏研发用语,是指游戏研发与发行过程中的重要节点,可以是立项通过、某个版本内容制作完成或是测试达到预期等。

（4）对部分高风险模块进行市场验证，小规模、阶段性的对外测试版本的研发、测试与复盘。

（三）调优期

项目研发后期即调优期，其间研发团队会反复进行阶段性复盘与调优，将游戏打磨到较高品质以备上线，因此以下几类工作必不可少：

（1）游戏内商业化内容的设计与制作。

（2）配合市场、运营制定相关宣发计划，制作相关的游戏内容。

（3）测试与迭代优化。

（四）运营期

当项目完成进入后期调优，且测试数据达标时，便会正式面向玩家推出。至此，一款游戏产品的基础研发流程也将告一段落。但对于电子游戏以及有持续运营计划的游戏研发团队而言，产品正式上线之后仍有大量运维工作需要准备，其中主要包括以下几项内容：

（1）配合市场、运营团队持续制作和推出运营活动方案。

（2）下阶段的游戏剧本创作储备：着手制作后续大型资料片、游戏后续可下载内容（Downloadable Content，简称 DLC）的相关玩法与内容。

（3）持续对线上版本进行测试迭代与优化。

第三章
电子游戏
剧本写作

在广泛认知中，有些游戏如操作简单的益智休闲类游戏根本不需要剧本写作，从表面上看此类游戏没有大量的剧情文本，但实际上，游戏整体的气质定调和音美表现是无法独立于世界观而存在的。不仅如此，玩家目之所及的一切，哪怕消除游戏的一个卡通角色形象，都需要游戏写作者的参与。

以芬兰游戏公司 Rovio 研发与发行的游戏《愤怒的小鸟》为例，玩家操控小鸟，通过控制角度与发射力度，将小鸟弹射击落小猪。游戏的玩法非常简单，但游戏写作却在其中无处不在。接触游戏的初始，玩家会在下载商店内看到游戏的名称：愤怒的小鸟。为什么小鸟会愤怒？通过游戏的名称，写作者为玩家设置了一个悬念。在下载游戏之后，玩家会看到一段开场动画，动画内容为其解开了最初的疑惑：小猪们将小鸟的蛋偷走，为了报复小猪们的这一行为，小鸟决定以自己的身体为武器，去重击小猪堡垒。这段开场动画让玩家得以了解到了一个包含激励事件与玩家动因的故事内容，并且有了最初的角色与场景展示。在新手引导阶段，玩家获悉自己将归属的阵营：小鸟阵营，同时也会接触到最初的可玩/操控角色：红色小鸟。到此为止，玩家所接触到的与剧本相关的内容就有以下这些：世界观主题、激励事件、角色的基础设定、外观设定、角色原画、技能设定、技能表达、音乐音效表达等。

所以，任何游戏都需要游戏写作，只有工作量多少的差异，而游戏写作的对象既然是"游戏剧本"，就注定包含许多综合性设计内容，它不仅指游戏产品内剧情或游戏内纯文本内容的创作，还要涵盖游戏设计流程中涉及的所有关于故事设计和故事落地的内容。

一、电子游戏剧本的定义

电子游戏剧本与电影剧本有共通性,两者均包含"故事"本身,也包含"演绎故事"的路径与方法。一言以概之,电子游戏剧本是电子游戏中关于故事与故事表现设计的文本内容集合。

故事创作是电子游戏剧本的核心,它保证了电子游戏内容上的原创性,决定了电子游戏的整体文化调性以及最终展现给玩家的状态,故事内容的受众既包括故事创作人员之外的所有研发人员和后续游戏商业化过程中的发行人员,也包括电子游戏玩家。

故事表现设计是故事演绎的方法和路径,是一种偏应用型工具类的文本内容的集合,它的主要受众是研发人员,为游戏制作进行指向性的护航,它的主要目的是让故事内容得以在游戏内实现。

故事创作是故事表现设计的前置条件,只有在确认了故事的主体设计之后,创作者才会开始以实现和表达为前提,将故事进行拆解和模块化处理,开展故事表现的设计,因此两者具有流程上的前后置关系。为了全局性、结构化地说清电子游戏剧本的写作,后续会将两部分内容融合在整个游戏的制作流程中,再进行基础结构划分,以便学习其创作要点。

明确了电子游戏剧本的定义,再来提炼其特征,结合前文对游戏写作者的定位,商业化电子游戏剧本写作的特征大致可被归纳如下:

(1)合作性:即集体共创。由于电子游戏的生产制作环节较多,任何设计内容都不可不考虑其上下游的承接制作关系。

(2)动态迭代:与其他剧本写作相似,所有的文本与集体创作活动,都会在一个原点、一个创意上进行,在原文档的基础上,逐渐根据研发流程推进。

（3）服务于玩法：剧本内容的创作必须与游戏玩法紧密结合，不可脱离游戏这个载体本身。

（4）落地性：剧本内容的创作要考虑内容的实现与制作，要符合游戏研发的整体技术结构与内容定位。

（5）注重市场反馈：用户反馈与产品研发并行，创作内容必须接受市场的检验，并且根据市场与用户反馈的具体结果对内容进行取舍与再定位，进而优化与迭代产品。

既要符合电子游戏的研发流程，又要满足其制作特征，电子游戏剧本写作断然不能使用传统的写作方式，而需要以模块化写作的方式进行。结合实际的研发流程和内容创作需求，电子游戏剧本的写作工作大致可进行以下归类拆分：

1. 游戏剧本策划案

（1）游戏代号；

（2）游戏品类；

（3）游戏标签；

（4）核心设定；

（5）故事简述。

2. 世界观设定

（1）核心框架设定；

（2）世界构成（如区域划分、地理地貌、建筑风格、生态环境等）；

（3）文化符号说明/设计手册。

3. 剧情设计

（1）新手剧情；

（2）主线剧情；

(3）支线剧情；

(4）活动剧情。

4．角色创作

(1）角色定位（角色类型、角色基础信息、角色标签）；

(2）角色设定（角色背景设计、角色游戏化属性设计）；

(3）角色美术需求；

(4）角色音频需求。

5．特性内容创作

(1）包装类文档（系统、玩法、技能、规则等概念的设定与文本创作）；

(2）外宣类文档（用于市场宣发的文档与相关内容的创作）；

(3）其他文档（如版署材料、上架信息等）。

6．文本管理

(1）源语言①文本管理；

(2）本地化②与多语言管理。

二、写作思路：设计、需求与制作

电子游戏剧本的涵盖面广，所涉文档繁杂多样，写作周期长，与其他部门配合度要求高。因此，上文引入了模块化写作的方式，便于写作者对写作内容进行清晰地拆分。但这仍不够，新的写作方式需要新的写作思路，游戏剧本写作与游戏制作同步进行，设计—需求—制作这样的写作思路应当贯穿在每一个模块的工作中。

---

① 源语言：游戏研发用语，是指游戏研发时的第一个语言文本内容。
② 本地化：游戏研发用语，是指游戏产品从源语言版本翻译成其他语言版本，并根据目标区域进行产品内容更迭以适应市场销售和使用。

(一) 设计

设计是游戏写作中最优先也最有自由度的环节,由剧本写作者发起并主导。通常,游戏中所有与故事/剧情、音乐美术表现与文化气质定调相关的内容都需要写作者进行前置化设计,目的是为后续的制作明确方向。

在设计阶段,任何文档都要根据游戏研发需求而定制,主要作用是为研发对象介绍游戏世界架构、简述游戏故事剧情、包装系统/活动的背景,一般仅面向游戏开发者,对制作起指示性作用和通识化科普,并不向玩家展示。

在落地的写作过程中,设计性质的工作会生成面向全体研发人员和市场宣发人员的世界观文档(含基础设定及文化符号手册),面向剧情制作流程中每个人员(策划、美术)的剧情大纲、细纲,以及面向系统/活动所负责策划的系统/活动概念设计文档。

(二) 需求

电子游戏里的故事是规则下的故事,一切内容设计都受规则限制,电子游戏的叙事是多媒体叙事,故事是由写作者与其他部门同事共创而成的。因此,剧本写作者既是需求的接受者,即根据策划端提出的需求进行剧情设计或概念包装,又是需求的发起者,即向技术部门提出音美需求,将故事转化成为动画、插画、音频、交互操作等形式。需求思维是电子游戏剧本对写作者提出的全新要求,目的是保证其他部门准确接收、理解故事内容,并协力将其从概念阶段成功实现为游戏内容。

在实际的开发过程中,剧本写作者通常会和策划一同产出需求文档,这也是为什么游戏剧本写作者被定位为文案策划,并入策划的工种之中。作为制作的上游和发起者,策划在研发过程中会针对每一个系统或功能，撰写一套涵盖玩法说明、功能、美术、音频、文本内容的策划案。其中针对功能的细化说明及制作要求由系统策划完成，而多数的美术、音频与文本等表现内容的制作标准和细节则由游戏写作者完成。这类以明确制作方法、制作规则、制作细节为目的，交给下游制作方的文档被称为需求文档。在游戏写作者的工作中，日常接触到的需求文档大致有以下三类：文案需求、美术需求及音频需求。

1. 文案需求

当需要撰写与电子游戏世界观强关联的内容时，相关人员就会提供文案需求给文案策划，即电子游戏剧本写作者。文案需求的发出者并不固定，可以是电子游戏模块负责人、相关系统设计者，也可以是电子游戏内外的发行、运营、商务人员。

文案需求的作用是帮助剧本写作者理解需求内容，明确写作需求，从而准确高效地完成包装。它至少需要包含纯玩法项的游戏系统设计文档或功能简述、需求项目、需求规则、字数限制和文本参考。剧本写作者虽然不需要亲自撰写文案需求，但也要明确其所含类目，如有缺失，应及时提醒策划或由发起方补齐。

在接收到文案需求后，剧本写作者要根据其中的需求内容和撰写标准产出对应内容，比如一个系统的世界观背景包装、一套适应新玩法的活动剧情、一个新角色的人物介绍及小传、一批道具的说明文本等。这些文本既要符合世界观设定，又要贴合发起者的需求，比如在西方魔幻题材下，一个消除类的玩法就可以被包装成消除魔王爪牙的概念；对道具的说明则要讲明其来源和效果作用；一个活动标题既要对玩家起到吸引作用，又要符合界面设计，将字数控制在标准以内。

2. 美术需求

美术需求是剧本写作者、策划与美术设计师的沟通桥梁，是将文字类设定为或游戏机制转变为供玩家使用的视觉材料的基础依据。美术需求主要面向游戏研发团队中的美术人员，这些需求文档将为美术设计师提供基本的设计思路并框定设计边界。根据不同目的与表现形式，美术需求能够被分为多种类型，大致包含以下几种：

（1）角色美术需求；

（2）场景美术需求；

（3）插画美术需求；

（4）动画美术需求。

3. 音频需求

音频需求针对电子游戏中所有音频而展开制作，一般涵盖游戏音乐、音效与语音。

游戏音乐在宏观概念上是指游戏内包含的所有音乐性的内容，大体有游戏主题曲、开场曲、游戏背景音乐等，它们既可以用于游戏作品本身，也可以用作游戏宣发。与电影音乐一样，游戏音乐同样可以给人带来沉浸式的感官体验，注定成为游戏中重要的组成部分及重要的剧情表达方式之一。游戏音乐虽由音频设计师主导，但同为内容产出者，剧本写作者需要随时回应音频设计师对游戏文化气质、剧情基调等方面的提问，协助其完成作曲。

游戏音效是电子游戏中丰富剧情叙事的新媒介，作为剧情的掌舵人，这类需求理应由剧本写作者发起。例如在卡普空经典恐怖游戏《生化危机》[①]系列中，令人毛骨悚然的丧尸吼叫，抑或黑暗房间

---

① 《生化危机》：*Resident Evil*，[日]卡普空，1996年。

中压抑而微弱的风声,都大大提升了剧情的恐怖感,对玩家的沉浸感和代入感都起到了显著的提升作用。

游戏语音是指在游戏、游戏电影或其他影音艺术中声音内容中由人类发出的声音。玩家在游戏中通过人物原画、人物动作等美术表现建立起游戏人物的视觉形象,往往需要配合以真实立体的声音,从而达到深入人心的效果。比如在《侠盗猎车手5》中,除了用人物形象上不修边幅、动作表现上横冲直撞来体现,制作团队还加入了极具表现力的"暴躁老哥"的配音风格,将崔佛这一疯疯癫癫而又极度危险的形象深深印在玩家的脑海中。语音是角色必不可少的制作环节,因此也需要剧本写作者来撰写需求。游戏中的语音大致可分为对白、旁白、独白、内心独白、解说、群声等,剧本写作者需要根据其所处情境,结合剧情需要和人物特征,对年龄、音色、语气、演绎风格都做出预设,并产出相对应的语音需求。

(三) 制作

制作即游戏文本写作,游戏文本则指电子游戏产品内所有以自然语言为基础而组成的可阅读的文稿内容。

从实际工作角度出发,游戏文本经由剧本写作者产出,会直接展示在游戏内或运用于游戏相关业务的文本介绍中,其特点是并不存在后续的设计制作环节,写作者输出的文本即为最终形态。因此,此类文本在确保文学性之外,还需要充分考虑其受众、功用,并根据使用情境量身定制,故这类文本的写作应置于制作的视野之下,与写作区分,重点明确其创作性质。

需要剧本写作者制作的游戏文本有两类,第一类是游戏产品内的所有文本,涵盖从剧情故事、角色台词到功能玩法说明、运营公告等一系列以游戏产品本身为载体的文本内容,遵循约定俗成,可将其称为游戏文本;第二类是除了游戏内部文本之外的,以非游戏产品本身为载体的文本内容,诸如在游戏官方社媒、运营号等发布的所有与游戏产品内容相关的游戏文本,称为游戏副文本。

游戏文本在游戏剧本中的占比极高,依照不同的模块与情景,存在多种表达方式,也有其特定的撰写要求。在制作游戏文本时,剧本写作者至少需从以下三个角度提取写作要求:

1. 文本使用场合

文本使用场合会影响到文本篇幅、文风等。例如在电子游戏中,用户界面(UI)[①]文本是供玩家操作和交互的图标、按钮以及与所有可交互图形相匹配的文本内容。当游戏文本应用于游戏界面时,就必须遵照UI界面的文本框限制,在规定字数内尽量做到简洁易懂。

2. 撰写目的

游戏文本的撰写目的不同,撰写侧重点也会相应变化。比如说明类文本的最终目的是让玩家理解说明对象,因此文本易读性在撰写时应被优先考虑;过转场动画中的转场文案这类承载世界观与剧情表现的内容则侧重世界观的表达,撰写时应更注重文学性与艺术性;商业化活动的标语应考虑其宣传功能的广告效应。

3. 面向受众类型

游戏启动研发之前,往往已经通过外部部门进行市场用研等来确认其目标用户,为相应的玩家群体产出其较为喜欢的文风是商业化在游戏剧本写作中一只"无形的手"。重玩法的用户往往关

---

① 用户界面:User Interface,简称UI,也称使用者界面,是系统和用户之间进行交互与信息交换的媒介。

注游戏玩法说明、技能描述、游戏数值属性等内容,内容应相应精炼便于阅读,剧情应设置可跳过功能,以方便用户顺畅快速地推动游戏进程。重剧情的用户则尤为看重过场动画、剧情对白、人物小传等大体量的剧情文本,他们要求写作者提供能引发共鸣和能使其产生情感波动的剧情内容。不同的受众要求不同的文本,基础文风的确定,虽不对游戏文本的制作起决定性的限制作用,但也需要剧本写作者纳入考量。

设计—需求—制作是游戏剧本写作的主要思路,它虽然对剧本写作提出了新的要求,但是也对实际的剧本写作工作做出了落地顺序的指引。以一段投放新角色的剧情为例:策划发起的游戏角色杨玉环和白居易的投放活动需求。剧本写作者需要为这一活动撰写概念背景,根据典故和文献,确立了以《长恨歌》的创作历程作为剧情底板;同时为美术提供以杨玉环起舞,白居易在身后哀叹写诗为主视觉的活动宣传图美术需求,为音频确定这一活动的基调以慨叹为主;最后,根据策划确立的剧情形式撰写制作文本,产出适配于界面的活动标题标语等并配合运营撰写或提供推文所需素材。

在游戏的研发过程中,针对任一阶段任一模块,剧本写作者都可以根据此思路制定写作工作的顺序。

第四章
游戏剧本策划案

游戏剧本写作撰写的第一份文档是游戏剧本策划案，它是电子游戏立项期对游戏世界观与剧情设定内容的集合。对于绝大多数游戏从业者来说，实际在工作落地时，游戏剧本策划案可能并非必备，这是由于在国内的游戏开发公司中，很少有以故事/剧情为主导启动研发的机会。剧情策划（游戏写作者）介入项目时，游戏的品类、主题、核心玩法往往已被确立。但对于入门者而言，游戏剧本策划案必不可少，它是一种基础训练，既能被视作传统写作中的提纲，也在很大程度上带有商业企划性质。

一份基础的游戏剧本策划案至少应包含代号、品类、标签、核心设定及故事简述，作为游戏产品最初的框架和定位，它是制作/写作者后续推进的指导和纲要。

一、游戏代号

游戏代号是指在项目正式上线前对游戏产品本身与项目的代称。之所以用代号而非名称，是由于正式的游戏名称需要定位且筛选目标用户后，使用定量和定性的研究手段触达用户，在目标用户对游戏玩法、世界观、剧情等维度有一定了解后，再将初步拟定的若干游戏名称通过问卷等形式投放，结果收回后运用数据分析或更科学的最大差异测量[①]（即 MaxDiff 模型）等方法来最终确

---

① 最大差异测量：一种广泛应用于市场调研的数据分析模型，全称 Maximum Difference Scaling，简称 Maxdiff，用于调研受访者对产品属性的偏好程度，一般做法是让受访者从一组对象中指出能表明最大差异偏好的对象，例如指出对象中"最喜欢的"或"最讨厌的"。

认。这一系列的工作需要结合用研介入、综合运营和测试反馈才能进行。因此,在正式名称确定之前需要一个游戏代号以便项目组内进行称呼。

游戏代号的使用场合覆盖了游戏立项期和研发期,偶尔也会用于对外招聘或者阶段性版本测试。

它通常由游戏剧本写作者、美术负责人及整个项目的负责人共同确定,一般以"代号:X"的形式呈现。X可以是游戏的核心玩法,也可以是主要设定,还可以是剧情基调抑或一个简单的字母。代号某种程度上作为游戏的"小名",大部分时候都承担着开发者对其最初的定位及远大的展望。

二、游戏品类

游戏品类直接决定了游戏的主要规则,也确立了游戏的核心机制,甚至在一定程度上锚定了产品的目标群体,并深度影响游戏中的核心玩法、文化基调、美术风格等方方面面。

剧本写作者不需要对游戏玩法作过多设计,但却需要对各品类的主要规则和机制做到心中有数,每一种既定的游戏品类都有自己特定的玩法、机制和用户群,这为故事的脉络和侧重指明了方向,比如:

角色扮演游戏的核心机制为扮演、角色成长,这就对故事中的人物打造提出了极高的要求:数量多、种类广、出彩的单线人物成长故事以及复杂勾连的群像故事必不可少。

战略游戏的核心机制为资源、战术/策略、对战,故事中必须为主人公留出极大的变强大的空间,同时,相互克制的力量体系、丰富的科技、永不停歇的追求和不断涌现的对决也不可或缺。

模拟游戏的核心机制为模仿、经营/建造，故事就要求对游戏所有模仿的对象作一个全方位的拆解，大体有外观、内容、运行的生态、遵从的规则等。

多人线上战斗竞技游戏的核心机制为团战，故事中角色能力、世界地图、战术的比重就会增多。

大型多人在线游戏要求设计者在故事中提供充分的社交舞台；生存游戏要求故事必须有强烈的末日感和开荒情节；解谜游戏最考验故事中悬念的设计和叙事手法……

对于游戏写作者来说，品类就是安放笔下故事和文字的载体，它指导甚至限制了剧情走向及叙事形式，是写作者在动笔之前不得不审的题。在策划阶段就明确游戏的品类，并在相同品类的成功游戏中提取拆解故事的模型，借鉴其叙事的精妙，对游戏剧本写作的入门者而言，具有事半功倍的神奇功效。

三、游戏标签

当受众谈及个人喜好的游戏类型时，会有"喜欢休闲游戏""喜欢射击游戏""喜欢恐怖游戏""喜欢科幻游戏"等各种说法，由此可见每一款游戏都会根据玩法、主题、氛围等拥有自己对应的标签。标签与品类一样，既是受众筛选游戏时的标准之一，也为游戏决定了第一受众。

与较为成熟的商业小说及动漫产业不同，当前商业化游戏的标签分类尚未成体系，亦没有业内的统一标准。一般来说，它既包含传统意义上展示游戏设定、剧情、世界观或者大众流行文化元素的内容标签，也包含可以明确第一受众群体定位信息的受众标签。

(一) 内容标签

观览国内知名文学网站起点中文网与晋江文学城,其内容标签基本涵盖了玄幻、奇幻、武侠、仙侠、都市、现实、历史、科幻、传奇、惊悚、悬疑、童谣等。虽然显示层级在同一层级,但其分类维度并不统一,既涵盖了作品的文化背景(东方、西方),也包含了文体类型(奇幻、玄幻、科幻、灵异、童谣)和时代背景(现代、古代),甚至连作品主题(爱情、历史)也囊括在内。

为了更清晰地对内容标签进行分类,我们将市面上既有的内容标签按各自维度进行初步划分,基本可以遵照下述五个层面进行标签的总结凝练,即:

(1) 文化背景:东方、西方等;

(2) 时代背景:现代、古代、未来等;

(3) 文体设定:奇幻、玄幻、科幻、灵异、神怪、怪志、传说等;

(4) 剧情主题:爱情、历史、修仙、种田等;

(5) 剧情元素:犯罪、推理、惊悚、恐怖等。

按此思路可将市面上耳熟能详的电子游戏进行内容标签上的归纳分类,例如:

西方奇幻:《无冬之夜》[1]《黑暗之魂》[2]等;

西方神话:《战神》[3]等;

当代奇幻:《哈利·波特与魔法石》[4]《女神转生》[5]等;

---

[1] 《无冬之夜》:*Neverwinter Nights*,[加拿大] BioWare,2002 年。
[2] 《黑暗之魂》:*Dark Souls*,ダークソウル,[日] From Software,2011 年。
[3] 《战神》:*God of War*,[日] 索尼互动娱乐,2005 年。
[4] 《哈利·波特与魔法石》:*Harry Potter and the Philosopher's Stone*,[美] EA,2001 年。
[5] 《女神转生》:*Megami Tensei*,[日] ATLUS,1987 年。

东方武侠:《剑侠情缘》①《金庸群侠传》②等;

东方仙侠:《仙剑奇侠传》③《古剑奇谭》④等;

东方幻想:《剑灵》⑤《神舞幻想》⑥等;

东方志怪:《胧村正:妖刀传》⑦《阴阳师》⑧等;

神话:《大神》⑨《斗战神》⑩等;

科幻、太空歌剧:《质量效应》⑪《星球大战绝地:陨落的武士团》⑫等;

废土启示:《辐射4》⑬《地铁2033》⑭等;

反乌托邦:《旁观者》⑮《奥威尔》⑯等;

赛博朋克:《赛博朋克2077》⑰等;

推理:《她的故事》⑱《逆转裁判》⑲等;

---

① 《剑侠情缘》,[中]西山居,1997年。
② 《金庸群侠传》: *Heroes of Jin Yong*,[中]河洛工作室,1996年。
③ 《仙剑奇侠传》: *Chinese Paladin*,[中]大宇资讯,1995年。
④ 《古剑奇谭》,[中]上海烛龙信息科技有限公司,2010年。
⑤ 《剑灵》: *Blade & Soul*,[韩]NCSoft,2013年。
⑥ 《神舞幻想》,[中]北京九凤信息科技有限公司,2017年。
⑦ 《胧村正:妖刀传》: *Oboro Muramasa: The Demon Blade*,[日]Vanillaware,2009年。
⑧ 《阴阳师》: *Onmyoji*,[中]网易,2016年。
⑨ 《大神》: *Okami*,[日]卡普空,2006年。
⑩ 《斗战神》,[中]腾讯游戏,2010年。
⑪ 《质量效应》: *Mass Effect*,[加拿大]BioWare,2007年。
⑫ 《星球大战绝地:陨落的武士团》: *Star Wars Jedi: Fallen Order*,[美]Respawn,2019年。
⑬ 《辐射4》: *Fallout 4*,[美]Bethesda,2015年。
⑭ 《地铁2033》: *Metro 2033*,[乌克兰]4a-games,2010年。
⑮ 《旁观者》: *Beholder*,[俄]Warm Lamp Games,2016年。
⑯ 《奥威尔》: *Orwell: Keeping an Eye on You*,[德]Osmotic Studios,2016年。
⑰ 《赛博朋克2077》: *Cyberpunk 2077*,[波兰]CD Projekt RED,2020年。
⑱ 《她的故事》: *Her Story*,[英]Sam Barlow,2015年。
⑲ 《逆转裁判》: *Ace Attorney*,[日]卡普空,2001年。

探案：《暴雨》；

历史架空：《刺客信条：大革命》①《全战三国》②等；

历史演绎：《十字军之王 3》③《埃及古国》④等；

心理恐怖：《零·红蝶》⑤《纸人》⑥等；

克苏鲁神话：《沉没之城》⑦等；

末世生存：《生化危机 7》⑧《逃生》⑨等；

现实生活：《侠盗猎车手 5》⑩《荒野大镖客 2》⑪等；

当代战争：《使命召唤》⑫《汤姆克兰西：全境封锁》⑬等；

军事冲突：《这是我的战争》⑭《勇敢的心：世界大战》⑮等。

（二）受众标签

之所以将游戏标签的维度扩展至受众层面，是因为游戏写作不仅与传统写作一样需要具备"读者意识"，还因它是一种服务于文化产品的商业化写作，更需要从市场反推生产，以受众倾向的维度来进行题材确立这一步注定无法跳过。

纵观整个亚洲文化圈，日本的 ACGN 产业起步早，市场占有率

---

① 《刺客信条：大革命》：*Assassin's Creed Unity*，[法]育碧，2014 年。
② 《全战三国》：*Total War: Three Kingdoms*，[英]Creative Assembly，2019 年。
③ 《十字军之王 3》：*Crusader Kings III*，[瑞典]Paradox Development Studio，2020 年。
④ 《埃及古国》：*Egypt: Old Kingdom*，[俄]Clarus Victoria，2018 年。
⑤ 《零·红蝶》：*Fatal Frame II: Crimson Butterfly*，[日]特库摩，2003 年。
⑥ 《纸人》，[中]北京荔枝文化传媒公司，2019 年。
⑦ 《沉没之城》：*The Sinking City*，[乌克兰]Frogwares，2019 年。
⑧ 《生化危机 7》：*Resident Evil 7: Biohazard*，[日]卡普空，2017 年。
⑨ 《逃生》：*Outlast*，[加拿大]Red Barrels，2013 年。
⑩ 《侠盗猎车手 5》：*Grand Theft Auto V*，[美]Rockstar Games，2013 年。
⑪ 《荒野大镖客 2》：*Red Dead Redemption 2*，[美]Rockstar Games，2018 年。
⑫ 《使命召唤》：*Call of Duty*，[美]Infinity Ward，2003 年。
⑬ 《汤姆克兰西：全境封锁》：*Tom Clancy's The Division*，[法]育碧，2013 年。
⑭ 《这是我的战争》：*This War of Mine*，[波兰]11 bit Studios，2014 年。
⑮ 《勇敢的心：世界大战》：*Valiant Hearts: The Great War*，[法]育碧，2014 年。

高，凭借其纯熟的文化产业运作模式、个性鲜明的文化特征与文化输出能力在全球文化圈都占有一席之地，它的既定分类具有较大借鉴意义。

在日本 ACGN 产业中，受众分类法已相当成熟，最为通用的当属男性向、女性向、儿童向、少女向、少年向、家庭向、一般向漫画/动画/游戏。但哪怕是同一 IP，根据上架平台、上架地区和目标受众的不同，也会随着该平台的上架规则与相关区域法规结合用户需求来相应调整产品标签，以做内容定制处理。为了更好地理解，本书附录 3 "日本 ACGN 部分作品受众倾向分类标签示例表"可供学习参考。

与内容标签相同，我们同样按照不同维度来对受众倾向作归类，具体为：

（1）性别：男性、女性；

（2）年龄层：儿童、青少年、青年；

（3）内容：一般向、限制级；

以上三个维度七个标签，足以涵盖当前游戏市场几乎所有的目标玩家。

从品类到标签，一款游戏开始具备初步的产品定位和目标市场，它终于得以从写作者脑海中的一个想法落地成一个能够被整个研发团队感知和想象的"初稿"，但写作者此时的工作才刚刚开始。

由于游戏剧本策划案很多时候也被用作项目的招标和立项，因此它的阅读者除创作者本人、制作团队，还有可能为业界资深同行和投资者。因此单纯地确立游戏品类和题材还不够，写作者还需要将市面上相似的已有产品进行竞品类比。罗列并拆解若干相同性质的成功作品,不但能为写作者提供学习的标杆,也能让阅读游戏剧本策划案的游戏从业者或投资者迅速明白设计者所要做的是一个什么样的产品并给出相关的指导意见。

分析可对标的竞品后,写作者便可开始提炼总结自己的游戏剧本策划案的特点,这是游戏创新点的阐述,也在一定程度上带有商业性质,直白地说,就是将要设计的游戏有何卖点：游戏玩法创新在哪？游戏故事独特在哪？它与同类游戏有何不同？它有何种竞争力？

上述两块拓展内容在实际的工作中往往由项目制作人来主导并加以提炼,内容核心制作者共同归纳后由写作者撰写润色,因此在初级的写作训练中不作强制要求。

四、核心设定

游戏的核心设定即游戏内容的"创新点",具体指高度概括整体世界观设定内的通用世界规则或影响整部作品核心剧情的关键设定内容。它既可以是几条规则的罗列,也可以融合在具体的描述文本中,作为游戏故事的背景事件。不同于机制与玩法,核心设定往往更关注于世界观和剧情层面,因此得以由写作者全权设计。

比如人们熟知的《生化危机》,其核心设定即"丧尸病毒可通过咬伤或者人类创面接触感染,感染病毒的人类会变成极具攻击性的丧尸"。这种"攻击性"和"传染性"的设定,使得该系列每一作的主角都需要逃离因丧尸病毒爆发而彻底陷入混乱的庄园或是城市,并尽力调查隐藏在病毒爆发背后的秘密。

核心设定先于游戏故事所诞生,它需要在一切具体写作开展之前就被确立,这种前瞻性使其在游戏剧本写作中的重要性不言而喻。

  游戏故事次于游戏规则，游戏写作服务于游戏玩法。因此游戏的核心设定必须从规则入手，它既要辅助游戏主机制的建立，也要对游戏核心玩法作内容侧的阐释。

  比如《不休的乌拉拉》，作为一款放置类休闲游戏，其核心机制是"组队、放置"，具体玩法是"玩家与其他玩家组队搭配出一支队伍，通过职业搭配，强化各维度养成从而自动通过关卡"。针对这样的初始设计，写作者将核心设定确立成"奔跑吧，奇幻原始人"。这一巧妙的设计交出了近乎满分的答卷。组队被解释为人类的群居属性，自动通关被细化成符合原始社会行走、迁徙、开拓、奔逃的基础行为模式，与奔跑通关的游戏行为完美契合。而为达到"奔跑不休"的游戏目的，玩家需要分配职业搭配技能，让同伴在队伍中各司其职，还需要打磨装备、驯服幻想生物或野兽、进行能力提升，以对抗在不同环境如平原、雨林、峡谷中遭遇的不同野兽的攻击。在这一设定下，核心玩法如战斗、策略、养成、收集得到体现。

  再以《灵魂献祭》[①]为例，在该作中，由始至终贯穿游戏的核心设定是"魔法使通过献祭付出等额代价，从而获得力量与魔物战斗"。身为魔法使的主人公即玩家承担着剿灭怪物的使命，但战斗的前提是通过献祭身体的某个部位或者同伴生命来获取强大的魔力，从而去讨伐魔物。与魔物战斗为核心玩法，献祭则指导了核心系统"供物"的确立。此后，核心设定直接为游戏剧情设下写作方向。在剧情层面，主人公从魔法学徒开始，伴随着魔法书的观览一

---

① 《灵魂献祭》：ソウルサクリファイス Soul Sacrifice，[日] Marvelous AQL，2013年。

路感悟着"献祭"的含义,主线剧情中随着怪物的变强,主人公的牺牲也越大,献祭的加深和力量的加强相互牵绊,支线剧情中每一只怪物也都是因为曾经不断地使用魔法过度透支自身堕落而成。非但如此,核心设定还在某种程度上承载着产品价值观的输出,这虽不是每一个游戏产品都需要具备的内容,但有之则锦上添花。《灵魂献祭》的核心设定可以提炼为"献祭与代价",通过击败怪物,魔法使既秉承着自己的使命,又犯下新的罪行,距离成为"魔物"又近一步,但魔物的失败又何尝不是一种救赎。善与恶、正当与正义的价值母题不断交织在献祭行为中,通过一次次艰难的选择,玩家得以深刻体会到游戏开头即魔法书开篇所写下的那句话:"追求原本不属于自身的力量,就需要付出同等代价。"

解释机制,承托玩法,指导剧情,输出价值观,这是一个完美的核心设定所要做到的四个方面。若能做到,其价值便可等同于故事中的"核心事件",成为游戏开发初期的一粒"好种子",经过整个团队的培育,在漫长的研发周期中生根、发芽,长成一棵"好树",回馈出成熟甜美的果子,并持续不断地"生长"(运营)下去。

五、故事简述

游戏剧本策划案的最后,自然少不了一段对游戏故事的简述:游戏发生在一个什么样的世界,主角为什么出现在这里,要做什么,有什么目标。

在实际的工作中,游戏故事通常不被单独撰写,开发者默认它将以碎片形式借由游戏剧本中的世界观、剧情、角色、包装共同呈现。但在电子游戏制作正式开工之前用几句话高度概括故事简述,有助于让所有研发者直接感知到产品的气质和骨架,这是"讲故事"这种艺术形式的天然优势。

在创意写作的传统教学中,经常有一种训练,即用一句话概括你的故事。这种训练在游戏写作中同样沿用,但提出了更多的要求。故事简述必须与游戏规则相嵌合,通俗地讲,就是要做到"讲故事"和"玩游戏"高度同频。

继续以《愤怒的小鸟》为例,它的游戏故事相当简单,剧情量微乎其微,但哪怕如此,它在规则和故事上做到了高度嵌合。我们以不带任何叙事色彩的方式说明其玩法:

玩家通过手指操控角度和力度,将弹弓中的小鸟弹射向远处的小猪,通过击打命中目标获得胜利以实现过关。

这一玩法底层的机制是两种阵营,单向操作,以直接可视的结果判断输赢。

为了嵌合这样的机制,游戏故事必须包含以下几个前提:

(1) 主角有敌对关系;

(2) 故事从一方说起;

(3) 主角的行动有显而易见的结果。

在这样的前提下,我们可将写作者所设计的故事简述为:

> 在一片森林中,小猪和小鸟宿怨已久,好吃懒做的小猪常将小鸟的蛋偷走,这让小鸟们苦恼不已。为了报复小猪们的这一行为,小鸟决定以自己的身体为武器,通过弹弓去重击小猪堡垒,以示反击。

具体落地时,这种故事与机制的嵌合也许不能一次达标,但我们仍可以用以下三条准则来反向验证以进行修改,即:

(1) 游戏玩家与故事主角重合；

(2) 游戏行为即主角行动；

(3) 游戏目标即主角目标。

需说明的是，第一条准则之所以重合，是因为在一些游戏故事中，玩家本人不一定就是故事主角，但他却一定拥有操纵故事主角的权力，玩家可以通过主角的眼睛观看故事，也可以控制主角的身体进行故事演绎，同时，他也可以借由游戏的功能性按钮随时中断情节，使自己从故事中跳脱出来。所以说，游戏玩家不一定就是故事主角，但两者必须要在某种程度上重合。

下面以《塞尔达传说：旷野之息》为例，用这三条准则来对应验证一番。

首先要提取该作的游戏机制：

玩家以第一视角操纵角色在开放世界中通过即时战斗、大世界交互、物理化学引擎小玩法、收集系统、BOSS挑战等提升实力，抵达城堡，最终击败BOSS，完成通关。

其次将此机制转译为我们撰写故事简述的前提，即：

游戏玩家：对世界认识不全之人；

游戏行为：大世界冒险+能力的习得+战力提升的验证；

游戏目标：对抗并最终战胜BOSS。

最终我们得以输出故事简述：

你——失忆的林克（游戏玩家）在神秘的地底神庙中苏醒，一个全新的世界在你眼前展开。你迫不及待地在世界中探索（大世界交互）、收获奇珍（收集）、补充体力（烹饪）、开拓所能到达的地域（开塔）、在神庙中获得神力（物理化学引擎）、击败沿途所有阻拦（即时战斗）来到城堡，用一路习得的所有本领击败了世界的敌人——灾厄盖侬，并在这一漫长的冒险中知悉自己原是守护这世界的战士，你不负使命地坚守着责任，延续了自己的光荣。

以上两个案例，充分展示了在游戏写作中如何撰写一个合格的故事简述。在具体实施时，我们不必强求先拆解机制还是先嵌合故事，你可以先拆机制再写故事，也可以写完简述后倒着比对，无论是何种创作顺序，只要满足三条准则，便可视作过关。

有了游戏代号、品类、标签、核心设定和故事简述，游戏剧本策划案终于初具雏形，它既是写作者的创作大纲，又是设计者的风格指南，还是产品制作者的商业企划书，对后续写作及制作起到提纲挈领的作用。

为了便于理解，我们按照上述拆解思路，为大家原创一个简单的游戏剧本策划案以作范例。

游戏剧本策划案

1. 游戏代号

方舟（Project Ark）。

2. 游戏品类

多人在线角色扮演游戏（MMORPG）。

3. 游戏题材

（1）内容标签：科幻、末世生存、恐怖。

（2）受众倾向：

主标签：成年、男性、一般向；

副标签：男性青少年、成年女性。

4. 游戏核心设定

地球环境骤变,"圣光"效应下,大批人类死于疾病与灾难,地表变得不适合人类居住。少数特权阶级手持"船票"进入地下城方舟得以生存,在地表的残余人类多数成为变异者。

伴随着地下资源的耗竭,方舟不得不启动"地平线计划"。在确认地表气候逐渐好转、封锁线内的陆地板块状态稳定后,一部分方舟人类作为先遣队被送回地表,承载着人类希望寻获适宜生存的地区。然而,意料之外的变异者、波动的"圣光"、仍未变异的幸存者后代的敌视以及获得"圣光"免疫的新人类的拒不配合,为其探索之路设下重重障碍。

先遣队必须迅速适应地表环境,在应对变异者攻击的同时打开新人类之心防,与地表集团解开宿怨,才能让深埋地底的人类文明火种在新世界重燃。

5. 故事简述

你将扮演方舟基地的冷冻人约翰,作为"地平线计划"的践行者之一,带领先遣部队前往地面,你的首要目的是调查地表的近况,全面收集线索寻找最适人类返回地面生存的地区。

但当你回到地表时,却出现了出乎意料的情况。残存在地表的人类在"圣光"影响下成为变异者,分散在世界各地的"行尸"对你们发起无差别的狂暴攻击,为了继续前行,你不得不击败曾经的同类。与此同时,大部分原人类的后代将方舟人类视作世敌,他们拒绝为你提供一切关于新世界的情报和帮助。为了应对未知,你必须尽快解开新世界的谜团,寻获对抗"圣光"的方式,并找到其他践行者与其结为同盟,共享情报,尽快寻获并力求获得新人类集团当权者的支持。

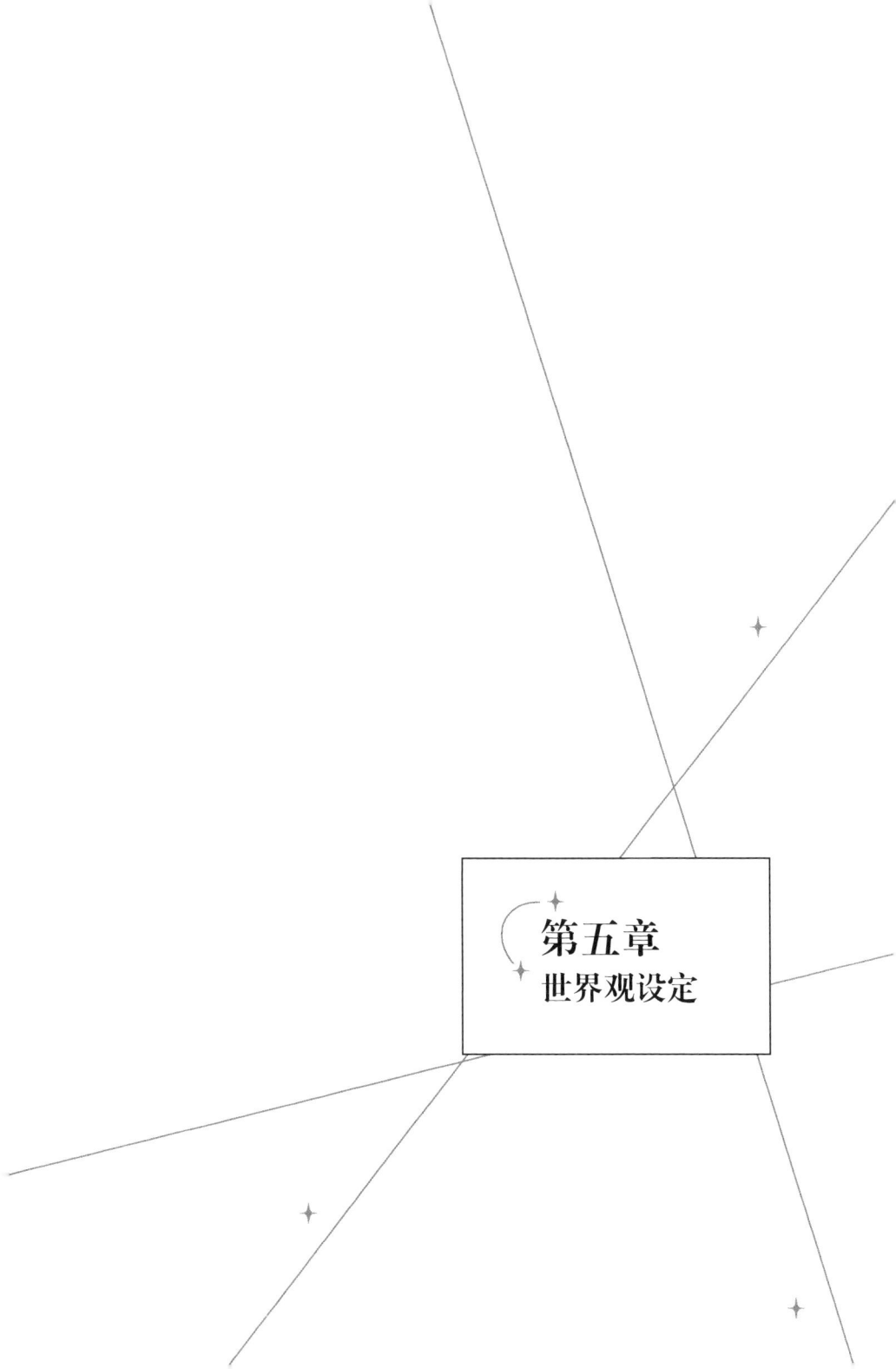

第五章
世界观设定

业内时常使用"世界观"这个词去指代游戏写作初期的基础设定内容,它是整个电子游戏写作的起点,甚至在理想状态下应成为电子游戏制作的原点。世界观是游戏世界的原初设计,需要对游戏时空进行"建制",包含世界的底层运转逻辑即核心设定的阐释,也是游戏故事的逻辑基础。它既是游戏规则在内容层面的"解释",也引导游戏核心玩法的确立,它是"制作底板",也是"通识手册",需要前置于一切写作,并被所有研发人员通读。因此,全面、通泛、合乎逻辑是其写作标准。

一、游戏世界观

（一）世界观

世界观（World View）一词原是德语词汇 Weltanschauung 的借译词汇,它是在德国哲学知识论与认知哲学中被广泛使用的一个哲学概念。知识论是探讨知识的本质、起源和范围的一个哲学分支,在这一语境下,"世界观"是指"广泛的世界的观念",这跟我们日常生活中常提起的"三观",即世界观、人生观、价值观部分重合。

多数通识概念中,世界观被定义为人类对事物认知的一种基础构架,它既是我们对世界的认知,又是可以通过它本身去理解并与之互动的概念集合。

（二）游戏世界观

游戏世界观设定是一个完整的关于世界体系（虚构的）的文本类描述合集,它包含文化、政治、经济、科学、道德、认知等一系列内容，设计目的是让多个主体（研发人员或玩家）达成广泛的对该世界体系的认知与理解，并让主体对该世界体系有一定的延伸思考。因此，游戏世界观设定是游戏研发工作的一个前置条件。

将游戏世界观设定作为游戏研发的前期准备工作，有以下优势：

（1）在前期就可结合游戏品类进行剧情创作，让玩法与游戏剧情深度结合。

（2）前置的设定文档齐备后可进行有目的性的美术风格尝试，避免资源浪费。

（3）让后续介入的项目成员能快速了解整体内容风格之后再开展工作。

相应地，世界观设定的缺失将会出现以下问题：

（1）因为无法确认游戏整体剧情走向，致使无法流程化制作相关美术、包装执行文档。

（2）多次不必要的试错行为，拖延项目进度。

（3）没有统一的内容制作标准导致不同部门的理解不同。

（4）新成员对项目的了解只能靠自行摸索。

综上，游戏世界观的设定与构建是制作人员对制作内容的一个整体认知达成共识、设计与反馈的结果，也是后续游戏研发、制作、发行过程中必要的创作前提与基础，其重要性不言而喻。

（三）游戏世界观的内容

在全球游戏行业内，部分从业者会将与写作相关的剧情（Plot）、世界观（World View）、时间线（Timeline）以及角色设定（Character Design）拆分为独立的设计模块，但是在实操过程中，这样的方法并不适用于我国游戏行业的多数研发流程。在此行业背景下,国内的游戏写作者会拥有整合所有剧情相关设计内容的职责与权利,这样的职能划分有利于作品风格的统一,也更利于剧情相关设计工作的工程化制作。世界观作为剧本写作者的第一份文档,应将剧情元素、时间线、核心设定等相关内容也涵盖进去。为了更符合项目研发流程与实际工作的开展,我们可将游戏世界观的基础模块分为以下两大类:

1. 核心框架

核心框架是指世界观设定中能够和游戏核心玩法与基础规则结合的设定内容,是游戏玩法与整个游戏设计最源头的内容,一般包含核心设定、剧情概述和基础概念释义等内容。

2. 世界构成

世界构成是指将写作者想展现给玩家的世界,拆分成可被理解、被阅读的分类信息内容,其中既包含世界中的外显信息,也包含内隐信息:

(1)世界中的外显信息:是指与整体游戏世界呈现给受众的表现相关,能为后续音乐和美术表现提供支撑,作为设计依据的设定内容,如地理风貌、气候、文化、文明等内容;

(2)世界中的内隐信息:是指不直接以视觉表现呈现于游戏,但却会侧面影响整个游戏表现与设计,多作用于剧情与角色设计,同时也会影响游戏的整体文化符号表达的设定内容,诸如组织势力、宗教信仰和一些文化表现内容。

以上两部分内容,可根据游戏的实际需求,进行模块划分的设计,其创作比重与具体的细化维度也须按照实际项目需求进行调整。

二、核心框架

世界观核心框架是指用较少篇幅明确游戏世界的核心信息，诸如核心设定、剧情概述和基础概念释义。其创作目的在于让团队成员在前期快速明确对游戏世界的认知和对故事内容的把握，以便在批量制作前针对核心的内容设计达成共识。因此写作者需要撰写一个易读性强、语句凝练、具有指导性的概述文本来介绍游戏世界及故事。

（一）核心设定

核心设定是指高度概括整体世界观设定内的通用世界规则或者影响整部作品核心剧情的关键设定内容。此处说的内容应与游戏剧本策划案中的核心设定内容一致，也可视研发现状进行迭代和补充。

（二）剧情简述

剧情简述须结合游戏剧本策划案中的故事简述，对剧情内容进行更进一步的初期创作。从内容体量而言，剧情简述应比故事简述的内容更为详细。

游戏剧情的设计因剧情表现方式的差异，往往会根据不同游戏品类、模块、系统、玩法而做定制化设计。因为在实际的电子游戏中，剧情并不单一地以纯文本的方式进行展示，所以在世界观构建阶段，我们所需的剧情内容仅是一个将故事与世界观相结合的高度概括的文档，起到让研发人员了解故事的逻辑走向以及故事与游戏玩法如何结合的讲解作用。因此其篇幅不宜过长，也不用添加过多描述性的细节。为了方便学习，我们可以简单地以仿记叙文的方式撰写剧情简述，即包含时间、地点、人物、起因、经过、结果的文本。

以《生化危机3：复仇女神》为例，其剧情简述可被概括为：

1998年9月28日，距离《生化危机》S.T.A.R.S.小队在安布雷拉别墅遇险已有数月之久，小队幸存者吉尔·瓦伦丁正尝试暗中调查事件真相。然而令吉尔·瓦伦丁始料未及的是，小队在别墅中遭遇的神秘病毒如今已在浣熊市城区爆发，大批被感染的市民正逐步转变为残暴的丧尸。

此时，同为事件幸存者的布拉德·维克斯打来电话将吉尔·瓦伦丁从睡梦中唤醒，他建议吉尔尽快从已经沦陷的浣熊市撤离。然而事与愿违，安布雷拉也派出了生化怪物"追踪者"追杀吉尔。面对无坚不摧的"追踪者"，吉尔·瓦伦丁毫无招架之力，万幸来自U.B.C.S.（安布雷拉生化危机紧急对策部队）的卡洛斯·奥利维拉及时出现，获救后的吉尔决定与卡洛斯一同逃离浣熊市。

以《刺客信条：起源》为例，其剧情简述可被概括为：

公元前50年，曾经璀璨的埃及文明已步入暮年，法老托勒密十三世的统治彼时已岌岌可危，他的姐姐克利奥帕特拉与罗马共和国传奇军事家恺撒共同挑战着这位年轻法老的王位，一时间，埃及争端四起。

与此同时，锡瓦的守护者巴耶克却因为儿子被害身亡，与妻子艾雅一同踏上了复仇之路。随着巴耶克逐渐深入埃及的权力中心，一支名为"上古维序者"的秘密组织也逐渐浮出水面,艾雅也在暗中创建了名为"无形者"的暗杀组织。

而这一切秘密都在数千年后被前阿布斯泰戈工业公司员工蕾拉·哈桑通过阿尼姆斯秘密读取,圣殿骑士与刺客组织的起源将在蕾拉·哈桑的手中重见天日。

(三) 概念释义

概念释义是指在核心设定的基础上,将作品世界观内的其他原创设定内容进行定义的罗列。作为补充解释,概念释义很大程度上完善了游戏的世界观体系。

继续以《生化危机:复仇女神》系列为例,提炼其经典概念:

> 安布雷拉:又被称为保护伞公司,是生化危机系列作品中一家国际高新技术企业,其业务涉及生物医药、军工生产等多个领域。安布雷拉在全球各地均有研究实验室,一部分实验室以常规生物研究所作为掩护,秘密进行生化武器研究,其中对始祖病毒的研究课题最终引发了发生在浣熊市等地的一系列生化危机事件。

> 始祖病毒:一种残存于现代的远古病毒,最初由爱德华·亚希福特与奥斯尔 E. 斯宾塞共同于 1960 年从非洲某处遗迹中发现。当这种病毒感染生物体后能够诱发宿主基因突变,使宿主失去意识并拥有极强的生命力,这一特性使得两位发现者决定对始祖病毒进行研究。现如今引发浣熊市生化危机的 T 病毒便是始祖病毒在经过多年研究和演化后的特殊变体。

> T 病毒:又被称为暴君病毒。T 病毒是安布雷拉所研发

第五章　世界观设定

的众多生化病毒中最臭名昭著的一款,这款病毒最初是通过基因编辑手段将始祖病毒与水蛭基因组进行融合的产物。安布雷拉希望通过基因编辑创造出能够稳定强化人体并保留智力的超级士兵。然而尚未研究完成的 T 病毒却由于一次暗杀行动而意外泄漏,并最终在浣熊市引发了生化危机事件。

浣熊市:生化危机系列中最广为人知的虚构城市,这座城市作为首次生化危机大爆发的舞台登场于《生化危机 2》《生化危机 3:复仇女神》以及《生化危机:爆发》。这座几乎由安布雷拉一手掌控的城市在 T 病毒大规模爆发后苦撑数月,最终毁灭。

再以《刺客信条:起源》的概念拆解以作撰写范例:

先行者与伊述文明:伊述文明是刺客信条世界中一种高度发达的远古文明。伊述文明早于人类文明数万年,而伊述人更是人类的创造者。但一场席卷全球的灾难摧毁了伊述文明,随后到来的黑暗时期让人类逐渐淡忘了伊述人的存在,直至故事发生时伊述人早已成为传说中的"先行者"。

伊甸碎片:又称伊甸圣器,是伊述人为了控制和奴役人类所制造的一种工具。虽然伊述文明已经消亡,但这些来自远古时代的强大器具却流传了下来,并最终成为"圣殿骑士"用于实现统治世界野心的武器。目前已知的伊甸碎片有许多不同的类型,其中最为著名的便是"伊甸苹果"。

圣殿骑士团:圣殿骑士的历史可以追溯到远古时代,历代圣殿骑士们都试图以伊述人的方式使用伊甸碎片控制世界。

起初他们隐蔽在史书之外,暗中操纵着世界的发展,此时他们是"上古维序者"也是"秩序神教",而到了中世纪,圣殿骑士团与教廷联合,逐渐走上世界舞台。现如今,圣殿骑士以大型跨国企业"阿布斯泰戈工业公司"为掩护,秘密进行着搜集伊甸圣器建立新秩序的计划。

刺客组织:有压迫就有反抗,当圣殿骑士团的前身深藏于人类早期文明时,刺客组织也应运而生。刺客以谋求人类自由意志为核心宗旨,在刺客组织的前身"无形者"创立之前就已经有许多不同时代不同文化背景的人试图从圣殿骑士团(及其前身)的手中拯救世界。

三、世界构成

世界构成包含世界中的外显信息,也包含世界中的内隐信息。世界构成的设定包含地理设定、文明设定和组织势力设定等。

(一) 地理设定

地理设定是指世界观中地理的相关设定,其意义在于对整个世界观所处空间的建构。详尽的地理设定可以为今后游戏的整体美术风格、系统玩法、游戏内场景、建筑以及其他背景设定给予指导。以《魔兽世界》为例,世界观团队对世界地理设定的持续更新,为游戏持续运营以及新资料片的制作提供了重要思路。作为以东方文化为核心故事的游戏版本,在《魔兽世界》第4部大型资料片《魔兽世界:熊猫人之谜》中,暴雪娱乐通过引入新大陆"潘达利亚",进而为玩家呈现了一片与以往游戏内容截然不同的东方世界。

第五章　世界观设定

地理相关的设定内容非常广泛，我们暂时选取三种最基本的内容进行讲解与示例撰写。如果是较为复杂的世界观系统，则需要视情况进行内容增补。

1. 区域的划分与设定

区域的划分是地理设定的基础，与之后的世界文明、势力归属与角色模块存有强关联性，它需要对整个世界的地理区域进行划分、规划与整体设定。仍以上述《魔兽世界：熊猫人之谜》为例，剧本写作者为新增的"潘达利亚"进行了详尽的区域设定：潘达利亚是一个隐藏在迷雾中的神秘世界，一万年前名为少昊的年轻皇帝预见了永恒之井的爆炸，并通过法术将整片大陆隐藏起来。浓雾隐去了潘达利亚原住民熊猫人的踪迹，也切断了潘达利亚与其他大陆之间的交流，但随着部落与联盟之间的冲突愈演愈烈，迷雾中的潘达利亚最终被迫向世人揭开了她的面纱。迷雾、孤岛、部落，构成潘达利亚的地域设计，也使其与神秘的东方气质完美契合。

2. 建筑风格设定

建筑风格设定是指在既有的地理区域设定基础上，对区域内的建筑风格进行定调。该内容是游戏整体建筑风格、场景制作的一项重要标准。建筑往往能够直接传递出一个民族或一片区域的文明状态与生活水平：高大奢靡的建筑往往凸显了拥有者的财力或社会地位，而规整且洁净的街道通常能够侧面印证一个国家或城邦的富足与安宁。与之相对的，污水横流的街巷或低矮破旧的房屋则经常是阴谋与秘密的发生地。

建筑风格的设定能够为故事的展开和后续的场景美术制作提供指引。建筑隐含着地区的气候环境、优势资源以及民族的文化传承和秉性,正如上文所列举的潘达利亚,庙宇、香炉、亭台、村镇及周边地区的梯田,这些东方元素为区域气质定下基调。

3. 生态环境设定

生态环境设定是指对世界内环境、生态、景观、气候等元素的综合描述与设定。生态环境的设定有利于游戏整体风格的把控,有时候甚至会与游戏的玩法与系统进行深度结合。

例如在经典 4X 策略游戏《文明》系列中,不同生态环境所对应的属性各有优劣,合理选择对应地块的发展方向很大程度上能够影响玩家在一局游戏中的后续策略规划。再如《龙腾世纪》[1]《神界:原罪 2》[2],不同环境或地表时常能够与角色进行不同效果的互动,例如布满油脂的地面允许角色将其点燃,从而对进入其中的敌方造成伤害。

(二) 文明设定

文明是人类文化与社会发展到一定阶段的产物。文明是脱离野蛮与蒙昧状态之后,人类社会行为与自然衍生行为的总和,因此文明设定包含着人类社会中的方方面面,诸如文学、艺术、科学、教育、国家、法律、宗教等。

世界观中的文明设定是使作品具有更深层次文化属性的一种设定内容。在此我们依旧选取几种最常用的设定内容进行定义讲解与示例撰写。

1. 社会人文设定

社会人文的设定主要侧重对世界内的社会模式、人文艺术以

---

[1] 《龙腾世纪》:Dragon Age,[美]艺电,2009 年。
[2] 《神界:原罪 2》:Divinity: Original Sin II,[比利时]拉瑞安工作室,2019 年。

及国家整体的描述。完善的社会人文设定能够为后续美术设计、故事设计提供明确的边界，从而避免设计或宣传过程中出现角色或故事内容偏离预期的情况，也为游戏中的剧情设计提供冲突与合作的世界观侧解释。

以《最终幻想14》为例，艾欧泽亚众城邦虽有信仰神祇上的差异，但都归属于十二神信仰体系，崇拜海洋神利姆莱因的海洋城邦利姆萨·罗敏萨、崇拜商贸神纳尔扎尔的贸易城堡乌尔达哈、崇拜大地神诺菲卡的农业城邦格里达尼亚以及崇拜战争之神哈罗妮的政教合一城邦伊修加德很自然地结为同盟，并最终形成艾欧泽亚军事同盟。

而与艾欧泽亚众城邦相对的，崇尚魔科学的加雷马帝国则认为魔法力量与十二神信仰是需要被废弃的"蛮族"文化。加雷马帝国崇尚效率，通过对青磷水的利用发展起名为魔科学的魔导产业，伴随着技术发展与第二世帝国皇帝瓦厉斯的执政，加雷马帝国逐渐走上了与艾欧泽亚众城邦截然相反的社会形态。

2. 宗教信仰设定

在游戏世界观内，宗教信仰的设定是文化元素的一种补充与升华。宗教信仰可以左右角色设定中个体的信仰、价值观，从而使角色更为完整丰满，也可在一定程度上影响美术风格。宗教信仰往往不以图文形式在游戏中作直接展示，但却会融合在游戏的剧情背景、角色故事等方方面面，因此世界观侧也必须前置，以便为后续设计提供支撑。

继续以《最终幻想14》为例，十二信仰的设定为艾欧泽亚的地标带来指导：作为"永结同心"仪式举办地的十二神大圣堂，城镇"神拳痕"矗立在山壁前的破坏神像，摩杜纳早霜顶隐藏的智慧神沙利亚克神石碑等。

剧本团队甚至为十二神信仰设计了大量的形象和诗歌作为补充，其中最为重要的便是十二神的诞生诗歌：

> 起初，世上既没有光也没有暗，一切都只是迷蒙的旋涡。
> 最先由旋涡现身的是阿尔基克，他创造了时刻。在他又创造出重力之后，世上便出现了地之理。
> 接下来从旋涡中出现的是妮美雅，她在降生之时呱呱而泣，流下的眼泪在大地上聚成辽阔的大湖。
> 妮美雅的泪水为世界带来了水之理，地上溢满大湖之水。
>
> 阿尔基克将妮美雅当作妹妹抚养，不过随着妮美雅的成长，他们之间的感情也发生了变化。
> 原本的亲情变为爱情，他们坠入爱河，并孕育出一对女儿。
> 长女阿泽玛与太阳一同降生，次女梅茵菲娜与月亮一同出世。从此世上便有了白昼与黑夜。
>
> 在无数次昼夜轮转之后，旋涡中又出现了新的神明。
> 一位名叫沙利亚克的男神带着广博的知识降生于世。
> 他在大地上创造出了河流，将妮美雅的泪水引导向远方。
> 随着时间流逝，阿泽玛爱上了细心周到的沙利亚克。他们二人结合，并生下了两个女儿。
> 长女利姆莱茵用外祖母妮美雅带来的水创造了生命富足的海洋，

第五章　世界观设定

次女诺菲卡则为外祖父阿尔基克创造的大地带来了众多生命。

就这样，海洋与大地都充满了生命，世上又迎来了新的神明。

一位名叫奥修昂的男神在世间各地游历，并创造出一座座美丽的高山。

于是世上有了从高山吹向海洋的风，居住在地上与海中的生命也随即变得可以在空中飞行。

新生的风吹动了世上的生命，同样也吹动了利姆莱茵的心。

海洋的女神爱上了创造高山的男神，男神也对这份心意给出了回应。

然而奥修昂仍然无法放弃他那颗漂流之心，他向来不会长时间停留在同一个地方。

于是二人因此而分开，并且没有留下子嗣。

这段时期，是众神随心所欲地改变世界形态的时期。

奥修昂的高山耸立在世界各处，沙利亚克的河流交织遍布大地，利姆莱因的海洋愈发辽阔。

世界变化过于频繁，导致部分新的生命甚至在被神明发现之前便彻底绝迹。

妮美雅将一切乱象都看在眼中，为了阻止世界陷入无尽的混沌，她召唤空中的彗星以神姿降临于世。

拉尔戈应运而生，他用破坏之力减少了杂乱无章的山川湖海，为世界带来和谐和安定。

　　无数昼夜经过，世间再次从旋涡中迎来了两位新的神明，名为比尔格的兄长和名为哈罗妮的妹妹。

　　妮美雅看出这对初生的兄妹都怀有野心，她担心世界会再次陷入混沌，便安排拉尔戈收养了他们。

　　拉尔戈虽然承担起养育新神的使命，却无法教授破坏之外的知识。

　　于是比尔格转为向沙利亚克学习，将野心转化成无穷的想象力，不断地发明出工匠的技术。

　　而哈罗妮则与奥修昂建立起深厚的友情，在结伴冒险的途中将自己的野心变成斗争之心，连续创造出战斗的技巧。

　　然而，哈罗妮在路途中为了测试刚刚钻研出的技能，打倒了诸多强大的生物，这触怒了诺菲卡。

　　眼见自己创造出的诸多生命被迫消散，诺菲卡不禁破口大骂，但哈罗妮却并没有放在心上。

　　奥修昂担心二者矛盾激化，便召唤地底沸腾的岩浆以神姿降临。

　　纳尔札尔应声现身，并对诺菲卡表示她可以让被杀掉的生命的灵魂得到安息。

　　诺菲卡得知她所创造的生命不会在虚无中彷徨，于是接受了与哈罗妮停止敌对的建议。

　　奥修昂对纳尔札尔感激不尽，二人因此结为义兄弟。

至此，艾欧泽亚十二神全部现身于世，共同创造出世界应有的姿态。

众神看到世上已充满生命，于是建立了七重天界作为自己生活的场所。

他们离开人世，升上天界，并在天界守望着世间万物。

不过也有传言说，在神创造七重天界之时，世上同时出现了七层地狱。

此外，宗教信仰还可与游戏玩法结合，为玩家带来不同的游戏体验，在创建《最终幻想14》的角色时，玩家所选择的不同守护神能够对角色的"抗性"产生影响，而抗性将会影响角色受到伤害的多寡，进而影响玩家对装备和技能的选择。

在《盐与避难所》[1]中，玩家选择不同的信仰将为角色带来完全不同的强化效果以及不同的剧情走向。例如初始信仰能够为角色提供属性、物理伤害、魔法能力方面的强化，而游戏中后期对信仰等的选择将会导向十个以上不同的游戏结局。

3. 其他设定

文明的设定内容涵盖极广，除前述两种外，在实际游戏研发工作中，写作者需要依照研发需求进行内容维度的增补与调整。比如在奇幻题材中出现的魔法设定以及在科幻题材中出现的宇宙设定等。

以魔法设定为例，在《最终幻想14》中，剧本团队摒弃了沿袭自

---

[1] 《盐与避难所》：*Salt and Sanctuary*，[美] Ska Studios，2016年。

《龙与地下城》以及《魔戒》①中经典的魔法规则，转而设计了一套以"水晶""以太""六大元素"为核心的魔法系统。在这套系统中，以太成为构成世界和一切生命的基本元素，魔法正是利用以太生成超自然现象的一种技术，而以太也被分为六种不同元素属性，不同属性之间同样有着相生相克的关系，强大的以太属性会析出水晶，而水晶能够作为魔法的载体使用在诸如请神一类的仪式之中。

再以经典科幻游戏《星战前夜》②为例，玩家可以使用"星门"（一种稳定化的虫洞）进行星系跳跃，同时也能使用舰载"跃迁引擎"进行超光速航行。而在《星际公民》③中，玩家可使用一种名为"量子航行"的技术来进行超光速旅行。开发团队为了向玩家展现不同星际种族对于超光速航行技术发展的不同，还特别为属于外星种族的飞船设计了完全不同的超光速旅行效果。此种对文明进行补充的引申设定比比皆是。

（三）组织势力设定

组织势力的设定是对游戏社会性内容的补充，它既能解释贯穿游戏之中对抗与协作的游戏行为，也是进一步推动故事发展产生戏剧冲突的有效手段，同时也在后续的内容扩展中具有非常实际的作用。

仍以《最终幻想14》为例，无论是在游戏前期向玩家派发任务的主要组织"拂晓血盟"还是作为敌对势力存在的"无影"，组织与势力贯穿整个游戏故事的始终。为了合理化玩家与玩家间的对抗

---

① 《魔戒》：*The Lord of the Rings*，[英] Allen & Unwin，1954 年。
② 《星战前夜》：*EVE Online*，[冰岛] CCP Games，2003 年。
③ 《星际公民》：*Star Citizen*，[美] Cloud Imperium Games Corporation，2012 年。

行为,游戏将原本属于同盟状态的三大城邦分离出"黑涡团""双蛇党""恒辉队"三个军事同盟组织,这些组织设定为游戏阵营及PVP玩法提供了合理的背景基础。

为了方便对照学习,我们在此附上一个简略版的世界观设定,包含核心框架与世界构成,以供参考。

核 心 框 架

1. 核心设定

地球环境骤变,大批人类死于疾病与灾难,地表变得不适合人类居住。少数特权阶级手持"船票"进入地下城方舟得以生存,在地表的残余人类中多数成为变异者。

大部分受到"圣光"影响的地表人类都会变异,只有少数具有特殊基因印刻的人不受影响,变异者先是出现器官衰竭的迹象,随后出现脑部感染,开始失去意识,失去理智,最后整个人变得狂暴,死后身体甚至依旧可以维持基础机能,仿佛行尸走肉。

变异的基础通则:

(1) 变异者本身不具备传染性;

(2) 变异的发生与"圣光"有直接联系;

(3) 某些因素可能诱发变异,如受严重外伤、抵抗力下降、在圣光下长时间暴露。

变异者的四个阶段:

(1) 衰竭:器官衰竭、精神恍惚,行动迟缓;

(2) 失智:细胞开始重组分裂,失去意识、神志不清;

(3) 感染:脑部细菌感染,彻底失去理智,处于脑死亡状态;

(4) 行尸:心脏停搏,彻底死亡,但身体却依旧维持着之前狂暴化的状态。

2. 剧情简述

公元 2047 年,在圣伊萨贝尔岛(太平洋上的热带岛屿南纬 8°、东经 159°)出现了长达 200 多天的极光现象,科学家们蜂拥而至进行观测,更有宗教人士称这一景象为"圣光降临"。

圣光的外表看上去跟普通极光一样,条状光晕大面积笼罩在城市上方,研究人员经过长时间观测发现这只是简单的光学现象,并不会带来危害,所以圣光被当作普通的自然现象,热度渐渐散去。十年后,也就是 2057 年,已经成为"朝拜圣地"的圣光之城圣伊萨贝尔岛在一夜之间沙化沉没,该事件被称为海德拉沉没。

世界各地恐慌不已,随着恐慌开始扩散的,是大批量出现的圣光,被圣光笼罩的都是一些面积较小的岛国或者沿海城市,岛屿接二连三不定期地沙化沉没于海中或风化于风中,一些与内陆有接壤的海岛城市在沙化后留下了被称为"封锁线"一般的岩化物质,这是停止沙化的象征;随着岛屿一个个沉没,世界各国人民都蜂拥至内陆地区,但是噩梦并未就此结束,封锁线内的大块陆地上方也随机出现了"二次圣光"现象,出现圣光现象的内陆地区不会沙化,但是整体自然环境却发生骤变,低温急冻,高温炙烤,大量降雨,穿越封锁线的海啸与地震,将人们逐渐逼入绝境,大批人类死于疾病与灾难。

与此同时,因为磁场发生了改变,大型飞行器上天后便会失去控制坠落,核电站轰然崩塌,水库大坝决堤。人类利用仅有的交通资源朝着尚未被"圣光"笼罩的亚欧大陆进发,世界人口骤跌,仅存百分之三十。各国当权者在具有天然屏障的青藏高原与西伯利亚高原建立了世界联合政府,将大部分幸存者集中到了欧亚大陆。

第五章　世界观设定

　　为了人类的繁衍与保存文明，世界联合政府带着被选中的百分之七的人类移居到西伯利亚平原下建造的超级地下城"方舟"，开始了长达数十年的地下生活。

　　数十年间，岛屿彻底消失，封锁线内的陆地板块状态稳定，虽然名为"圣光"的光柱依旧存在，但方舟人类通过机器人进行了调查，发现陆地气候逐渐好转，其状态也许已经能让普通人类居住。在地底资源即将被耗尽的情况下，方舟人类拟定了"地平线计划"，将第一批人类送回了地表。

　　然而意外却发生了。在那百分之七的方舟人类躲避灾难的同时，数十年前被抛下的幸存者也并未灭绝，并且其中一部分人已经变成一些意想不到的生物……

　　冷冻人约翰带领着先遣部队前往地面，其首要目的是调查地表的近况，全面收集线索寻找最适方舟人类返回地面生存的地区。而当他回到地表时，除了已经彻底变异的人类，还有许多未知的危险正等着他，承载着人类希望的探查活动不可终止，约翰决定毅然前行。

　　3. 概念释义

　　（1）圣光：外观像极光一样的不明原因的光束，第一次产生于2047年12月24日，在圣伊萨贝尔岛附近，许多宗教人士将这次事件称为"圣光降临"。后该光束在多地出现，以当时科技分析光束本身没有任何异常，但是被照射到的区域会发生巨大自然灾害或生物突变，至今都无人知道圣光出现的原因。

　　（2）封锁线：被圣光笼罩的岛国或者沿海城市会接二连三不定期地沙化沉没于海中或风化于风中，一些与内陆有接壤的海岛城市在沙化后留下了一种岩化物质，此类物质是停止沙化的象征，因此被称为"封锁线"。

（3）方舟：在灾难爆发后各国政府紧急联合建造了许多地下避难中枢，其中只有位于内陆地区的方舟基地得以保存并且在灾难后期得以迅速扩建。

（4）地平线计划：方舟内部为了让地底人类重回地表生活的计划。

世 界 构 成

1. 地理区域设定

（1）方舟：方舟原本是一个普通的军事基地，后经过世界联合政府的一系列改建扩充，以原本的基地为核心向外延伸了数十万平方千米，内部区域由多个核心成员进行划分管理，是现阶段多数人类的居住地。

（2）幽灵边境：方舟城南部边缘的一些建筑群，主要由全机械化的垃圾处理厂与一些小型边缘居住群所构成，由于居住条件严苛，几乎没有人类可以在毫无遮蔽的情况下存活，因此只有一些被方舟流放的人或者逃犯在这里出没。

（3）冷冻城：西伯利亚平原西北部的冻土层下建造的冷冻仓储工厂，多数的冷冻资源都储备在这里，其中也包括冷冻人的生物仓存储设备。

（4）西伯利亚平原：西伯利亚平原承袭了原本的地区分配，由东西伯利亚与西西伯利亚两大行政区域组成。在大灾难爆发后，西伯利亚平原是最后维持原本地域与自然特征的地区之一，保留了部分生存储备物资，成为地表世界适宜生存的地区之一。不过由于多数人类变异或者死亡，原本地广人稀的西伯利亚地区存活的人类数量愈加稀少，据非官方统计，现阶段人口数量可能不到百万人。

2. 社会人文设定

由于进入方舟的人类多数是被筛选过的,除了一批特权阶级,多数人都凭其自身技能才能进入方舟躲避大灾难,因此方舟的整体社会分级制度非常完善,本身的科技发展也并未停滞。可以说,虽然方舟人类在地下生存了几十年,但是科技水平却一直在不断发展,无论是生物、医药还是军事,方舟整体的科技水平都远高于地表。

为了赶超方舟的科技水平,西伯利亚联邦开始着眼于"圣光免疫"的研究,因为新人类是地表人类出现的特殊基因变异类型,因此他们已经开始研究相关科技,以便用于双方一触即发的战争。

3. 宗教信仰设定

(1) 方舟区域:多数居住于方舟的地底人类保留了原有的宗教信仰,天主教、基督教、佛教、道教、伊斯兰教等主流教派各自沿袭。

(2) 地表区域:由于地表的幸存者较少,而其中大部分都集中在西伯利亚地区,因此相对来说宗教信仰都承袭了原本地区的宗教信仰。

4. 种族概要

(1) 方舟人类:第一批进入方舟的人类及其后代,多数年轻一辈从未离开过地底,对地表的世界非常向往。

(2) 冷冻人:为了减少方舟的消耗,而选择自行进入冷冻仓以减少资源消耗的人类。

(3) 复制人:为了防止长期居住地底而造成人类繁衍问题,在进入方舟后的前十年,世界联合政府进行了复制人研究,将少量进入方舟后死亡的人类进行了复制。复制人拥有部分记忆,但回忆往事会对其精神造成打击致使复制人死亡率很高,所剩无几。不过,复制人拥有繁殖能力。

(4) 异种人类:因为复制人技术不过关导致其有不稳定基因

印刻,因此其后代有很大概率携带基因疾病,加上环境骤变,个别复制人后代会具有不同程度的基因突变表现。

(5)新人类:少数地表幸存人类的后代,因暴露在"圣光"之下,故个别人类会拥有特殊能力,某种程度上跟异种人类相似,但是由于他们对圣光免疫,具有非常高的研究价值,因此多数新人类选择隐藏自己的能力与身份低调地生活。

(6)变异者:多数受到"圣光"影响的地表人类都会变异,只有少数具有特殊基因印刻的人不受影响。变异者先是出现器官衰竭的迹象,随后出现脑部感染,开始失去意识、失去理智,最后整个人变得狂暴,死后身体甚至依旧可以维持基础机能,仿佛行尸走肉。

5. 组织势力设定

(1)世界联合政府:大灾难初期由原世界各国领导人组成的联合政府组织,地下城方舟的统治集团。

(2)西伯利亚联邦:地表幸存者所组成的政体联盟,但是实际上因为物资紧缺、人口稀少,因此只是许多小型联盟的集合,无论是科技水平还是物资储备水平都无法与世界联合政府比拟。

(3)冥河:部分地表幸存者(包含新人类)所组成的联盟,联盟的宗旨是在排除方舟势力的前提下重建家园,现阶段正在利用有限的资源进行西伯利亚平原外的边境探索。由于联盟中存在多个小团体,因此常有内部斗争。

四、文化符号说明与设计指导手册

游戏世界观设定是游戏系统玩法、游戏剧情发展以及游戏整个表现内容的前置条件,其设定庞大而详细,覆盖着整个游戏产品的方方面面。为了让每个工种能更快速也更直观地了解游戏产品的整体风貌与世界观设定,写作者往往在撰写世界观文档的同时,会提炼一份文化符号说明,其中包含了世界观设定的重点内容,也着重将部分需要注意的设计细则加以罗列。该文档会在后续成为与美术部门共同制定的设计指导手册的底本。

符号代表着意象,可以图形、文本、音频等多种表现方式体现。电子游戏作为一个拥有多种媒介,调动玩家视觉、听觉,甚至触觉、嗅觉等多种感官体验的大型交互作品,鲜明统一的文化符号对作品气质和风格的传达有着"润物细无声"的妙处。

以《辐射4》[①]为例,玩家所操控的主角是一名孤身离开避难所的逃亡者,身无长物的他对已被核弹摧毁的世界一无所知。玩家只有获得名为"哔哔小子"(Pip-Boy)的辅助计算设备才能解锁那些与游戏玩法相关的交互界面功能。制作组希望借此为玩家带来更深入的沉浸感与故事感,将角色加点、大地图、属性信息等内容通过一个世界观设定中存在的物品呈现,为玩家探索废土世界增加更多的真情实感。该游戏的主界面设计参考单色 CRT 显示器(Monochrome Display)风格也与游戏背景故事所渲染的 20 世纪 50 年代核恐慌风格极为契合。

《少年西游记 2》中将核心设定——一种名为"灵衍"的原创能量设计为金色光化的多边形分子,极具幻想感,主界面的"飞空艇"、悬浮的建筑、电显屏也将其想表达的"丝绸朋克[②]"风格展露无遗。

由于文化符号的提炼需要与美术设计师共创,因此此处不展开案例示范。

---

① 《辐射4》:*Fallout 4*,[美] Bethesda Softworks,2015 年。
② 丝绸朋克:Silkpunk,由华裔科幻作家刘宇昆在其小说《蒲公英王朝》系列中所创的科幻概念,指具备东方美学与科技高度结合的文化创作理念。

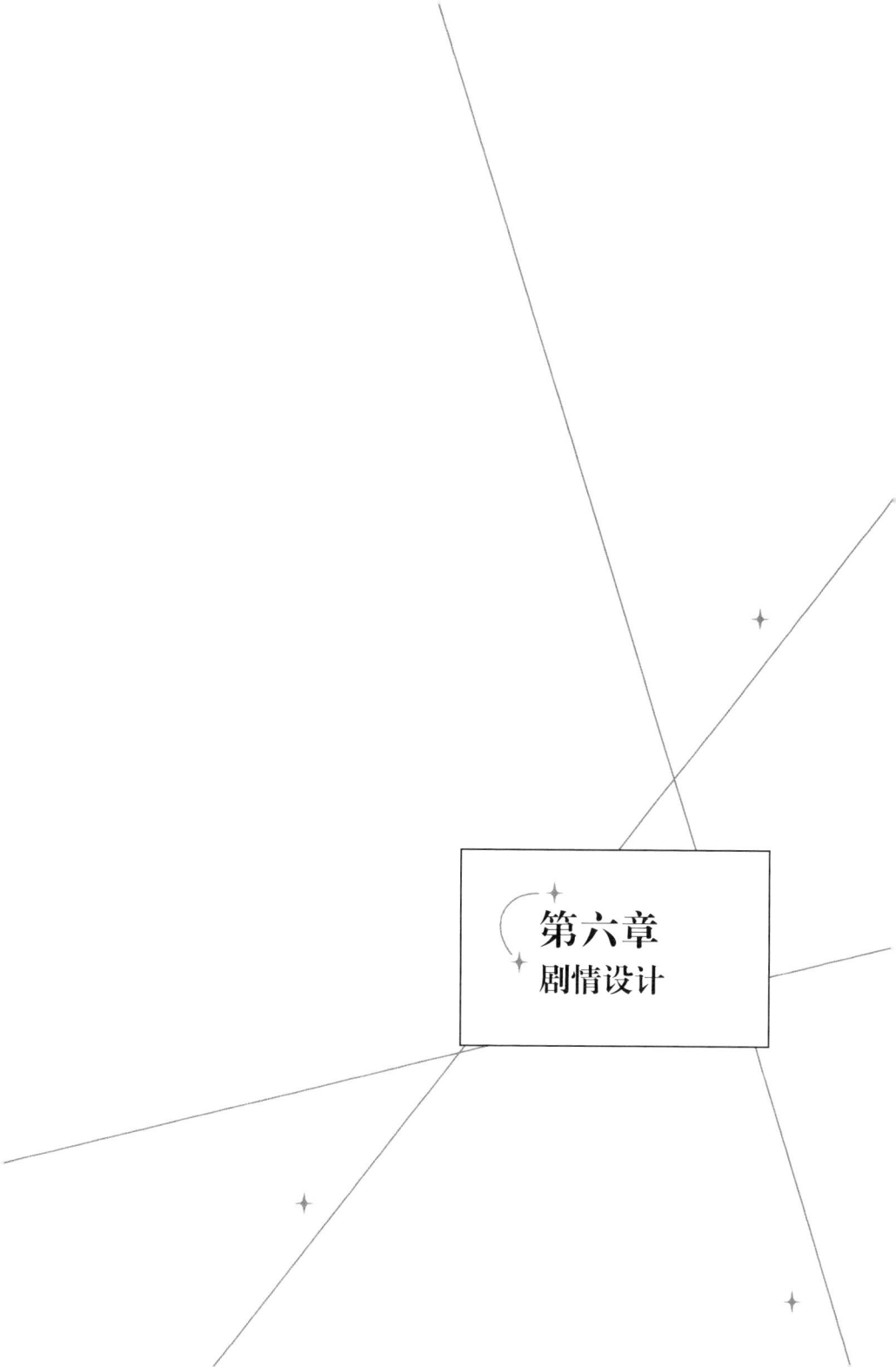

第六章
剧情设计

不同于其他写作,文字只是游戏写作的"过程",电子游戏故事将经由文本承载或参与指导,并借助玩法、音画、界面交互等媒介最终呈现。非但如此,电子游戏里的故事经常被各类系统、玩法、活动切割成不同的模块,每一模块皆有功能向的侧重,因此以"剧情"指代更为准确。它既涵盖传统叙事学中对故事的描述,也涉及对游戏内其他承载剧情的媒介进行指导,它让故事从策划走向实现。写作者既要撰写游戏内直接展示的对白、剧情说明等纯文本,也要输出能够指导音画媒介演绎剧情的动画脚本、音频需求等设计文档。

作为电子游戏叙事的核心,剧情设计需要兼顾故事性和游戏性,剧情不能脱离游戏机制独立存在,游戏玩法和音美技术反过来也要参与对剧情的演绎和表达。市面上各种游戏品类中的成功案例或可为入门者提供初级的通式指导,但在不断创新和兼类的电子游戏发展进程中,剧情设计注定是每一位写作者需要不断思考和革新的重点课题。

一、概念风暴

区别于单纯以文字为载体所进行的文学写作,游戏写作因其依托于电子技术,必然对传统写作学上既有的一些定义作相应拓展和新解。游戏剧本写作中涉及的故事情节和叙事演绎的部分往往被统称为游戏剧情,但在定义何为游戏剧情之前,必须厘清一些相似的概念。

对于绝大多数的入门者甚至很大一部分从业者而言,故事、情节、叙事这类概念常常混用,它们都可以在某个方面指代游戏剧情,但都不甚精准。

(一) 故事

在创意写作语境中,故事指"一系列事件",更被深化为"真实或虚构的、作为话语对象的接连发生的事件,或者从已有作品文本中抽取出来并按时间顺序与逻辑关系重新构造的事件"①。

这一概念在游戏中依旧适用,游戏故事依旧可以被视作一系列事件的集合。值得注意的是,在电子游戏的剧本中,事件链即故事可以通过玩法、界面、音画等媒介联合展示,这使得一种极端现象得以出现:不涉及任何写作、文本和对白,故事已然存在。

因此,游戏故事不是游戏剧情,它可以没有文本和写作的参与,不以任何音画媒介作为演绎载体,或者说,它不需要演绎就已经存在。

(二) 情节

情节是戏剧与叙事类文学作品中最为基本的要素之一,也是叙事作品最为关键的要素。古希腊著名哲学家亚里士多德曾在其美学著作《诗学》中对"情节"有着丰富的观点,他认为"情节是对行动的摹仿,这里说的情节指事件的组合"②。在文学作品中,由于阅读的连贯性,情节和剧情某种程度上是同一个概念,但电子游戏却因为系统分割和人机交互,中断了本该连贯的情节。一个电子游戏中往往存在多段情节,它们可以毫无关联,并分布在不同的系统中等待玩家发掘体验,这些彼此独立的多段情节共同构成了游戏

---

① 许道军:《故事工坊》,北京:中国人民大学出版社2022年版,第6页。
② 亚里士多德:《诗学》,陈中梅译,北京:商务印书馆1996年版,第63—65页。

剧情。

（三）叙事

众所周知，叙事，是指对故事的描述，叙事的对象是"故事"，叙事行为的主要途径是"描述"。因此叙事是一种方法而非内容，游戏剧情并不能被视作游戏叙事，游戏剧情设计倒是可以被叫作游戏叙事，因此在业界，有时候游戏编剧也被叫作游戏叙事师。

至此，我们得以从这些相似的概念中厘清思绪，即：

游戏故事＞游戏剧情＞游戏情节

游戏剧情的设计＝游戏叙事行为

最后，我们再次明确，本章所述游戏剧情设计，是指经由文本参与，借助玩法、音画、界面交互等媒介所进行的叙事行为集合。它既要涵盖传统叙事学中对故事的描述，也需要涉及对游戏内其他承载剧情的媒介进行指导。简单地讲，就是写作者既要撰写游戏内直接展示的对白、剧情说明等纯文本，也要输出能够指导音画媒介演绎剧情的动画脚本、音频需求等设计文档。

二、剧情创作的特性

在剖析电子游戏剧情的特点之前，先从创作角度入手，探究其与传统文学或者戏剧、影视这类文艺作品的区别。

根据绪论所定义的电子游戏概念，可以清晰地提炼出电子游戏独有的三种特征。

一为机制，游戏最根本的属性就是具备规则，电子游戏借由编程技术与音画媒介，将规则落地为实际的玩法，成为一种可以实时演算和运行的机制。

二为交互，一般来说电子游戏具备三层交互，即人机交互、人与游戏交互、人与人交互，这让电子游戏本质上成为一种交互系统。诚然，近年出现的互动式戏剧和互动式小说也在某种程度上具备一定的交互行为，但其交互大致只限于艺术形式，而电子游戏的交互性却是十分彻底的，可以说人机交互构成了电子游戏的所有行为，人与游戏交互共创了电子游戏的内容，人与人的交互则营造了虚拟的游戏世界，使其成为一种自带生态和生命力的艺术。

三为实时反馈，电子技术所提供的算法、界面让电子游戏玩家在进行游戏行为时仿佛打乒乓球一般不断地发球和接球，一旦输出必有回应，一旦行动必有结果。

基于以上分析，电子游戏剧情的创作便具备了以下几种特性。

(一) 预设性：谋划式的布置

在机制和技术的框架下，电子游戏剧情与其说是对故事的设计，倒不如说是对故事的布置。这种"布置"要求写作者必须有预设性的谋划，而具体行动通常分为：剧情在玩法机制下的嵌合、剧情在音画媒介下的载放、剧情节奏在游戏流程上的编排。

无论何种游戏，游戏剧情都无法脱离玩法机制而呈现，虽然故事和玩法因游戏中剧情占比的差异，在某种程度上存在先有鸡还是先有蛋的争论，但在任何情况下都需要遵循的是，游戏剧情必须贴合游戏机制，游戏机制又反过来演绎游戏剧情，只有当两者高度统一的时候，才不会出现叙事失调的问题。

完成嵌合之后，写作者紧接着就要根据电子游戏所拥有的媒介来规划剧情信息的载放。这在一定程度上与电影叙事相同，但电子游戏拥有更高效和丰富的手段来呈现写作者所想叙述的故事，比如直接用画面中的环境呈现故事的背景世界，用音效渲染剧情氛围,用声线体现人物性格,用文化符号塑造故事基调,用动画演绎剧情等。音乐、画面、游戏操作等媒介都可以作为剧情的载体,写作者需要选择最适宜的媒介来进行剧情载放。

根据游戏流程来编排剧情节奏是预设性设计的最后一步。电子游戏的交互性需要写作者根据游戏流程来制定一些关键的连接点,才能让游戏玩家在游戏过程中不至于漫无目的。比如游戏的教学阶段需要一段简短的包含核心玩法与玩家目标的新手剧情;游戏若需要一场强度最大的对抗,剧情便也要在决战到来时进入高潮;游戏将要结束,剧情也必须进入阶段性的收尾。只有当游戏流程和剧情节奏两相匹配,玩家才能一边玩游戏,一边看故事,最终获得沉浸式的游戏体验。

以上三种布置都对写作者提出了预设的要求,这种预设是谋划式的,之所以是谋划故事,是因为电子游戏剧情往往是未完成的,是要与玩家共创的。写作者所能做的,是在各种层面深思熟虑后,为所要呈现的故事定好关键的连接点,剩下的部分,则需要玩家参与进来。形象点说,若将电子游戏的整套剧情视作一个木偶,设计者能做的便是打造木偶活动的关节,而玩家要用自己的材料和思路来自行制作连接各关节的内容。设计者无法控制最终的木偶以何种方式呈现,也无法限制玩家操纵木偶来进行何种活动,但可以确保这一设计者和玩家协同制作的物品本质就是一个会活动的木偶,而不是别的东西。

电子游戏叙事的预设性要求写作者既要有纵观全局的能力,对机制了如指掌,对媒介灵活运用,对节奏拿捏到位,又要具备留白甚至留空的技巧。也正是这种要求,使电子游戏剧本写作者不单单是一个作家或是一个编剧,更是一个产品策划者。

(二) 过程性：传者与受者的共创

在预设性这一核心特性的大前提下，我们很容易得出电子游戏剧情创作的第二特性，那便是过程性。

传统故事注重连续性，这种连续性使故事受众接受的文本是相同的，但电子游戏的交互性却完全打破了这一规律。虽然传统文学读者针对同样的叙事文本也具备不同的个人化解读，但电子游戏剧情却从头到尾由玩家自由选择，玩家按照自己的顺序逐步解锁剧情，这让事件的顺序完全被玩家操控，最终呈现的故事也截然不同。

正如一千个读者就有一千个哈姆雷特，一千个玩家一定能获得一千个甚至上万个剧情。在很多游戏中，因为分支剧情和游戏选项的设计，一个玩家能通过多次游戏获得截然不同的剧情体验：选择不同的角色，体验不同的系统，使用不同的能力或武器，与不同的玩家或 NPC 合作……

可以说，电子游戏剧情是由传者即媒介生产者和受众即玩家共创建构的，其结果是在玩家游戏的过程中形成的，是一种基于玩家个性化选择的"过程叙事"样态[①]。

(三) 延展性：从中间写起

在明确电子游戏剧情是一种预设性的未完成文本之后，再来推导剧情创作的第三种特征——延展性。

电子游戏剧情非但要讲故事，还要打造一个广阔的故事世界，让故事持续发生，叙事的边界就此无限延展。我们在前文已经通

[①] 关萍萍：《互动媒介论——电子游戏多重互动与叙事模式》，杭州：浙江大学博士学位论文，2010 年。

过世界观为玩家搭建起一个故事发生的舞台,帷幕拉开,剧目上演,从何演起?

游戏剧情创作和传统写作一样,往往从故事的中间写起,这让剧情设计必须涵盖前传、正剧、续编。

前传即故事背景,它被拆散成碎片化的线索分布在正剧之中,留待玩家探索、拼凑、还原。续编不需要写作者真正将它写出来,仅仅给玩家开好一个头即可。我们按照这个思路,原创一个相当简单的剧情来作为范例:

你在一片黑暗中醒来,只看到远方的一处光亮,你向光亮走去,它突然包裹住你,最终化为你手中的剑,一个陌生而熟悉的声音从远方响起:"去吧,往那世界中心的高塔上去。"

世界此刻在你眼前彻底展开,你的确看到一座高塔,这时一只怪兽向你袭来,你毫无准备,被其击倒,眼前一黑,又回到了初始的黑暗。

你隐隐感到,自己身处一个无法破除的循环,但你别无他法,只能再次出发。这一次,你碰见了一只夜莺,它告诉你它来自高塔,只有解救高塔上面的公主,你才可以彻底结束这一切。

在夜莺的指示和陪伴下,你得以在这个世界开启冒险。冒险之旅中,你遇到形形色色的人和物,它们向你传达的信息让你得以还原事情的来龙去脉:在很久以前,有一个因魔法而实力强盛的王国,小公主天赋异禀,从诞生起便被视作未来的大魔法师首领,国王遍寻国内最优秀的魔法师教导她,却不慎混入了一个邪恶的女巫。女巫深知公主的力量,知道她一旦成为魔法师的统领,那王国中的魔力之源便系于她一人身上,于是女巫联合心思不良之徒对王国进行了毁灭打击,一位好心的魔法师假扮公主葬身于女巫的法杖之下,真正的公主则被藏到了王宫荒芜的高塔之上。人们坚信一个手持宝剑的英雄会营救公主,而你,便是终结这一切的关键。

你历经千辛万苦爬上高塔,用宝剑刺杀了塔顶的巨龙,解救出公主,这时公主手中的古籍大放亮光,一位魔法师的魂灵从中升起,原来她便是这个王国的魔力之源。很久很久以前,曾有一对相亲相爱的兄妹,哥哥英勇妹妹聪慧,哥哥最终成为勇猛的骑士战死沙场,为了复活哥哥,妹妹由此潜心学习秘术,成为魔法师。国王暴毙,王位空悬,妹妹因实力强大被推举成王,但她至死也没能拥有将哥哥复活的法力。她的后代在这个王国中一代一代诞生,一直到天生拥有强大法力的公主出生。她本想在公主成为大魔法师后现身引导公主复活她的哥哥,谁知女巫中断了这一切。

公主被关入高塔,只有满阁楼的魔法书陪伴她,而这本古籍,原是兄妹俩的手记,那句"去吧,往那世界中心的高塔上去"本是兄妹游览高塔回家后所记,但却因深厚的情谊化作跨越生死的羁绊,在公主一遍一遍的念读中,轮回缝隙中一个平行世界的"哥哥"被唤醒并被引导来到高塔,与妹妹的魂灵团聚。(前传)

这时暴风卷着巨龙的嘶鸣袭来,一个黑影抢走了带有远古魔法师魂灵的古籍,她的声音留在高塔之上:"哥哥,像保护我一样保护她。我们终将团聚。"(续编开头)

电子游戏的机制化、交互性和实时反馈为其剧情创作带来了预设性、过程性和延展性。这三个特性正好与超文本的两个核心特性——超链接索引和交互式读写[①]无限趋同，使电子游戏剧情成为超文本的典型（超文本的发明者泰德·纳尔逊认为超文本即非序列性的写作——文本相互交叉并允许读者自由选择，最好在交互性的屏幕上进行阅读）。这让电子游戏剧情创作与传统写作截然不同，也正因如此，对电子游戏剧本写作的研究注定具备先锋性。而如何使电子游戏剧本变得像电影、文学一样，形成一套产业化、工程化的方法论，变得可习得、可被教学，则亟待业界及学界进行深入研究，形成一套实践性强的方法论。

三、游戏剧情的特点

　　在上述游戏剧情创作的特性下，我们得以总结电子游戏剧情的特点：

　　（1）更明确的动力和机制化的行动——对应游戏机制。
　　（2）更快节奏的剧情推进和悬念揭示——对应实时反馈。
　　（3）更灵活且可随意变更的叙述者——对应玩家主体性。
　　（4）更多样的叙事表达和演绎形式——对应电子多媒介。

　　以上四种特点基本可以概括成何为成功的游戏剧情，但距离做到完美仍有距离。一套完美的游戏剧情不仅要对游戏规则进行量身定制的嵌合，还要最终提升玩家的游戏体验。这种体验不仅是指让人沉浸于剧情体验或者认同游戏剧情本身，也是指游戏剧

[①] 熊超琨:《电子游戏超文本叙事研究》,武汉：华中师范大学硕士学位论文，2020年。

情的存在场合、使用方式都非常恰当,整体提升了游戏过程的用户体验,也就是说在游戏故事之中,创作者应尽自己最大的努力去引发人的多种共情,使受众的情绪同理心(Emotional Empathy)与认知同理心(Cognitive Empathy)能够与创作者达成一致。这样的驱动力对游戏写作者提出了更高的要求,虽然很难达到,但应该成为悬在每一位写作者头顶的"金苹果"。

四、游戏剧情的构成

根据电子游戏的系统模块,我们可以将游戏剧情分为以下几种:

(一)新手剧情

新手剧情,顾名思义即游戏开场向玩家呈现的一段剧情,它应当至少承担起展示游戏世界、引导游戏行为、提供游戏目标这三大功能。

(二)主线剧情

主线剧情,即新手剧情之后延续玩家主要目标和故事走向的剧情。它是游戏剧本策划案中故事简述所描述的故事主体,是游戏写作者将故事在游戏中真正安放落地的体现。

根据不同的品类,主线剧情往往有更适合该品类核心玩法的一套剧情范本,这种通式可以很好地为入门者提供一个拆解和模仿的范本。相应地,依照品类的不同,叙述视角和叙事结构也有对应的优选方案,我们将在后文以创意写作中的类型规约思维拆解不同品类下的剧情写作,来为写作入门者提供一种学习的思路和参考。

(三)支线剧情

支线剧情,即围绕主线故事和故事所在的世界观内容的剧情补述。它可以是主线剧情中多位重点角色的背景故事，可以是主线剧情中玩家(即故事主角)行动后及状态改变后的不同选项，也可以是促进剧情转折的不同剧情事件，甚至可以是游戏世界观中的平行故事等。

支线剧情作为主线剧情的延伸，能够补充说明主线剧情中无法一次性体现的剧情信息，也能通过丰富的隐藏故事使角色更立体，更能展示世界观下除主线剧情之外更为广阔的另一番天地，为游戏赋予互动与探索的乐趣。它提升了玩家对游戏剧情走向的控制度及沉浸式体验，甚至可以借玩家对剧情的反复推导和多番体验反过来进一步深刻游戏故事的主题。因此，优秀的支线剧情对游戏的重要度不言而喻。

独特新奇的新场景、深刻多面的人物支线、在故事分歧点中对故事走向影响深远的选择都能在一定程度上确保一段支线剧情能够不出错。同时，为玩家提供及时反馈使他们能够迅速感受到自己选择的影响力，保护玩家的代入感，不要让他们失去探索的积极性与乐趣，也是支线剧情设计中值得注意的关键。

(四) 活动剧情

除了新手剧情、主线剧情和支线剧情，我们将游戏中剩余的其他剧情模块归纳为活动剧情，它们往往因为服务于一个新开发的玩法或者商业化活动，而被赋予了诸如讲解新玩法、提拉流水、贴合现实热点或节日的新要求。

在很多游戏中，都可能会出现活动剧情比主线剧情更出彩的现象，这是由于相比于主线剧情，它们的体量较小，也不与复杂的游戏主机制耦合，因此对于游戏写作者而言，发挥空间更大，更复杂、更先锋的叙事手法都可以在此剧情模块中进行尝试。

新手剧情、主线剧情、支线剧情和活动剧情共同构成了游戏剧情的全部内容。后文中，新手剧情因其特殊性将被单独拎出，另外三种剧情将根据品类从剧情通式、叙述视角、叙事结构三种维度分别进行案例分析，以作写作教学。此外，由于电子游戏剧情设计除纯文本写作外，还有针对音画等电子技术媒介的指导性设计文档撰写，因此在后文中，还将根据剧情载体分类讲解如何在文字之外的媒介中进行剧情演绎，最终输出能够指导并和其他技术部门的同事进行叙事共创的设计文档。

五、新手剧情创作

对电子游戏剧本写作者而言，新手故事的设计最费心思，这种费心并不单纯因为它出现在游戏的开头，必须在最短时间内抓住玩家的眼球，还在于它的功能性最强，不仅要将游戏的主要操作对玩家进行手把手教学，还要在身份、动机、行为、目标四个层面上做到游戏和故事高度嵌合。上文在游戏剧本策划案的故事简述中曾讲过游戏故事与规则同频的三条准则，这在新手剧情中依旧适用，写作者完全可以在新手剧情写完之后，倒着用其来一一查验。

一套新手剧情中，必须具备以下几个基础组成部分。

（一）开场动画

开场动画（Opening Cinematic/Trailer）在国内的研发环境下经常被从业者以 CG 代称，CG（Computer Graphics）直译过来是电脑图像，它在本质上指代一种电子技术，即利用计算机技术进行视觉设计和生产。

作为玩家进入游戏接触到的第一段连续性的视听内容，绝大多数开发团队都倾向于将较多的资源和精力投入开场动画的内容制作,这往往让开场动画制作工艺精美,画面华丽,在场景和剧情上颇具奇观化。

开场动画会根据游戏品类、游戏玩法及游戏整体主题进行制作,其核心目的是为了向玩家展示世界背景、呈现游戏特色和卖点(重点剧情和角色)、提高玩家的游戏兴致。随着竞争日趋激烈和视听技术的纯熟,开场动画的形式不断精进与创新,它的制作流程反复而漫长,需要剧情组和美术组通过无数次的草拟、出样、审核、修改直至最终定稿,但在最开始,它仅需要一份剧情脚本作为基础指导。

游戏剧本写作者理应负责开场动画脚本的写作,他既要像编剧一样撰写动画剧本,又要像导演一般对游戏既有素材进行艺术化的编排,这就是我们为什么要用脚本而非文本或剧本来指代开场动画的落地文档。

上文已经明确游戏写作本质上是一种团队共创的行为,但并非所有人都在一开始就有机会参与一个项目的制作。若要进行一种较为独立的个人化的写作训练,我们可以暂时不考虑素材编排这回事,而用一个开场故事完全自由地主宰这一切。如何创作这个故事呢?不妨按照这条通式:

世界之大—精彩纷呈—暗藏玄机—你是唯一—未完待续

世界之大:开场动画必须展示游戏的世界观,它是游戏世界的缩略展示,通常具备两种维度,即时间和空间。时间即指世界历史,通常以颇具历史感的艺术形式展现,如壁画、皮影、说书或者直接套用一个昏暗的蒙版。空间即指世界地理,涵盖地形、地域、地标,通常以游戏实机画面为素材进行蒙太奇编排。这块内容可被视作对世界历史的回望及对当今世界的俯瞰。主要功能是向玩家展示你在何处。

精彩纷呈：重点剧情和重点角色的展示在开场动画中颇为重要,写作者可以选择最富戏剧张力的事件片段和最满意的重点角色在此集中展现。如果有好的想法,你可以为它们重新组建一个演绎的舞台(即原创一个主线之外的故事),但也可以单纯地拼凑展示,不过要通过诸如拍脸或者快切等极具视觉冲击力的展现形式。这块内容某种意义上具备向玩家呈现卖点的推销作用,主要功能是向玩家证明这里很好玩。

暗藏玄机：隐藏的危机、酝酿中的大战或者未被发掘的秘密必须在开场动画中借由一种预告形式进行悬疑化及碎片化的展示,这可以与传统写作中的"悬念"所类比。模糊的画面、意味不明的符号、展示不完全的神秘身影、玄乎其玄的念白都可以作为这块内容实现的形式。它们向玩家展示了世界的广度,直白点说就是游戏的可玩性。

你是唯一：在大多数的网络文学中,天降英才/天命不凡的金手指设定广为读者使用,电子游戏也是如此。为玩家设计一个"非你不可"的身份或设定,就直接为其赋予了故事使命。这有助于为玩家加强游戏动力,也能够使其获得更主角化的游戏体验。

未完待续：开场动画的结尾必须要有一种留白化的处理,表示故事并未讲完。可以用一场没有结果的战斗,一个遥望,一句召唤,一个远方的身影来体现,它告诉玩家：开始玩吧,故事由你创作。

以上五个元素足以构成一个完整的开场动画故事,下面我们用一个案例来解析佐证。

《少年西游记2》[1]的开场动画可以被概括为：

> 东土神州，一种名为灵衍的神力现世，时由贤王治世，广聚天下英才，神力得以充分开发（皮影戏呈现历史）。东土进入兴盛之世，各地一派繁盛之景（长安等地貌展示世界空间）。但是光暗相伴，福祸相依，一种名为魔衍的怪力赫然出现，世人癫狂，城池坍败，一头魔衍巨兽企图对世界进行毁灭一击（暗藏玄机）。幸好我佛慈悲，降英雄于世，孙悟空、猪八戒、沙僧、小白龙（重点角色）和天生异瞳的你（独一无二的玩家），对魔衍巨兽发动终极一击，此番大战，或定天地之命运（未完待续）。

在实际的研发过程中，游戏开场故事写完后，往往要将其改为动画脚本以进一步推进开场动画的制作，写作者需要马不停蹄地配合美术组制作一系列的分镜稿、角色美术需求、场景美术需求等。这些使故事得以落地，辅助剧情演绎的需求类文档我们将在后文集中讲解。

（二）创角

在新手剧情的开场动画之后，有一块完全为玩法服务的创角内容，即让玩家创建自己能操控的角色。

根据游戏品类不同，玩家对角色的操作空间略有不同，名字、性别、形象、阵营、种族、职业都是可选范围。最直接的方法当然可

---

[1] 《少年西游记2》，[中] 游族网络，2024年。

以用毫无叙事性的一句纯功能提示文本来带过,但任何一个优秀的剧情游戏都不会如此直白。

《原神》[1]在开场动画的结尾有一段剧情:

> 陌生的神灵"天理维系者"阻挡了"人之子"兄妹的旅途,对其二人发动攻击。镜头一转,将兄妹二人分列画面左右,出现引导文本:在双子中选择一人。玩家选择后,镜头转向所选之人的正面,出现引导文本:写下你的名字。玩家操作完毕,创角也即刻完成,动画继续演绎,玩家未选之人被天理维系者吞噬,"你"奋力反击终是徒然,最终也被封印。画面黑屏,只留下一句:"把我的哥哥/妹妹——"。

这就是一种较为理想的融合,玩家通过创角不仅确立了角色的形象,也确立了角色的目标。

所以对于几乎所有品类的游戏来说,在新手剧情中设计一段和世界观及主线剧情耦合紧密的创角剧情都是锦上添花的。

(三) 激励事件

传统写作学中的激励事件即故事讲述的第一个重大事件,是后续一切情节的首要导因[2]。它要求事件打破主角的平衡,而主角对其迅速作出反应,同时,主角产生一种恢复平衡的欲望,在欲望的驱使下,出发上路。

电子游戏中,同样严格遵循"激励事件"的标准。对平衡的打

---

[1] 《原神》,[中] 米哈游,2020年。
[2] 麦基:《故事》,周铁东译,天津:天津人民出版社 2014 年版,第 187—212 页。

破,即直接向玩家交代身份,要求主角迅速行动,让玩家直接进行游戏行为,同时,用欲望和求索的路径直接解释玩家的动机并为其提供游戏目标。

以《塞尔达传说:旷野之息》为例,我们可以将游戏名字出现之前的开场剧情视作它的"激励事件"。这段剧情相当简单:

> 在一个神秘声音的召唤下,你在幽暗的地下装置中苏醒,幽暗的空间中一个石台亮起,你走近一看,获得一个名叫"希卡之石"的神秘物件,回响在地下的空灵声音告诉你,这石头会引导刚从永眠中苏醒的你。你不知因何种原因永眠,也不知为何而苏醒,但这一切显示着你与这个世界有着源远流长的关联。这时地下的门开启,你解除了最后的封锁,这个陌生而熟悉的世界重新在你眼前展开,如同神谕的天音响彻耳边:你是再次照亮海拉鲁的光芒……现在正是你踏上旅途的时候……

"苏醒"打破了永眠(原始平衡),你立刻清醒(反应),迫不及待地想要弄清真相(欲望),回到平静的生活(新的平衡),在探索之心的驱使下,你迅速离开地宫,投身广阔无垠的海拉鲁大陆的冒险(出发)。

(四) 引导员

新手剧情因其对游戏行为的引导教学作用,注定不能是玩家的独角戏。哪怕最简单的新手剧情,除了主角之外,也会存在至少一个NPC角色,那便是"引导员"。

引导员的角色设定可以多种多样,他可以是一个知无不晓的智者(《权力的游戏：凛冬将至》[1]中的老学士)，也可以是谦逊亲和、伴随玩家成长的同行者(《洛奇》[2]中的露娜与潘)，还可以是年轻美貌的女人(《地下城与勇士》[3]中的赛利亚·克鲁敏)，甚至是机灵萌感的精灵或动物(《原神》中的派蒙)。

无论以何种形象示人，引导员都拥有相通的特性，这种特性我们可以用荣格理论中精神类原型中的智慧老人来一语概括：新手引导员必然拥有智慧，且为人谦逊，态度友好，他们对新手阶段的玩家循循善诱，耐心指导。

(五) 挫折与习得

在开场动画和创角之后，主角和引导员共同参与了剩余的全部新手剧情，这段剧情应当为玩家在情绪和主题上带来何种助益我们暂且不表，光从功能性上来说，它必须要写到主角在引导员的陪伴与协助下完成第一个"短期目标"为止。

完成目标的道路注定不会一帆风顺，"遭遇挫折—获得引导—习得能力"是贯穿整段剧情的主节奏。

继续以《塞尔达传说：旷野之息》为例，上文我们已经知悉激励事件后主角确立的第一个短期目标，即探索世界。在游戏新手剧情中，通过神秘老头的任务发布和玩家的实操训练，林克最终习得了在海拉鲁大陆上进行冒险需要具备的所有技能：开塔——拓展地图；打怪——对抗系统及即时战斗；烹饪——体力回复；开神庙——能力获取；获得滑翔伞——跨越悬崖，畅通世界。

伴随着剧情的推进，林克的冒险当然不会停下，他将习得的能

---

[1] 《权力的游戏：凛冬将至》，[中] 游族网络，2019 年。
[2] 《洛奇》：*Mabinogi*，[韩] Nexon，2005 年。
[3] 《地下城与勇士》：*Dungeon & Fighter*，[韩] Neople，2005 年。

力也会愈发强大,但新手剧情中他习得的是关乎其生存的基本功,借此他成为海拉鲁大陆上一个初步得以独立探索的冒险者。这从另一个角度充分说明了新手剧情中主角完成的"短期目标"必须涉及游戏的核心机制,在开放世界游戏中是探索交互,在卡牌游戏中则是卡牌抽取与卡牌搭配。对于写作者而言,对于短期目标的拆解,不仅要从剧情和人物的层面入手,也不能忽视游戏的主打玩法。

(六)成长之味

在新手剧情的结尾,必然涉及"成长"的概念,快乐和责任始终穿插在每个人的成长过程之中,因此用成长之味这一感性的标题概括此块内容尤为贴切。剧情层面,故事主角将借新手剧情尝到第一口成长之甜蜜,又将在结尾背负起更多使命。游戏层面,玩家将在新手剧情中获得畅快淋漓的成就感之初体验,也将迅速开启新的游戏任务。所以,新手剧情的结尾,还必须给主角树立一个较难达到的"长远目标"。

还是以《塞尔达传说:旷野之息》为例,在新手剧情的结尾,老头为林克下一步的探险指明了新的方向:找到东边卡卡利科村的英帕,获得更多的信息。这是林克的第二个"短期目标",但这还不足以结束这段剧情。

林克在神殿废墟上用试炼通过证获得滑翔伞后,老头突然摇身一变,化作海拉鲁国王的魂灵,他为林克揭露了其身份:一百年前海拉鲁王国的骑士。原来曾经,林克和拥有神圣之力的公主以及四位英杰操纵神兽及守护者对战袭击王国的灾厄盖侬却惨遭战败。神兽被夺,守护者反水,英杰阵亡,公主塞尔达尽全力将自己与盖侬封印在城堡之中,让林克存活下来。一百年后,公主封印的力量即将耗尽,所以她将林克唤醒,希望他能够解放神兽,在那世界中心黑气蒸腾的城堡中,击败灾厄盖侬,拯救自己,守护王国。

你(即玩家)——拯救这个世界的天命所望,获得了在这个游戏中的终极任务,这来自远古辉煌的呼唤和沉重的使命为新手剧情作了升华结尾。

以上便是电子游戏中新手剧情所要涵盖的全部内容,作为游戏剧情和玩法结合最紧密的部分,它对写作者的能力要求最高,是块"难啃的硬骨头",但对于有志进入游戏行业的写作者来说却应该被优先训练、成功攻克,因为这是效率最高、提升最快的游戏写作基本功。

六、剧情通式

主线剧情、支线剧情和活动剧情相比新手剧情,虽然也不能出离游戏规则,但不需要在方方面面都受到游戏流程的制约。对这一部分写作的讲解基本落在叙事技法的归纳和介绍,将在下一章展开。

电子游戏剧情因其产业化的特质,其实更容易被归纳出创作通式,游戏规则在一定程度上限制了创作的自由,写作者必须"戴着镣铐舞蹈"。但这"镣铐"也并非一无是处,它保证了一个故事在游戏中的适配度,是故事向游戏裂变的稳定剂,得以让写作者的每一个字都有的放矢。

创意写作训练中,对故事的剧情结构常有公式化的总结,比如在大多数故事中都存在的"困难—困境—绝境"模式。而对于电子游戏剧情而言,我们基于普罗普的功能理论,同时参考克里斯托弗的英雄之旅模型,可将电子游戏剧情总结为以下公式:

启程/行动—训练/学习—漫长的试炼—磨难/挫折—能力的升级—决战

这一剧情通式可以被套用在游戏剧情任一母故事和子故事中,也可在一个故事中被循环往复地使用。

在此我们不再复述对通式的推导过程,也不直接通过案例来佐证,这种验证不妨作为本书读者的作业,请选择你喜欢的一个电子游戏,将其剧情根据上述公式进行拆解,这一过程将对入门者产生良效。

七、剧情类型

任何一款电子游戏都有其独一无二的剧情,但这成千上万个剧情依旧可被归纳成几套原型。在传统小说和影视作品中,剧情的原型往往是从故事主题或主人公行动中进行提炼的,但在电子游戏中,对其分类的标尺却仍旧得从玩法出发。

在第一章中,我们已经对游戏品类有了非常详尽的讲解,但即使在同一个品类的游戏中,根据不同系统的分配,也会存在多种剧情类型,现在我们根据玩法侧重的不同,对游戏剧情作一个初步分类。

(一)冒险与探索

诸如冒险、寻宝这种探索性的剧情,往往出现在动作冒险游戏中,近年来此类剧情在开放世界玩法中较为常见。玩家可以自由地在一个虚拟世界中漫游,并可自由选择完成游戏任务的时间点和方式。这种类型的剧情在创作时不要求主人公有强烈的行动力,他可以有一个长远的目标,但不必事事为之努力。主人公的行动往往不会有强烈的目的性,各种能够带来惊喜的奇遇剧情、感人肺腑的支线剧情是创作的重点。为了保障玩家探索的自由度,写作者需要在故事中为主人公留出极大的安全圈,主人公不会频繁遭遇危机,也不会被赋予需要即刻完成的紧急任务。能够为玩家带来惊喜的,看似与主线任务毫无关联的支线任务和迷你任务反倒是这类剧情创作的重点。在开放世界RPG游戏《塞尔达》系列中,每一作都有近百个支线剧情,这些在彼此维度各自绽放的花朵最终将游戏剧情编织成繁花似锦的耀目花环。

(二) 复仇与对抗

复仇是一个古老的故事创作母题,弗朗西斯·培根称其为"野蛮的公正"。它经久不衰地活跃在各个时代的文学作品中,也因其对抗性、审判性天然适配于需要战斗的游戏玩法。

复仇、对抗类的剧情,经常出现在角色扮演类游戏和战略游戏中。在这类游戏中,玩家需要有明确的目标、强烈的行动力、明确的对手和一场酣畅的胜利。

在《魔兽世界》这一经典的多人在线角色扮演游戏中,玩家通过部落/联盟的阵营选择完成一种敌我体系的建立,与对立阵营之间的对抗贯穿游戏全程。部落因原星球无法居住而开了传送门来到艾泽拉斯,这种迁徙被原住民视作入侵。日积月累的资源分配不均、不同种族的冲突终究促成了一场大战。原住民组成的联盟最终获胜,部落至此分崩离析,大部分人沦为联盟的奴隶,陷入长期的压迫之中,直到兽人领袖萨尔的出现,一场反击自此拉开帷幕。剧情侧用复仇的母题为每一阵营的对抗和反击都赋予了强烈的动机和正义性。

(三) 解谜与真相

解谜和探寻真相的剧情类型在推理故事中蓬勃发展,这种剧情与游戏的解谜玩法完美适配。悬念的设计和叙诡技法在这类剧情中是创作的重点。拆解真相、隐瞒信息、颠倒描述是剧情设计的重点,如何在电子游戏的各种媒介中安插碎片化的信息也需要写作者精心布局。《画中世界》[1]《致命框架》[2]《见证者》[3]都是这类剧情的成功之作。

(四) 模拟与养成

模拟与养成类的剧情,自然对应模拟与养成玩法,这种剧情所要实现的就是对现实生活和社会规则的模仿,剧情设计的重中之重自然是"仿真"。在经典的模拟经营游戏《星露谷物语》中,玩家继承了爷爷名下的农场,"你"作为新手来到此地,进行作物耕种、动物养殖、矿物开采等一系列农场运作和经营行为。

值得注意的是,在该种类型的剧情中,感情养成是一种特类。恋爱游戏的玩家期待在游戏中收获众星捧月的追求,通过与性格迥异的多位对象的感情养成进行游戏行为。在这种游戏中,对感情的剖析和五味杂陈的感性体验是重中之重,在创作时,倒是可以跨界借鉴网络文学中的女频小说。

以上几种剧情类型,是基于可以被明显区分的玩法所进行的

---

[1] 《画中世界》:*Gorogoa*,[美] Jason Roberts,2017 年。
[2] 《致命框架》:*Fellow Traveller*,[澳] Loveshack Entertainment,2018 年。
[3] 《见证者》:*The Witness*,[美] Thekla,2016 年。

一些基础的分类。在实际的电子游戏产品中，整套剧情往往杂糅了各种剧情原型，写作入门者当然可以从创意写作训练中的类型化写作出发，在不同品类的游戏下总结成规并将其在自己的写作中进行试验。但伴随着电子游戏跨品类的发展趋势，在现有的游戏剧情类别中，通过兼类、反类型、超类型进行创新，是所有写作者持续自我提升的路径。

第七章
剧情演绎与制作

传统叙事学即"故事的讲述",在电子游戏视野之下,就是"剧情的演绎",这涉及在电子游戏的各个可载放信息的媒介中,通过不同的表达形式进行剧情放置,即"安放故事"。写作者需要根据游戏特性选择合适的叙事视角,建立独特的叙事结构并为其配置恰切的叙事媒介。

在工作推进中,写作者作为游戏剧情的第一把关人,除了负责将自己能够完全掌控的文本部分打磨精美,也应为后续制作团队的成员提供一切剧情侧的协助,这种指导将被落地成包含剧情文本和演绎形式的一系列音乐和美术需求,在本章作拆分示例。

一、叙事视角

叙述(Narrating)是叙事行为的主体,对叙事内容进行观察与讲述的对象被称为叙述者,由于叙述者的不同与叙述方式的不同,会产生不同的叙事效果。

"视角"这个原本作为绘画艺术中的术语被引入文学叙事后,拥有了叙事情境、叙事语式、聚焦等不同的称呼方式。

热奈特曾在其著作《叙事话语》中提出,讨论"说"(叙述者)、"看"(观察视角)问题的大部分理论著述都"混淆了其视点确定叙述透视的人物是谁,与叙述者是谁这一完全不同的问题,或者,更简单地说,就是混淆了谁看与谁说的问题"[1]。由此我们可以发现,热奈特把观察者和叙述者加以区分,前者是指谁在看,后者是指谁

---

[1] G. Genette: *Narrative Discourse*, Cornell University Press, 1980, p.186.

在说。

热奈特的理论在电子游戏制作的过程中非常适用,因为不仅仅在游戏中,哪怕在一般的文学叙事作品中,叙述视角与发声者也未必是统一的。

热奈特的学说有效地将叙事行为中的对象(即作者、叙述者与故事中的角色)之间的关系作了阐述,并借此对叙事视角加以分类。他认为视点(Point of View)、视角和视觉等词过于视觉化,决定采用较为抽象的词汇"聚焦"(Focalization),下文我们也沿用此种叫法,根据他的分类法对市面上现有的游戏产品进行归类分析。

(一) 零聚焦(无聚焦)

零聚焦指叙述者没有固定的观察位置的全知叙述,叙述者如同无所不知的上帝,叙述所涉及的内容比任何一个人物知道的都多,并且还能在同一个时间出现在不同地点。叙述者可以了解过去,预知未来,甚至能够随意进入任何一个人物的内心,是全知全能的叙事视角,因此叙述者凌驾于整个故事之上,即叙述者>人物。

大多数写作者都对全知全能的叙事视角不会陌生,中国的四大名著均以零聚焦叙述作为主要的叙述手法。叙述者对事态发展了然于心,对人物命运的安排和展现也较显轻松,对于写作者而言,以这样的叙述视角上手相对简单。

在选用零聚焦视角进行剧情设计的游戏中,游戏玩家几乎能对所有的信息进行全知全能的接收。育碧在 2020 年推出的第三人称动作冒险游戏《渡神纪:芬尼斯崛起》[1],以极具打击感的战斗和解密为核心体验而广受好评。它巧妙地运用了这种叙述,以希

---

[1] 《渡神记:芬尼丝崛起》:*Immortals:Fenyx Rising*,[法] 育碧,2020 年。

腊神话为背景,向玩家展现了一场酣畅淋漓的众神之战。

> 希腊众神被泰坦巨人堤丰夺去神力,宙斯向普罗米修斯寻求帮助。普罗米修斯反与其打赌,如果宙斯最看不起的凡人能够解救众神并击败堤丰,宙斯就必须将他从永恒的监禁中解放出来。宙斯应允后,普罗米修斯向宙斯讲述了芬尼丝的冒险故事,游戏正式开场:玩家须操纵希腊战士芬尼丝,拯救陷入诅咒的希腊诸神,集结众神的力量去对抗堤丰。

玩家操纵了芬尼丝,这说明玩家并不能等同于芬尼丝,这便是零聚焦的体现。玩家在通过芬尼丝进行探索和战斗的同时,将不断触发普罗米修斯和宙斯的旁白式对话。在游戏前期,普罗米修斯和宙斯站在上帝视角对故事本身进行讲述和评论。如玩家在塑造自己的角色时,根据玩家的选择,宙斯会对其选择作出评述。

这种叙事方式给予了玩家双重身份:一为聆听全知叙述者讲述的观察者,二才是游戏亲历者。这种设置打破了在一般游戏中,玩家只拥有主角这单一身份,只能体验单线程剧情的限制,玩家被给予了全能之眼,得以观览游戏世界的全象,细枝末节也能了然于心。

(二) 内聚焦

内聚焦叙述,指叙述者只叙述作品中某个人物所知道的内容。人物所知道的、所感觉到的就是叙述者能够叙述的内容范围,即叙述者=人物。

其中又可以细分为固定式内聚焦、不定式内聚焦以及多重式内聚焦三种。

1. 固定式内聚焦

固定式内聚焦指的是将叙事视角选择性地固定在一个角色的立场上,以该角色为唯一叙述内容产出者的叙述方式。在这样的叙述方式下,读者可以非常清晰明确地理解被选择人物的心理状态、认知状态从而导向情感趋向,是一种代入感极强的叙述模式,这种天然优势成为一些带有解谜玩法的游戏如文字冒险游戏的第一选择。

2015 年由厂商 3 Minute Games 在 iOS 平台推出的游戏《生命线》就非常好地运用了固定式内聚焦叙述,以宇航员泰勒的自述向玩家展现故事。

> 宇航员泰勒的飞船遇难坠毁,他被困在逃生舱,为了顺利存活,他用唯一的通信设备联系到了玩家。因为在游戏设定中,他唯一可以联系到的人就是玩家,唯一可以求助的对象就是玩家,玩家将与泰勒一同探索星球,通过不同的选择帮助泰勒逃出被困地。

这款融合了解谜成分的文字冒险游戏,唯一的叙事表达方式就是简单的操作界面与文本框内的叙事文本,游戏玩法就是玩家的选择操作,但即便如此,它依旧通过巧妙的事件安排与代入感极强的叙事方式,荣登 iOS 付费应用软件排行榜第四名。

2. 不定式内聚焦(转换式内聚焦)

不定式内聚焦与固定式内聚焦的区别之处在于,叙述者不单单局限于单一人物,而可以附身于多个人物,从不同的角色出发,用不同视角下的主观情感、认知与角度进行故事叙述。这些人物之间可能存在关联,从而更有效地推动叙事的进程。

比之零聚焦叙述,不定式内聚焦虽然可以在多个人物中进行跳转,但这些人物并非上帝一般全知全能,因此它并不一定能传递最为可观、准确、全面的信息。但也正是因为这种对信息的主观化局限式的处理,才使得在显性剧情之外,拥有无穷无尽的隐藏信息。

不定式内聚焦在电子游戏中常被用于拥有多个可操控角色的场合。如日本知名游戏开发公司 Vanillaware 出品的经典横版动作游戏《胧村正》。在游戏中,玩家可分别选择鬼助或百姬进行游戏,两位主角带来完全不同的故事内容和游戏体验,若想完整体验全部的游戏故事,玩家需要分别扮演两位主角,并各自完成三次游戏流程。随着攻略次数增加,整个游戏的故事脉络也会变得逐渐清晰,看似毫无关联的男女主角的故事线将会逐渐产生关联,围绕妖刀胧村正发生的故事得以完整呈现。

早在《胧村正》正式发售的前两年,Vanillaware 就在其开发的 PS2 主机游戏《奥丁领域》[1]中尝试了这一叙事手法,玩家可操纵的角色不仅性格迥异,数量更是多达五位。不定式内聚焦叙述带来的多视角、多故事线的特点,相较线性叙事而言,很大程度上增加了剧情游戏的复杂度和可玩性。

3. 多重式内聚焦

多重式内聚焦叙述,是指采用不同人物的立场与状态去描述同一件事,其最大的特点是不同角色对同一事件截然不同的讲述。

---

[1] 《奥丁领域》:オーディンスフィア,[日] Vanillaware,2007 年。

这种特殊性可以让读者在剖析真相时体会到做一个判官或者侦探的乐趣。

多重式内聚焦时常被利用在含有刑侦元素的游戏作品中，比如由卡普空制作并发行的经典冒险游戏《逆转裁判》。

游戏围绕新人辩护律师成步堂龙一所遭遇的一系列案件展开，玩家需要操控成步堂龙一调查犯罪现场，听取一系列证人的证词，并从一系列线索中找到真凶。在游戏中，证人各执一词，坚信自己的观点才是唯一正确的解释。而玩家则需要从每一位证人的证词中找到疑点，并最终还原整个案件的真相。

2015年，一款名为《她的故事》的互动式电影游戏也采用了多重式内聚焦的叙事手法。游戏故事主要围绕Hannah和Eve两个长相相同的姐妹展开。游戏谜题的主要设计思路就在于，通过将两个长相完全一样的角色的证词混在一起来制造混淆，玩家需要对证词内容进行分析才能发现线索，只有当玩家掌握的线索足够多的时候，玩家才能够发现叙述主体的差异，进而解开游戏中凶杀案的真相。

(三) 外聚焦

外聚焦叙事，是指叙述者知道的比人物知道的还要少，这种叙述行为被看作是一种无法透视人物背景及心路历程的纯客观描述，即叙述者＜人物。在传统文学写作中，这被视作对全知全能视角的对抗。

在外聚焦叙述的作品中，所有的信息包括环境、人物、动作、对话，都被叙述者以一种毫不处理的方式加以最直接的呈现，但对于故事情节却作了留白处理。读者接收到的内容犹如碎片，需要在脑海中将其模拟修补成为一段连贯的剧情并加以解读。这样的叙述方式最大限度地给了读者想象和探索的空间,但也相应地增加了理解难度。

在电子游戏领域,外聚焦视角天然地与游戏的超文本性耦合。玩家的游戏行为正是还原故事的过程。游戏成为玩家自由发挥的舞台,某种程度上,具备元游戏(Meta-game)的性质。

在所有利用了外聚焦视角的电子游戏作品中,最经典的当属由 Davey Wreden 与 Galactic Cafe 合作开发的《史丹利的寓言》[①]。在游戏中,旁白作为叙述者不断讲述着角色"史丹利"在游戏中的行为,而玩家要做的就是选择遵循或是无视旁白的叙述。《史丹利的寓言》通过精妙的选择支设计和丰富的对白文本,探讨了"游戏的意义"以及自由意志的本质,最后为玩家提供了十种以上的结局。

当然除了《史丹利的寓言》以外,国产游戏《艾希》[②]也可被视作一个成功的尝试。我们从两款游戏玩家社群的讨论内容不难看出,外聚焦叙事在电子游戏中的应用颇具创新性,是一种先锋性的较为小众的选择,它往往能够让玩家产生独特的游戏体验,但创作难度也不容小觑。

二、叙事结构

电子游戏里的剧情因被分散在各个不同的叙事媒介中,往往呈现一种模块化的特征,这让它在叙事结构上的复杂性远高于文学、电影等传统叙事作品。

[①] 《史丹利的寓言》:*The Stanley Parable*,[英] Galactic Café,2014 年。
[②] 《艾希》,[中] 幻刃网络,2016 年。

独特的叙事结构往往是一款电子游戏出彩必不可少的条件之一。市面上具备优秀叙事结构的作品不胜枚举，线性叙事的典型《神秘海域》①向玩家展示了传奇探险家内森·德雷克的一生，非线性叙事结构下的产品则更是百花齐放。线性叙事最为写作者熟悉，此处不再展开，下文将结合成功的案例对电子游戏叙事中独特的非线性叙事结构作一个初步的讲解。

（一）主题并置类结构

在主题并置类结构的游戏作品中，剧情往往被拆分成多段或者分散在不同的系统之下，虽然表面上看这些故事可能并不存在过多联系，但是它们更深层的内涵却存在共性，共同传递了游戏所想要表达的主题和价值观。

这样的例子在游戏中数不胜数，以《这是我的战争》为例，这款模拟生存游戏以其深刻的游戏主题和独树一帜的美术风格被全球游戏媒体与玩家所追捧。根据玩家开局所选角色的不同，游戏剧情也会随之改变，玩家需要控制角色在战争和严寒中努力存活。《这是我的战争》以十余个不同身份的人物来讲述故事，借由不同视角呈现了一件又一件战争中的悲剧故事，既有小人物的挣扎图存，也有奋不顾身保存民族文化和艺术的斗士。纵然角色之间的故事各不相通，但所有的故事却都脱不开战争的残酷和战争之中人性的复杂这一主题。

另一个典型例子是由极擅长讲故事的法国游戏工作室Quantic Dream 所出品的《底特律：化身为人》。在游戏中，玩家通过在康纳、卡拉、马库斯三位仿生人角色之间进行切换，分别体验

---

① 《神秘海域》：*Uncharted*，[美] SCE 顽皮狗，2007 年。

不同阶级环境中的三位仿生人截然不同的人生。从角色的选择和结局中一次又一次地体会到这些被称作"异常仿生人"的角色身上所迸发出的人性光辉。

日本厂商 CHUNSOFT 所研发的 AVD 游戏《街：命运的交叉点》①也是这一类型游戏的代表作。游戏讲述了十余个生活在涩谷的普通人寻常而孤独的生活。这些角色的故事在一定程度上有所串联，仿佛每一个人都与其他人紧密相连。但随着游戏故事的开展，短暂相连的角色故事再度分离，每一位主角再次被投入琐碎而平凡的生活中。当游戏步入终局，所有故事走向结尾。全部十余个角色齐聚涩谷街头，却最终擦肩而过，步入人海。玩家得以深刻地感受到"孤独"这一贯穿整部作品的核心主题。

(二) 环形结构

环形结构指一种循环的、首尾相衔接的环状叙事。这种循环，不仅单指时间上的循环，亦可以是希腊神话中西西弗斯那般宿命化的循环。

来自 Irrational Games 的《生化奇兵：无限》②便是此类结构中的典型。游戏讲述了一个类似《恐怖游轮》的无限循环故事，主角伯克需要救出一个名叫伊丽莎白的女孩，并逃离正在发生内乱的空中都市哥伦比亚。但随着剧情发展，隐藏在看似线性故事之后的秘密逐渐被揭开。伯克营救伊丽莎白的行为已经在无数平行宇宙中发生，而伯克要营救的女孩也不仅仅是一个被关押在牢房中的少女，而是平行世界中他自己的女儿，一直指引伯克的人也是

---

① 《街：命运的交叉点》：街～運命の交差点～，[日] CHUNSOFT，1998 年。
② 《生化奇兵：无限》：*BioShock Infinite*，[美] Irrational Games，2013 年。

来自平行世界中的老年伊丽莎白。时至今日 Irrational Games 已经解散，但《生化奇兵：无限》的故事却仍旧在玩家社区中被反复提及。

在《12 分钟》①这款小品级游戏中，游戏以不断循环的 12 分钟，讲述了年轻丈夫目睹怀孕的妻子因一桩旧案而遭到警察暴力执法并意外身亡的惨剧。每当妻子被杀，时间就会回到 12 分钟前丈夫刚刚醒来的时刻。玩家需要在不断循环的 12 分钟内，通过不同的抉择和调查，操控作为主角的丈夫拯救他的妻子以及尚未出生的孩子。

《塞尔达传说：梅祖拉的假面》②同样是环形结构的经典之作。林克落入一个名为"终结之地"的世界，三天后月亮将从空中坠落并彻底毁灭这个世界。为了阻止末日的到来，林克需要在不断循环的三天中找到打破循环的方法，游戏提供了广阔的大世界和众多村落供玩家探索。每一个三天的周期，都因时间太短，以致玩家无法完成全部探索。只有操控林克在不断循环的三天中持续探索，才能得知引发世界毁灭的真相，最终拯救世界，打破循环。

（三）树状结构

树状叙事的基本核心在于对时间或因果的消解，故事完全由"选择"而决定。在一般叙事作品中，树状叙事并不算是主流叙事结构类型，但是对于电子游戏而言，树状叙事却是最为常用的叙事方式。在树状结构中，选择使事件不断分叉、分散、繁殖，最终构成

---

① 《12 分钟》：Twelve Minutes，[美] 微软，2021 年。
② 《塞尔达传说：梅祖拉的假面》：ゼルダの伝説 ムジュラの仮面，[日] 任天堂，2000 年。

了完全不同的故事主体。故事从同一原点开始，却通过一次又一次的自主选择，走向截然不同的结局。

在传统 RPG 游戏中，树状结构比比皆是。例如在 2019 年以独立游戏的身份横扫 TGA 荣获"最佳独立游戏""年度最佳叙事""最佳角色扮演游戏"三项重量级大奖的《极乐迪斯科》[1]便是树状结构游戏中的一颗明星。

在《极乐迪斯科》中，玩家需要操纵一位失忆的警探调查一桩残忍的私刑谋杀案，玩家的任何选择都会彻底改变事件和剧情的走向，角色的属性差异以及选择差异会导致游戏侦破案件的方式和流程发生变化，并导向完全不同的结局。游戏以传统 TRPG 中常用的投骰检定作为驱动游戏产生分支的手段，通过相对自由的关卡设计和丰富多样的对话选项为玩家营造了一个看似随机和自由的游戏世界，隐藏在每次掷点背后的，都是玩家的主体选择。由于《极乐迪斯科》的每一项选择的背后都由庞大的树状结构所支撑，致使它的写作体量巨大，最终拥有了百万级别的文本量。

国内也有极为成功的类似作品。发售于 2019 年的《隐形守护者》[2]便是其一。《隐形守护者》讲述了一个精彩的抗日谍战故事，游戏采用了真人演出拍摄的手法来组织游戏素材，玩家能够像欣赏电影一样观看游戏内容。游戏共设置了十个大型章节，有多个不同的结局供玩家体验，根据玩家做出的不同选择故事的走向将发生改变，众多角色的命运也随之发生改变。

---

[1] 《极乐迪斯科》：*Disco Elysium*，[乌克兰] ZA/UM，2019 年。
[2] 《隐形守护者》，[中] New One Studio，2019 年。

(四) 网状结构

在电影学中,网状叙事结构的电影被称为 Network Narrative Film,在这种结构的电影中,"一个共同的环境或时间系统"中的复数主角(大于等于三人),他们的"目标计划很大程度上彼此并不耦合,或者仅有偶然的连接",虽然他们的行为或者思想可能会受到彼此影响,但"他们的路径有意识地出现交叉的时候,他们常常仍然会保持各自的独立性和平等的重要性"①。

Quantic Dream 公司的成名游戏《暴雨》,以四个不同角色的视角讲述了一宗连环儿童凶杀案背后的故事。在游戏中,三条故事线都围绕寻找名为折纸杀手的真凶展开。儿子失踪的伊森、女性主角麦迪逊、警探史考特都在各自独立的故事线中与折纸杀手有所关联。随着主角的切换、故事的推进,三条故事线逐渐连接在一起,最终三人走到一起互相协助,找到了真正的折纸杀手。三个角色故事看似各自孤立,实则环环相扣。

同样,在对于 RPG 有着独特理解和爱好的日本,《歧路旅人》②这款承载了经典日式 RPG 的全新理解与诠释的作品,同样也是以网状叙事结构成为游戏叙事的佳作。它为玩家准备了八位主角以及八条故事线,在这张大网中,每一条看似独立的故事线都讲述了角色自身或家族的一段经历。当玩家将八个角色的故事以及隐藏收集品全部阅读完成后,就能够揭示出莉布拉克为了复活父亲卡尔德埃拉所设下的这桩百年阴谋的全貌。

---

① 引自电影研究者大卫·波德维尔。
② 《歧路旅人》: *Octopath Traveler*,[日] Square Enix,2018 年。

（五）套层结构

套层结构是指故事层层包裹，在故事中包含故事。通俗地说，就是"戏中戏"。

《蔷薇法则》①是套层叙事结构的一部典型作品。游戏中，少女珍妮弗所持有的一本绘本成为分割现实与虚幻的媒介。绘本故事和真实故事交相演绎，共同为玩家呈现了少女珍妮弗的一段神秘经历，施暴者与被施暴者的转变，以及柔弱的珍妮弗心中埋藏的真相都借由这种亦真亦假的形式得以表达。

（六）重组结构

重组结构是指打乱线性叙事中原本的顺序时序，将事件完全进行重组的一种叙事技法。

由 Remedy 开发的《心灵杀手》②是其中的典范之作，游戏以小说家艾伦·韦克到亮瀑镇度假时所经历的恐怖事件为开端，通过刻意拆解和重排的时间顺序，讲述了亮瀑镇中一种古老邪恶力量的秘密。游戏将艾伦·韦克在抵达亮瀑镇之后的经历完全打散，以艾伦·韦克坠湖七天后作为故事的开端。在游戏中玩家需要跟随主角在错乱的梦境、现实以及不同时间段的回忆中调查艾伦·韦克在抵达亮瀑镇七天中的经历，并通过分散在游戏各处的"手稿"揭晓故事的真相。

由来自日本的 From Software 开发并风靡全球的《黑暗之魂》系列同样也是重组叙事结构游戏的一个典范。在《黑暗之魂》系列中，开发组力图营造出受文明断代和蛮荒神话的流传影响的诡异

---

① 《蔷薇法则》：*Rule of Rose*，[日] Punchline，2006 年。
② 《心灵杀手》：*Alan Wake*，[芬兰] Remedy，2010 年。

世界，在"传火"这一游戏明线目标之外，大量的背景故事被隐藏在道具、对话以及过场动画中。由于《黑暗之魂》系列对故事的重组极为彻底和零散，使玩家还原真相的难度大大增加，玩家社区对于《黑暗之魂》系列故事真相的讨论热度经年不减，玩家社区中甚至将这种研究《黑暗之魂》背景故事的行为称为"魂学"。碎片化的叙事带来解谜和还原的快感，这便是重组叙事结构所特有的优势。

（七）链接结构

链接结构叙事的界定较为模糊，之所以被称为链接结构，一般是指该类作品会在作品中展示另一个独立叙事内容，然后回归主体故事，也就是主体叙事与子叙事内容之间存在不断往返的一种结构。

链接结构在单部电影作品中占比不高，但是在剧集、小说与游戏中却得到了非常好的运用。知名步行模拟游戏《艾迪·芬奇的记忆》[1]以艾迪·芬奇重回自己继承的家族老宅为起始，伴随着艾迪·芬奇对家族历史的回忆，呈现了芬奇家族不同时代成员生前最后的经历。游戏的叙述主体不断在芬奇家族的不同成员之间跳转，每位家族成员之间的故事虽然没有强烈的关联性，但每当视角重新回到艾迪·芬奇身上，玩家对围绕在芬奇家族成员身上的诡异事件就有了更深的了解。

以上七种结构大致可以概括市面上所有非线性叙事的电子游戏，但值得注意的是，上述游戏并非严格只运用某种单一的叙事结构。实际上，对于所有电子游戏而言，由于不同系统对玩法

---

[1] 《艾迪·芬奇的记忆》：*What Remains of Edith Finch*，[美] Giant Sparrow，2017年。

和体验有着不同的侧重和追求,叙事并非一以贯之,而是被各种界面、操作分割成了碎片式的存在。一个电子游戏作品中,往往存在多种叙事结构,这使电子游戏的叙事成为一种多元交织的混合形态。

比如由 Marvelous AQL 开发、SEI 发行的魔幻角色扮演游戏《灵魂献祭》,主角通过一本会说话的魔法书"利布洛姆"开始了游戏剧情的体验:梅林和伙伴间的故事——这种形式即是一种典型的链接叙事。而在梅林和"利布洛姆"的故事中,无名的魔法师打败了梅林,无名的魔法师又成为新的梅林,这种设计完美契合了环形结构叙事。同时,在游戏中,玩家在与每一个关卡的魔物对决时都能够阅读魔物的记忆:有人选择献祭脊柱当作巨剑成为武器,有人献祭手指发动了锁链技能,有人牺牲自己的眼睛来发动魔眼攻击,所有故事都围绕着游戏的核心设定"等价代偿",这种统一的主题让游戏又成为一个优秀的主题并置结构叙事作品。

三、剧情媒介与表达

将精心设计的游戏剧情在游戏中安顿下来,是写作者从创作走向工作的过程。在讲解具体的落地文档制作之前,我们不妨先弄清楚电子游戏所具备的叙事媒介,即能够载放剧情的载体。电子游戏现阶段的技术让其拥有文字、图像、声音三种叙事媒介,在游戏内的表现,即文本、界面、音频、图像、影像。

文本包括字幕(旁白、转场)、台词(角色台词、引导台词、战斗台词、剧情台词)、角色介绍(背景故事、人物列传)、说明文案(道具描述、技能描述、活动说明、界面说明)、包装文案(系统包装、活动包装)、宣发文案(外宣设定与资料库、设定集、市场素材包装等)。

界面即用户与机器交互的图形界面，在游戏中无处不在，涉及功能、玩法、活动、载入等内容。

音频包含游戏音乐、音效/声效、游戏语音（角色语音、剧情语音）。

图像指电子游戏中一切侧重于美术表现的艺术插画，有剧情插画、角色立绘、加载插图、KV或基于这些图像制作的其他动态展示资源。

影像指游戏内着重通过连续动态视觉内容进行呈现的资源类型。根据这些动态内容呈现的场合，我们可将其分为开场动画、转场动画、剧情动画、宣传动画。制作动画通常涉及两种不同的技术方案，即预渲染动画和即时渲染动画。

利用上述五大表现，电子游戏剧情主要有以下三种表达形式。

（一）文本表达

文本表达是指游戏剧情以纯文本形式进行表现。

1976年，一位名叫威廉·克罗塞（William Crowther）的汇编语言程序员为了改善自己与女儿的亲子关系，决定为他的女儿写一款电脑游戏。以PDP-10平台制作，仅含有纯文字元素的名为《冒险游戏》（后改名为《巨洞冒险》）的游戏由此诞生，成为纯文字冒险游戏的鼻祖。

文本表达的形式让玩家通过阅读文字，输入文字命令或进行分支选项体会游戏剧情。这种较为单调、对阅读专注度要求较高的形式虽然在电子游戏技术的发展下不再为游戏写作者所钟情，但依旧对互动式小说等新型文学产生了深远影响。

（二）界面表达

界面表达是指通过游戏界面呈现及界面交互形式来进行剧情

叙事的方式。

界面（User Interface，简称 UI）是操作系统和用户之间进行交互和信息交换的介质，在游戏中的作用是实现玩家与游戏的信息交换。

界面拥有两种必要元素：第一，界面必须输出有效信息，例如呈现剧情；第二，界面必须具有输入接口以实现交互可能，让玩家可以进行信息反馈。在游戏制作过程中，会有专门的界面设计师进行界面设计，以完成多数游戏的功能性需求，诸如用户登录界面、游戏外围界面、游戏结算界面，等等。但是在设计这些界面的过程中，如何有效地融入叙事元素，是需要剧情设计师与 UI 设计师相互配合才能完成的。

近年来，全球游戏开发模式逐渐转向工业化和规模化，玩家对游戏制作的要求愈发提高。界面叙事也逐渐成为游戏叙事的重要组成部分。它的主要功能也从最初的承载信息拓展成为玩家探索游戏世界并获得沉浸感的重要窗口。

界面的配色、设计、展示出来的图标，玩家点击按钮后出现的特效，界面开启关闭与切换都会直接影响玩家的游戏体验。只有在设计时充分考虑游戏世界观和剧情，才能给玩家带来浑然一体的游戏体验。

(三) 环境表达

我们将音频、图像、影像所共同构成的一种叙事表达统称为环境表达。环境即指在视觉、听觉双重作用下的"衍生型想象环境"，环境不单单指游戏中的物理环境，也包含游戏剧情所展示的情绪层面的环境。

场景地图、过场动画、游戏背景音乐、剧情插画，乃至带有剧情内容的描述性叙事文本，都可以被归纳为环境叙事。这是一种综合性的表达，是游戏剧情演绎的集大成者。

在《风之旅人》①中，环境叙事恰到好处。在这款充满禅意的游戏作品中，一切功能引导和故事内容都秉持着极简主义的精髓，没有多余的文字，没有复杂的操作。《风之旅人》的所有故事和引导几乎都由环境叙事来主导和呈现，例如游戏开始时镜头缓慢移动并最终锁定在沙漠尽头的远山之上，借此告知玩家游戏的最终目标。如果玩家仔细观察那些深埋于砂砾之中的古老建筑，就会发现很多暗喻角色身世和古老王国兴衰史的浮雕壁画。游戏通过优美的音乐、恰到好处的视觉指引以及令人赏心悦目的场景设计，讲述了一个有关人生、朝圣以及轮回的禅意故事。该游戏得到了全球玩家和媒体的高度赞誉，这很大程度上要归功于游戏优秀的环境叙事为玩家带来的超越语言和文化差异的心灵体验。

四、剧情制作文档

涉及剧情制作的文档包含剧情组或策划组进行剧情内容入版配置的剧情台本、游戏内直接展示的对白、剧情说明等纯文本，也有完全不向玩家展示的，仅供内部同事进行剧情共创的动画脚本、音频需求等设计文档。

下文所讲解的制作文档类目均为基础必需的，在项目落地时，写作者需要根据产品特点和研发组的要求进行量身定制的调整。

（一）剧情大纲

电子游戏的剧情通常并不需要被写成如小说一般完整的作

---

① 《风之旅人》：Journey，[美] Thatgamecompany，2012年。

品，这是由于电子游戏具备音画等丰富的媒介，游戏剧情并不单一地以纯文本的方式进行展示。游戏剧情会在研发过程中被拆解成如动画需求、插画需求、剧情脚本等执行类文档。所以对剧本写作者而言，最初只要撰写剧情大纲即可。

剧情大纲的形式与小说写作一样，一般是将剧情点进行罗列。

但在剧情点罗列之外，游戏剧情大纲还需要初步盘点剧情出现的主要角色和主要场景，这是由于在游戏研发的过程中，美术制作周期往往最漫长，在剧情大纲阶段就罗列出所需时间最久的场景和角色资源，将方便美术组尽可能早地对需要制作的素材进行排期，降低素材空窗的风险。

游戏时间是指本段剧情在游戏中供玩家所体验的游戏时长，一般由策划填写，但之所以将它也放在大纲的类目中，是因为游戏时长直接对应了剧情量。

对应版本是指剧情进入游戏的哪个版本，这关乎它的制作节点，是游戏写作工程化的体现。

（二）剧情细纲

剧情细纲是对剧情大纲的细化，它的启动往往在进一步明确游戏流程和剧情表现形式之后，因此它某种程度上有流程书的性质。

在大纲中的剧情点将在细纲中被扩写，这块内容为了和大纲作区分，我们姑且将其称作"剧情内容"。

由于游戏剧情是创作者与受众共创的一个过程，在很多品类的游戏设计中，剧情都可以分为玩家必然参与的主剧情和玩家可选择参与的分支剧情，因此在游戏细纲中，我们可以单列一个剧情分类以作区分。

基于前述的三种剧情表达方式,即文本表达、界面表达和环境表达,在实际的游戏制作中有更多的与制作方法相结合的细化方案,诸如较多电子游戏采用的角色的立绘对话、界面内的文本描述、玩家QTE操作、剧情插画或动画等,此类表达方式都需要在剧情细纲中有所体现,以便明确该剧情内容的制作方法。

此外,还有诸如气泡对话、旁白报幕等表达方式,此处不一一罗列。

战斗几乎贯穿所有品类的游戏,对抗机制在游戏剧情中普遍存在,所以在细纲部分,往往还要明确我方角色和敌方角色。

(三) 剧情台本

剧情台本是专供策划配置剧情的剧本,也称为台词脚本,台词自然是必不可少的内容。

剧情细纲中的剧情类型和剧情表达方式在台本中依旧存在,但剧情内容将被拆分成角色、立绘表情/动作、是否录音、文本内容、语音资源等。

值得注意的是,因为新手剧情往往要配合游戏的新手引导流程,为了方便配置,我们通常会建立独立的引导台本。在引导台本中,除了常规剧情台本中的内容,还应该增加触发节点、引导模块、引导流程、引导形式、引导内容(前述内容均由策划填写)、引导台本。

剧情台本横跨整个研发期,由剧情组多人共同完成,在每一章节台本写完之后,还有可能应项目需要发起无数次的迭代和调整,因此在台本配套表单之前(一个台本表格往往由多个切页组成,作为一套文档),我们还需要增加一个版本控制,将每次改动进行记录,以规范管理。版本控制的内容很简单,往往只有修改内容、修改人、修改时间这几项。

(四)剧情动画脚本

剧情动画脚本即开场动画和剧情动画的制作剧本。它应该记载台词、对话、动作这些剧本必备元素。同时,由于脚本是美术组制作分镜稿的唯一依照,它还应该标明更细化的剧情类目,如场景的切换、时间的分割等。

剧情动画脚本的类目纷繁复杂,我们通常会根据幕分别制作一套表内的不同切页,一个切页就代表一幕,在表格开头,安放幕名、剧情概述、出场人物、场景,这也可以被视作剧情动画的剧情大纲。

大纲之下是细化的制作表,类目主要有:文字描述、对白/字幕、画面描述、景别、画面元素参考、预计时长、音效、分镜 ID 等。

一套剧情动画脚本既是大纲,又是台本,还是美术需求,因此写作者作为需求发起方,在对美术组交付剧情动画脚本之后,还应把控剧情动画最终的呈现品质,在每一次中间稿的对齐中提供剧情侧的意见。

(五)剧情插画美术需求

与其他模块的插画美术需求相同,剧情插画美术需求同样应该包含画面参考(通过网络素材呈现你所需要的构图、风格、人物动作等)和角色参考(剧情插画中涉及的游戏角色形象)。同时,由于剧情插画的画面需要给玩家留下故事的想象空间,写作者还需要将这一插画出现前后的剧情内容列出,方便美术组画师整体把握插画氛围。

(六)剧情音频需求

剧情音频需求的制作和游戏音乐需求、角色语音需求并无二致,包含声音年龄、声线特征、演绎风格、台词文本,为了方便配音演员理解台词情境,往往还会在重要剧情台词的音频需求中附上剧情简述。

为了让剧情语音最贴切,与美术需求一样,写作者作为音频需求发起者,也将参与后续音频制作,在试音选角、录音监棚、资源验收中全场提供监修支持。

(七) 场景需求

场景需求严格意义上是世界观设计的延续,之所以将它的制作放在剧情设计里,是因为场景作为所有剧情发生的背景布,和剧情设计的关系也相当紧密。

要输出一份精准的场景需求,需要对世界观的地理、设定、文化等内容了然于心,它的需求类目取决于场景制作的精细度,具体数量繁多。但哪怕最精简的场景需求,场景设定、场景描述、场景布局、场景氛围、场景物件、场景建筑这几项具体的需求内容也是必不可少的。同时,为了辅助场景设计师精准定位场景风格,世界观简述也应附在其中。

针对以上所述所有类型的制作文档,本书将会提供一套经由业内实战研发数十年验证的游戏剧本文档模板,方便大家理解和上手,详见附录2。

第八章
游戏角色创作

角色是叙事作品中不可缺少的元素,游戏角色的塑造与小说、电影角色创作的不同之处在于,在游戏角色的塑造中,除了概念性的角色标签设计、文学性的背景故事设计,还须对其后续的制作落地甚至部分商业化内容进行预设计。因此游戏角色的创作更像是制作一个角色的研运方案,从角色的前置设计到中期制作,乃至后期面向市场与玩家的宣发方案,每个环节都需要游戏写作者全程参与。

一、游戏角色创作

角色是任何叙事作品中不可或缺的元素,无论在小说、漫画、动画还是电影中,角色的存在都是叙事的基础。但电子游戏角色除了承载叙事外,亦是展示游戏设计的载体,如角色的属性定位、游戏技能设计,更是承载商业化设计内容的商品,如角色羁绊、角色活动、角色时装设计等。因此电子游戏角色与传统叙事类作品的角色相比,是一个需要权衡市场与用户需求,同时又能够成为独立作品的综合性设计内容。故在设计创作电子游戏角色时,写作者要在传统的角色设计基础上全局性、综合性地明确角色的创作思路。

电子游戏的角色创作以角色投放进入游戏为最终目的,因此在角色创作过程中,角色制作工艺与流程也在设计考量范畴之内。它要求写作者在创作时既要有全局性的定位工作,也要有创作层面的文本撰写,还要输出指导音频和美术设计者进行角色制作的配套文本。

综上所述，现将游戏角色创作工作分为三个阶段，即角色定位、角色设定和角色制作。

角色定位是角色创作的第一阶段，这一阶段需要综合考虑市场、制作成本、制作周期等信息，以凝练的信息确定角色的整体设计方向，以防止后续反复修改迭代。在此阶段写作者需要明确创作目的、角色的使用场合并初步明确角色的主要受众。

角色设定是角色创作的第二阶段，该阶段是角色定位确认后对角色内容的细化过程，设定内容一般包含了角色背景故事、角色台词与角色游戏化属性设定，该阶段内容详细是后续角色制作的基础。

角色制作是指以音频和美术表现的方式制作角色并呈现在游戏内，该阶段的内容与游戏整体的设计和表现相关，角色的视觉表现方式决定了所需要制作的音美资源类型。而在此阶段，写作者的工作是主导并制作对应的游戏美术与音频需求，以保证后续美术设计师与音频设计师能够充分理解角色并开始实际制作。

由于游戏剧本写作者既是角色创作的发起人（即上游需求发起人），又是角色创作过程中的一个环节（即下游需求执行人，需要撰写角色剧情故事、角色台词等文本内容），因此写作者在研发前期便需要平衡角色设计与制作，现将角色创作三阶段的工作内容与方法做总结说明。

二、角色定位

无论是文学、电影、电子游戏或者其他艺术作品，当创作者开始创作一个角色时，首先想到的是为角色设定发色、身高、外貌以及诸多角色经历与剧情事件，这些信息构成了角色本身给人的第一印象。举例而言，当写作者开始设计一个游戏引导员角色时，希望他拥有一些基础特质，诸如亲和、安心、值得信赖等，这些基础信息之外，还希望他会受到玩家的喜爱，符合游戏既有世界观设定与文化特征。这些信息构成了创作角色的第一步——角色定位。

角色定位的目的是通过简练的基础设定内容给游戏制作过程中的每个参与者一个对角色的统一认知，从而统一设计与创作理念。与传统文学作品中角色只需要与故事共存这一特点不同的是，在电子游戏中写作者需要综合游戏设计、商业化、研发流程等常规因素去考虑角色创作。比如角色是否为游戏中可售卖的角色，角色承担了怎样的功能，角色是否在游戏剧情内容中有非常高的出场率等。为了更全局性地进行角色定位，我们可以将角色定位所需要的内容拆分为角色类型、角色基础信息、角色标签这三类以匹配需求。

(一) 角色类型

电子游戏角色不仅是叙事工具，也可以承担游戏功能的说明讲解，还可作为完整的商业化产品进行售卖。因此我们在定位时可以针对其实际适用场合和创作目的进行类型区分。

从剧情演绎的角度，可将角色分为剧情角色与非剧情角色，承担剧情演戏功能的角色与单纯售卖的角色所需要制作的相关配套资源会有所差异，因此在创作之初就需要确认。

从承担功能说明的角度，可将角色分为引导员与非引导角色，引导员贯穿整个游戏过程，通过对话为玩家说明游戏规则并引导玩家进行游戏行为，是游戏产品中最为重要的角色。

从玩家是否可操控的角度，角色可分为可持有角色与不可持有角色(NPC)。

这几个类型并不拒斥，甚至可以相互叠加。比如有一个新手引导员，他既可以在游戏故事中进行剧情演绎，也可以在商业化系统中进行售卖，比如手机游戏《阴阳师》中的新手引导员白藏主，他在游戏上线后仅作为新手引导员角色使用，随着版本更迭在游戏四周年活动中加入卡池机制，成为一个可被玩家使用的角色。

(二) 角色基础信息

角色基础信息包括名称、年龄、性别、外貌等通用信息。

基础信息的设定必须考虑到游戏本身的世界观设定与商业化设计，尤其是年龄与性别这两项内容，需要在一定程度上匹配其目标受众。在角色创作初期，基础信息的设定或多或少要受到游戏中角色的男女比例、角色受众年龄层、角色属性设计的多样性、角色与玩法关联属性内容等诸多因素的影响。

角色名称是角色给受众的第一印象，尤其在多文化融合体系的游戏中，角色名称甚至会包含角色的部分种族信息，加之部分游戏拥有称号系统或外观售卖系统，所以角色名称的设计于角色设定而言极为重要。

角色外貌的设定是角色设定环节至关重要的一步，它决定了后续美术需求制作的初步方向。在初期写作者只需设定最能凸显角色本身特质的外貌特征，简单明了地归纳角色的外观特色即可，而在后续研发过程中，随着角色属性的迭代与修改，市场或用研数据也可能存在对角色外貌设定进行再创的情况。在基础信息模块内角色的外貌设定仅为概念性的设定，在后续的工作中写作者会为每个角色依照游戏的具体需求与角色使用场合定制其专属的美术需求文档。

（三）角色标签

"原型道出了一千个人的声音，可以使人心醉神迷，为之倾倒。与此同时，他把他正在寻求表达的思想从偶然和短暂提升到永恒的王国之中，他把个人的命运纳入了人类的命运，并在我们身上唤起那些时时激励着人类摆脱危险、熬过漫漫长夜的亲切的力量。"[①]在过往的创作或生活中，我们时常听到"原型"这一概念，这一在文学、心理学、流行文化圈内被广泛使用的概念，在电子游戏创作中也具有借鉴意义。

荣格将精神分析学与该理论融合，创造了原型心理学（Archetypal Psychology）。虽然原型心理学在现阶段已显得有些过时，甚至与部分临床心理学（Clinical Psychology）的理念并不相容，但其理论却在文学与人类学研究中被广泛使用。荣格曾在《集体无意识的概念》中写道："人生中有多少种典型情境，就有多少原型，这些经验由于不断重复而被深深地镂刻在我们的心理结构之中。"[②]他的原型分类至今影响着诸多角色创作。举例而言，荣格理论中精神类原型中的智慧老人是人类原始智慧的象征，而智慧与谦逊是智慧老人的两大特征。我们时常在游戏中看到的引导员形象大多都拥有智慧老人这一精神原型，无论是《暗黑破坏神》[③]中的迪卡·凯恩这样充满智慧的年迈学者，还是《洛奇》中谦逊亲和伴随玩家成长的露娜与潘，即便是《地下城与勇士》中赛利亚·克鲁敏这样的年轻女性形象，也拥有与前两者相同的精神特质。由此可见，无论

---

① 荣格：《论分析心理学与诗的关系》，见叶舒宪选编：《神话—原型批评》，西安：陕西师范大学出版社1987年版，第101页。
② 霍尔、诺德贝：《荣格心理学入门》，冯川译，北京：生活·读书·新知三联书店1987年版，第48页。
③ 《暗黑破坏神》：*Diablo*，[美] 暴雪娱乐，1996年。

角色的外貌与形象发生何种变化，其精神原型都不会发生改变。

在维多利亚·林恩·施密特所著《经典人物原型45种》一书中，作者基于荣格的原型理论，结合了神话原型批评学派中针对文学作品中的叙事结构、角色人格类型与角色发展性格弧线的见解，总结出了32种主角原型、13种配角原型与2种补充角色原型，共计47种角色原型。这些原型大多数也能与现阶段的主流游戏角色匹配，比如《巫师3：狂猎》中拥有精灵血统的主角杰洛特挚爱的美艳女法师叶奈法（Yennefer），其原型便是阿芙洛狄忒，《塞尔达传说：旷野之息》中的塞尔达公主，其原型便是珀耳塞福涅，诸如此类的案例数不胜数。为帮助读者理解游戏角色与原型理论的关系，本书附录4"施密特原型理论下的文化产品角色示例"可供参考。

角色标签其实就是原型理论的一种运用，当写作者为角色定义了一部分角色标签并将这一信息传达给受众时，在受众与设定者的意识中就已经构建了该角色的基础原型，这些角色标签可概括角色的某些信息，如容貌、性格、社会地位、身份背景等，甚至包括该角色的思维模式与行为模式。

ACGN产业纯熟的游戏文化输出国日本拥有自成一套的世界观设定体系及人物标签分类，其中许多属性分类也被亚洲多数ACGN文化受众所接受并采用，诸如时常出现于网络社媒上的"御姐""黑长直"等标签。这套标签体系的特点是与时俱进，适用于多数流行文化体系，在角色原型理论之外更多元地补充了具备商业化流行特色的角色标签，其影响之大，即便是亚洲文化圈内的欧美IP粉丝也会使用该体系内的部分标签去表达角色特征。

三、角色设定文本

角色设定文本是包含角色背景设定与角色游戏化属性设计两部分内容的设定文本,它在第一阶段角色定位的基础上作进一步的角色细化创作,也是后续制作人员进行美术设计与音频设计的前置内容。

(一)角色背景设定

角色背景设定要求在较短篇幅内将单个角色的人物经历以及该角色与世界观耦合的设定以文本的方式进行撰写。由于多数游戏都会在游戏内或者官方社媒中设置展示角色背景文本的空间,因此在进行角色背景设定时,要以具备文学性、易读性的方式进行写作。

角色背景设定包含了角色的人物故事和角色在各个场合展示的台词,亦包含了部分角色与游戏相关的特殊设计内容。美术设计师会依照该设定内容进行角色外观设计与制作,音频设计师会根据该内容进行背景音乐创作,配音演员会根据相关信息进行语音录制,策划会依照角色背景设定为其设计角色专属的游戏属性,运营人员会根据该设定结合游戏玩法与资源进行活动设计、内容运营和社交媒体的推文撰写等,因此角色背景设定在角色创作中至关重要。

一般角色背景设定会包含人物故事与角色台词两部分内容,如果项目有其他展示或设计需求,则会在此基础上进行设定增补,比如人物所使用的武器与特殊能力信息等。角色背景设定中的人物故事和台词与传统写作存在部分相似之处,都希望以突出个人经历、角色特征、人生信条等内容为主,但除此之外,游戏中的角色背景设定同时要兼顾世界观与游戏属性设定。

1. 角色介绍文本

常见的角色背景设定中,角色介绍文本所占篇幅最大,用途最为广泛。考虑其具体的使用场合多数为游戏内角色展示界面、官方网站的介绍资料以及宣发中的角色介绍等,因此创作重点是在人物故事的基础上加上该角色的特性设计内容。以《命运:冠位指定》[①]中玉藻前的角色介绍文本为例,在介绍玉藻前的生平与来历之后,也明确了她与咒术的关联:

> 极为想要成为贤惠妻子的巫女咒术师,平安时代末期侍奉鸟羽上皇的绝世美女,传说是白面金毛九尾的狐狸化身而成。最后因为很多原因被放逐出宫廷,在那须野与人类殊死一战后,据说是被讨伐了。

游戏的界面设计决定了游戏介绍文本的字数,而游戏展示角色的系统定位影响了文本风格,剧情类文本与功能性文本的占比会根据需求进行调整。有些游戏希望角色能够设计丰富,具备更广泛的商业价值,那么该类游戏的角色介绍需要提高剧情类文本的比例,撰写更多的角色背景故事与角色生平信息更能引起玩家的兴趣;而有些游戏重视角色的游戏属性,强调游戏的战斗行为,因此会展示角色与游戏属性关联的背景内容,例如一些战斗属性、角色能力等。

2. 角色台词

角色台词与传统写作中的台词定义一致,主要分为角色对白、

[①] 《命运:冠位指定》:*Fate/Grand Order*,[日] DELiGHTWORKS,2015年。

独白与旁白等类型。但是游戏台词的创作与其使用方式及使用场合高度关联,除角色在剧情中的剧情台词外,还有以下几类较为主流的游戏台词类型。

(1) 角色关联台词。

角色关联台词是指基于单个角色的基础设定,为了提升游戏体验、增强角色表现而创作的角色台词类型,这些台词多数会进行配音演绎,也具有较强的功能性。该类台词根据不同的使用场合还可细分为角色展示台词、剧情台词、战斗相关台词、好感度台词等,其创作的要点是在符合角色本身设定的前提下与相关使用场合适配。比如角色展示台词以展示角色个人属性为主,多与角色本身的生平有关;战斗台词则是在游戏战斗表现中所使用的台词(战前喊阵、战后胜负结算等),多为独白,偶尔也有多角色联动对白;好感度或获得道具台词是指玩家对角色进行赠送礼物、使用道具等游戏操作行为后的反馈台词,多为对白。以《权力的游戏:凛冬将至》中的角色艾莉亚·史塔克为例,她的角色关联台词与其角色背景与使用场景高度契合:

展示入场台词:告诉他们北境永不遗忘。(Tell them the North remembers.)

特殊展示台词:你是无名之辈,你什么也不是。(You're no one. You're nothing.)

待机展示台词:若一狼尚存,羊群便永不得安。(Leave one wolf alive and the sheep are never safe.)

战前台词:时辰未到。(Not today.)

战后胜利台词:你在世上看到的最后一幕,是一个史塔克笑着看你离去。(The last thing you're ever going to see, is a Stark smiling down at you as you die.)

战后失败台词：女孩什么都不想要。(A girl has no desires.)

获得道具台词：有这些脸供我选择，我可以变成任何人。(With these faces, I can become anyone.)

获得指挥官：没人能阻拦我。(No one to stop me.)

释放战斗技能台词：红神的丧钟。(Valar Morghulis.)

（2）引导台词。

引导台词是指以阐述游戏玩法为目的而创作的引导说明类台词，此类台词多与游戏系统、玩法与功能绑定，多使用于功能初次开启时，是一种强功能性的游戏内应用型文本。引导台词会根据引导员的身份设定匹配文风，引导员基本有以下三种。

第一种是基础世界观中的某个具体角色，因此该类引导台词需要与角色本身的行为模式和语言风格进行匹配。该类台词的创作既需要明确引导功能内容，又需要符合本身角色的行为模式，如《洛奇》中的露娜，每当玩家回到引导点，她就会笑着对你说出"很久不见，欢迎回家，这里一切如故"，之后才会进行相关游戏行为的引导。

第二种是额外原创一个与世界观体系耦合，但是与其他游戏角色彼此剥离的不存在于游戏剧情之中的游戏外引导员，比如《洛奇》中的艾丽。

第三种则是模糊角色身份，以旁白形式出现的引导员，多以功能性叙述为主，角色的基础设定如年龄、声线等信息仅在制作引导台词的语音需求时使用，如《蜘蛛侠：迈尔斯莫拉莱斯》中的功能性引导台词"面向墙壁按住 L 键,再按住 R2 键攀爬",此类台词不带任何角色身份与角色个人特质。

随着行业发展,现阶段产业更倾向于引导台词都由一个拥有角色设定的角色进行,引导内容也适度与世界观及剧情结合,比如《纪元 1800》①中,借着角色的妹妹汉娜·古德之口明确了相关的新手任务内容:"亲爱的哥哥,我用我最后一点资金买下了一座小小的岛屿,并且联系到了所有仍对父亲忠诚的人。现在我们应该要一起让他的名字恢复清白,至死方休。"

(二) 角色游戏化属性设计

角色游戏化属性即角色拥有的可直接在游戏内体现的角色属性内容,最常见的属性内容就是能力属性,能力属性可以影响到角色的职业定位、技能设定等内容,在游戏中常见的技能便与该设计相关,多数游戏化属性设计与技能设计耦合。以《权力的游戏:凛冬将至》中的角色艾莉亚·史塔克为例:

> 艾莉亚·史塔克是艾德和凯特琳的次女,与向往成为淑女的姐姐珊莎不同,当艾德说她将来会嫁给贵族,成为某个城堡女主人时,艾莉亚斩钉截铁地答道:"那不是我!"
>
> 她从一开始就放弃成为淑女,活泼好动、生机勃勃,像一匹幼狼那样爱恶作剧。哥哥琼恩·雪诺送给她一把细剑,她将其命名为"缝衣针",在她眼中,剑术就是她的女红和舞蹈。她将自己的冰原狼命名为"娜梅莉亚",一个传奇女战士的名字,也表明了她的初心。

---

① 《纪元 1800》:*Anno 1800*,[美] Ubisoft Blue Byte,2019 年。

"五王之战"将所有史塔克族人带入了深渊，身后是再也回不去的家园，艾莉亚身如漂萍，隐姓埋名走上流亡之路。

　　她逃到李河城，却目睹了"红色婚礼"上的惨剧，她逃到艾林谷，姨妈莱莎却又在三天前去世，欲哭无泪的艾莉亚发出歇斯底里的笑声，世界似乎在嘲弄她，她也只能报之以嘲笑。

　　见过无数悲剧后，她走上了无面者的道路。那些名字被她每晚睡前的"晚祷"不断重复，有的人消失了，也有新的出现。

　　这段角色介绍除了展示其出身背景、生平故事，介绍中也明确了艾莉亚所使用的武器与其经历所造就的一身"无面者"的本领。此外，官网还为我们展示了她的其他属性设计内容，如她在游戏中会使用的兵种类型（亲卫）、三维属性等内容。

　　三维属性：
　　军事 A—谋略 B—统帅 C
　　北境骑兵：
　　由于北境多为先民，并不信仰七神，因而没有骑士的称呼。但北境重骑兵在战场上能起到和骑士相近的作用。相比于富裕的南境，气候苦寒、经济落后的北境骑兵铠甲主要以皮甲和锁甲为主，头盔也多为弧形半盔，但并不妨碍他们拥有高昂的士气和英勇善战的名声，而质朴而勇敢的民风足以弥补装备上的不足。他们的武器主要为长矛和单手长剑。

这些内容也与她在游戏内使用的角色技能设计相匹配：

红神的丧钟（Valar Morghulis）：对单一目标进行 3 次攻击。每次造成{0;0.}点伤害，并使自身接下来的 3 次攻击必定暴击。

无名的宣言（I Am Nobody）：战斗开始时，降低所有敌军{0;0.}点防御力，持续 25 秒。

幼狼的名单（Arya's List）：每当敌方指挥官退场时，增加自身{0;0.}点攻击力，该效果持续 10 秒，可叠加 3 次。

孤狼的微笑（Faceless Man's Training）：增加自身{0;P1}的暴击伤害。

解脱的恩赐（Act of Mercy）：释放时对敌军造成兵团攻击力{0}%的伤害。

上述内容印证了角色设定内容的创作必须包含多个方面，且与角色的游戏属性紧密结合。为了直观地学习与理解，下面附上原创角色案例以作示范。

角 色 定 位

1. 角色类型

可持有剧情类角色。

2. 角色基础信息

姓名：约翰・安德森（John Anderson）；

性别：男；

年龄：24；

种族：冷冻人；

外貌信息：身高185厘米，黑色过肩长卷发。

3. 角色标签

沉稳坚韧、温和有礼、恋母癖、"救世主"。

角 色 设 定

1. 角色背景

（1）角色介绍。

出身名门安德森家族，父亲威廉（William Anderson）在年轻时为了迎娶约翰的母亲玛莎（Martha lee）而与家族脱离关系，却因为不堪生活重压而出轨，甚至开始虐打他的母亲。

大灾难爆发后，父亲威廉因为家庭背景而获得了三张进入方舟的船票，威廉觉得这正是摆脱现在穷困潦倒生活与家族和解的好时机，随即带着儿子约翰与情妇回归安德森家族进入了方舟生活。约翰无法原谅威廉舍弃玛莎的行径，因此进入方舟后的第二年就选择进入冷冻仓成为第一批冷冻人。父亲死后他被唤醒，加入了"地平线计划"，成为第一批先遣小队成员。

约翰在大灾难爆发前学业有成，温文尔雅，是一个可以称得上完美的青年，他的道德与责任感使他不自觉地总想成为所有人的"救世主"，因此背负了过多的压力。

（2）角色台词。

① 展示台词：谁都不能救赎我，除了我自己。

② 战斗台词：我预见了危险。

③ 引导台词：难道你不想摆脱那该死的地底生活吗？来吧，和我一起加入探索者的队伍。

2. 角色游戏化属性设计

身为冷冻人的约翰在被唤醒后时常能听到一些刺耳的声音，

在地底时他不知道那是什么，后来他发现自己能够听见变异人之间的高频沟通信号，这也使他能比一般人更快地预见危险，因此约翰时常带队作为急先锋进行野外探索与应急作战。

四、配套音频和美术需求制作

在设定工作结束后，角色才会正式以此为基础开始音频和美术表现的设计与制作。身为角色设计的发起者，写作者在这个环节中也是角色需求的发起者，美术设计师会根据写作者撰写的美术需求进行角色原画设计，音频设计师和配音演员会根据写作者撰写的台词和语音需求进行录制与制作，因此配套音美需求文档的撰写必需且重要。

（一）角色美术表现相关的基础需求类型

1. 角色外观设定

无论角色是以 2D 绘制还是 3D 模型作为表现形式，在设计之初都需要最基础的角色外观设定作为支撑。角色外观设定的目的在于为角色的所有后续美术材料的制作提供一份清晰且细致的角色标准形象。因此在角色外观设定的美术需求中，写作者应阐述对应角色在游戏世界观中的年龄、性别、衣着、个人特色以及行为方式。当然，不同类型及不同制作规模的游戏项目会对角色外观设定需求中所包含的细节有不同程度的侧重处理。

角色外观设定需求需要通过文本以及参考插图来体现写作者对于这一角色的想象，并且在文本描述中明确设计限制与规范。

在此阶段，美术设计师通常会根据外观设定的相关内容绘制角色概念设计稿。玩家在游戏官方出版的设定集或者官方开发手册所见的带有三视图的角色概念设定稿便是在此阶段制作完成的。

2. 角色原画(插画)需求

角色概念设计稿完成时,角色的基础形象已然确定,但此时的美术资源通常尚未达到入版或对外宣传的品质。由于在进行外观设计时,角色形象通常以标准姿势下的三视图进行设计和展示,这些概念设计稿在面向玩家时不够生动形象。因此在后续阶段会进行新的角色美术需求类型创作,即角色插画需求。角色插画需求要求写作者为美术设计师提供更详尽的角色资料,诸如角色生平经历、性格、人生信条等内容,如有需要,甚至需要为角色设计特定的情境与场景,以求创作出更符合角色内核的美术资源。美术设计师在设计时亦要侧重于角色的艺术性和故事性。玩家在游戏内、官网或是宣传稿件中看到的单张角色艺术插画大多源自这一阶段的美术需求。

3. 角色模型需求

角色概念与原画设计完成后,才会启动角色模型的制作。此时一般不需要写作者再次撰写详尽的需求,但是需要策划跟进并给出相关的技术参数,以便制作的美术资源可以顺利入版,而写作者在制作过程中紧密跟踪与角色设计相关细节即可。

对于以 2D 美术呈现游戏内容的项目而言,游戏美术风格将会决定在角色模型需求中以何种方式来制作角色,在这种情况下设计师通常需要制作对应的 2D 角色美术资源(二维拆分资源或角色像素点阵形象)。而在 3D 项目中,角色模型需求通常是指设计和制作角色的 3D 模型。但无论是 2D 切片还是 3D 模型,角色模型阶段产生的美术资源将为后续动画制作提供基础素材,并最终作为玩家实际使用和交互的角色进入游戏中。

4. 角色动画需求

当角色模型完成制作后,项目会引入角色动画的制作流程,并产生角色动画需求。角色动画的使用遍布游戏的各个系统,如角色展示界面、角色引导动画、角色剧情演出动画、游戏战斗等,因此所涉及的动画资源类型、资源数量与每个动画设计内容,都需要在此阶段阐明,与模型一样,写作者在此过程中实时跟进并提供指导意见即可。

(二)角色语音制作相关的需求类型

上文我们已了解音频分为音乐、音效与语音三种类型,其中语音一般指角色语音。写作者既然是角色创作的发起人,就需要在角色的声线、声音表现风格上予以把控,整合出具体有效的语音需求,并参与游戏语音的录制工作,即监棚。

为减少沟通成本,写作者与项目内音频设计师会在语音录制前期准备语音需求文档,以供录音团队参考。一份完整的游戏语音需求包含目录、具体的角色分页(包含角色设定信息与需要录制的台词)以及对应的游戏剧情脚本,如果已有对应的游戏流程录像或者CG动画资料,也须向制作团队提供。

游戏语音的制作流程分为三个阶段,均须写作者参与。

1. 语音需求制作

语音需求文档需要收录当前版本游戏中涉及的所有需要配音的角色,包含之前的角色定位与角色设定内容、所使用或涉及的系统模块以及其他特殊要求等,同时可在后期工作中补充对应配音演员、配音时间、制作进度等相关信息,以便安排资源与版本的相关工作。

2. 语音录制

(1)演员试音:通过演员试音挑选出合适的配音演员,防止因为角色与演员匹配度不够或演绎效果不佳造成资源浪费。

游戏音频需求明确后,音频团队会让录音团队交付演员录制的配音小样(Demo)以供研发团队进行选择,经过写作者—音频负责人—项目组其他成员的确认后,才能安排具体的录制排期及演员邀约事宜。

(2)录音监棚:写作者身为角色的第一创作者需要前往录音场地或远程接入进行监棚指导工作,此举能帮助演员了解角色并进行角色演绎,也防止在录制过程中出现需要临时修改台词或演绎方式等突发状况。

3. 资源验收与制作

录好的音频资源最终会以文件形式提交给音频团队,音频团队负责验收其中的技术、效果等内容,写作者则需要负责验收演员的演绎表现、与角色的贴合度等内容。验收完成后,音频团队再进行相关的后期制作,完成后相关音频资源便正式入版并发布。

上述所设角色配套音美需求均在文后附有模板,详见附录2。

第九章
游戏剧本中的特性创作

游戏剧本写作涵盖了整个游戏从研发到发行过程中的方方面面，其内容庞杂、类型丰富超出想象。前文我们已学习了电子游戏剧本中与传统意义剧本内容最接近的角色与剧情叙事内容的创作，现在此基础上开展电子游戏剧本中其他特性写作内容的学习。

　　此章内容也许被很多写作者视作不属于自己的工作，但若想真正从事游戏行业，它们注定无法跳过，在入行之前或者刚入行时就明确掌握游戏剧本中特性内容的制作，专业性将得到本质上的跃升。

一、隐藏的文本与副文本

　　游戏剧本中除世界观、剧情、角色相关内容的设计与写作外，还有很大一部分碎片化的、存在于游戏中或游戏外的纯文本创作内容。这部分内容是游戏文本中世界观、剧情与角色相关内容的补充，也包含与游戏玩法、游戏系统等相关的包装和说明，这些隐藏的游戏文本在游戏产品中直面玩家，不可或缺。此外，产品研发与后续宣发过程中产生的副文本，如官网、社媒等的市场宣发文本也是游戏剧本的创作内容之一。

　　（一）包装文档

　　电子游戏的多元玩法决定了它必然具备诸多与之配套的规则描述、玩法说明与一系列道具描述内容。这些看似和游戏故事并不相干的内容，却是电子游戏中必不可少的组成部分。除了完整的角色与叙事模块，游戏中的多数界面内容都由这些文本组成，它们承担着说明、描述、解释游戏玩法的功能,也是故事中世界观细节的补充与延续,由于它们存在于游戏产品内,载体为游戏本身,因此也是游戏写作的一部分。

为了更直观地理解这类文本内容,本书沿用在业内被高频使用的"包装文本"一词来代称此类文本,而与之相关的文档则被称为包装文档。包装文档遍布于除角色与剧情模块之外的游戏界面之中,它们在世界观、剧情与角色创作之初并不存在,是后续为了额外的功能性需求所撰写的内容,但是由于其归属于整个游戏世界,为了不显割裂,写作者会针对这些内容进行世界观下的"包装",使其与整个游戏世界及故事保持基调一致,甚至能够成为故事中的一部分。

常见的包装文档有以下几种类型:

1. *系统和玩法包装*

系统和玩法包装文档一般包含两部分内容,第一部分是针对系统和玩法介绍说明的文本内容,由于每个系统几乎都有相对应的玩法展示界面,因此每个系统和玩法界面都会拥有一套与之匹配的包装文档。这些文本通常承担着向玩家准确阐述功能和玩法等基本信息的功能,同时又必须与整个游戏世界高度融合;第二部分是针对该内容的美术表现设计即概念包装,由于第二部分内容需要与UI设计师搭配设计,在此不展开描述。

此类文档的创作要点应是在保持世界观与剧情融合度的同时,尽量通顺易读,简明直白,以清晰表达系统功能和玩法规则为第一要义。写作者应具备读者意识,适当沿用同类游戏中的惯常用语,为玩家节约理解成本,也要减少过度包装,避免出现太多生僻词汇及晦涩用语,更不要生造新型词汇和反常规的描述用语,以

《命运：冠位指定》为例，为了贴合其世界观中魔术师与从者的设定，该游戏抽卡系统包装为"召唤"，装备系统包装为"概念礼装"。再以《权力的游戏：凛冬将至》为例，研发科技的系统是"学士塔"，玩家可上阵的角色为"指挥官"。

2. 道具和技能包装

道具即在游戏中出现的与玩法存在关联的物品、物件的总称，道具一般有其实际游戏功能，用于玩法活动或者游戏角色，一部分存在于游戏经济循环系统之中，诸如金币、游戏点数、抽卡券等，一部分则与游戏角色关联，诸如角色的武器、装备、配饰等，对游戏角色本身的游戏化属性产生影响。

技能在电子游戏中的定义往往与其早期原型《龙与地下城》等桌面游戏中的角色能力相关联。业内常常将那些依附于角色、武器、道具之中，且在通常情况下能够被反复使用的特殊机制称为技能。与"技能"这一类游戏机制配合出现的描述文本与道具描述相似，通常由对技能所产生的游戏效果进行说明的功能性文本和与故事背景耦合的包装性文本构成。

道具和技能等内容的包装文档也包含两部分内容，第一部分是对游戏内道具技能的设定与功能描述的文本撰写；第二部分是针对这些内容的美术需求的制作。

在创作第一部分文本时，写作者需要注意，一般这部分内容也由两种文本内容组成，一种是功能性的说明文本，用于向玩家展示道具在游戏机制上的功效信息，而另一种则是设定类文本，用于向玩家展示道具在世界观及剧情当中所具有的独特含义。此类文本的撰写要点是应紧贴效果，避免歧义，以准确表达策划设计的道具功能和技能效果为第一要义。道具和技能名称字数最佳为 2~4

个字,极限为 6 个字(实际以界面限制为准),描述则参照各游戏的 UI 设计标准,但就阅读性考量,最好不要超过 2 行。在保证功能或效果的描述准确之外,可根据策划的包装需求酌情添加其他包装的描述,大体有以下情况:

(1)策划要求突出道具珍贵,则应增加"罕见""举世无双"等稀有度描述。

(2)策划要求强 IP 感,则应增加如"兰尼斯特有债必还,对直线范围内的所有敌方目标造成{0:0.}点伤害"这类 IP 化描述。

另外,在道具和技能的描述文本中请尤其注意游戏术语(战斗术语、品级、部位等)的统一。

第二部分美术需求的制作一般由策划完成,但是由于一般道具和技能与世界观的关联性强,所以有时此类美术资源的美术需求也由写作者完成。此类美术需求的制作相较于前述的角色、场景内容更为简单,只需要由角色设定、文本描述、参考图的形式展示即可,具体模板页会在附录 2 中展示。

3. 界面提示类包装

除了系统和玩法包装和道具和技能包装,玩家还能在游戏界面中看到许多针对当前界面或游戏功能以及操作的阐述文本。这些内容通常分布在界面中或是一些独立的页面之中。这些文本主要承载着信息传达、功能提示、特殊警示的功能,但是又不存在于一个独立系统之中。在某些较为关注游戏体验一致性以及故事一致性的电子游戏作品中,界面包装文案还会同时兼顾传达故事的功能。但与整段出现在特定系统和玩法界面中的道具描述、技能描述不同,界面包装文案通常需要配合整个游戏界面以及功能要求进行整体设计,有时甚至会与剧情和角色内容深度关联,以某一个角色引导员的身份视角代入。因此在撰写时,需要全盘考量文本字数、行文风格、语种特性甚至多语言翻译。

4. 商业化内容包装

商业化内容涵盖了游戏的各个方面,在游戏即将上线之前,研发团队会针对整个游戏进行商业化设计,其中包含商业化的角色投放(抽取、外观售卖等)、运营活动的设计与规划等内容。与前述的角色与玩法设计区别之处在于,商业化活动的整体氛围是以凸显相关内容的商业化价值为主,因此相关内容的创作应更注重文采,以调动玩家情绪和渲染活动气氛为第一要义。写作者应具备商业化思维,比如角色投放的标语和定位应充分考虑市场和玩家的喜好度;活动或者玩法设计的说明文案应选用更直击心灵的字词和传播度高的句式(对仗、排比等)。但高度包装的同时,写作者也要务必保证信息点的准确,尤其是涉及付费、限量、时限等关键信息。

(二) 宣发文档

一般而言,官方外宣素材中所使用的文本并不由研发团队的写作者直接撰写,因为多数商业化活动文本内容由负责该模块的运营策划撰写,而市场素材中的文案则由市场文案负责。所以只有当部分内容与游戏世界观、剧情叙事内容耦合度较高,而运营策划或市场文案无法准确把握该内容的撰写尺度时,才需要剧情策划参与到这些内容的制作中。这样的创作模式,让一部分宣发文档成为整个游戏故事之外的叙事媒介,也使游戏故事的生态更为丰富。

在宣发物料中,最为常见的与剧本写作强关联性的工作有以下几种:

（1）游戏官网与官方社媒中使用的设定与资料库。

（2）游戏周边，如故事设定集、美术原画集、剧情类周边等。

（3）剧情类市场素材，如 KV、宣传插画、剧情视频等。

此类文档的撰写标准视不同的种类与使用场合而定，是游戏写作中的延展内容。

二、IP 化创作与 IP 改编

在文化产业中，IP 一词被频繁提及，如 IP 改编、IP 价值、IP 发酵、泛 IP 概念等。游戏产业与文化产业密不可分，小说、影视剧、动漫改编游戏比比皆是，如《魔戒》《冰与火之歌》《哈利·波特》等，均有其改编而成的游戏；游戏作品衍生成电影、动漫也不胜枚举，如英雄联盟的改编剧集《英雄联盟：双城之战》、游戏《辐射》改编的同名剧集等。由此可见游戏剧本写作的 IP 化创作已然成为趋势。

IP（Intellectual Property）直译为"知识所有权"或"知识财产权"，最早出现在 17 世纪社会学家卡普佐夫的著作之中。1967 年，在瑞典首都斯德哥尔摩签署的《世界知识产权公约》中如此解释知识产权：人类智力创造的成果所产生的权利。世界知识产权组织对知识产权的客体范围给出了明确的列举与界定：

（1）文学、艺术和科学作品；

（2）表演艺术家的表演、录音制品和广播节目；

（3）在人类一切活动领域之内的发明；

（4）科学发现；

（5）工业品外观设计；

（6）商标、服务标记以及商业名称和标志；

(7) 制止不正当竞争；

(8) 以及在工业、科学、文学或艺术领域内由智力活动而产生的一切其他权利。

在文化产业中，知识所有权范围非常广泛，小说的著作权、电影的改编权等，都在知识产权的范围内。而电子游戏作为一个集成了文学、艺术、技术、科学等多种类型的作品，其知识产权范围更为复杂。从游戏的玩法设计、游戏所使用的技术、游戏内美术资源及音乐资源到游戏剧情故事、游戏角色形象、游戏商标等一系列内容，都涵盖在作品知识产权范围内。也因此，国内主流媒体时常会使用 IP 来指代知名作品本身。

一款商业化电子游戏的 IP 内容涵盖了各类资源（美术、音频、文本资源）、创意设计（玩法、模块、结构设计思路）、游戏的技术内容（源代码等）。作为游戏剧本写作者，此处仅针对电子游戏剧本内容展开探讨，其中涉及两类不同的游戏剧本创作行为，即原创剧本 IP 化创作与 IP 作品的改编。

（一）原创剧本 IP 化创作

为了让游戏 IP 价值最大化，写作者会在游戏剧本中坚持 IP 化创作。所谓 IP 化创作即在创作过程中兼顾作品创作后的 IP 变现方式，预留更多的 IP 孵化空间，为今后提升 IP 价值留下较好的作品基础。

以综合分析 IP 变现（即 IP 实现其商业化价值的方法）的方式与 IP 孵化的路径及手段，反推出符合 IP 化创作的创作逻辑及方法。游戏 IP 变现的方式多种多样，现阶段先梳理其中三种主流方式：

（1）IP 衍生品制作，即周边制作，诸如各类官方商城的手办、模型、环保袋、鼠标垫等；

（2）品牌联运，如《王者荣耀》与麦当劳的深度合作，游戏中可使用实体优惠券兑换游戏中的虚拟外观，麦当劳也曾经出过印有《王者荣耀》皮肤的巨无霸餐盒等；

（3）作品改编与内容授权，如《英雄联盟》改编的动画《双城之战》，经典动画改编的游戏《猫和老鼠》等。

此三种方式导向 IP 孵化的几种通用路径，即：

（1）官方 IP 衍生品制作（在宣发阶段多用于游戏相关活动）；

（2）品牌联合运营（用于游戏内部运营活动）；

（3）官方社交媒体运营（初期目的为游戏导量）。

由此可见，商业化 IP 的诞生是一套涉及多种产业、多种媒介的同一文化内核的创作过程，这个过程包含内容的创作，也包含发行市场行为。而作为原创 IP 的最初创作者，写作者或许可用较为前瞻性的视野去进行内容创作，具体借由世界观设定和角色设计来实现，方法如下：

1. 更具延展性的世界观设定

世界观设定是后续制作周边、故事拓展改编与社交媒体运营的基础内容之一。为了后续能够挖掘更多的素材进行周边的制作，也为了兼顾跨媒介叙事的 IP 改编，在进行世界观创作时，写作者可尽量保持世界观设定的开放度与延展性，保留其拓展空间。

2. 更多元的角色分布

角色是一个 IP 作品中重要的组成内容，其基于游戏角色本身，也可以成为一个单一商品的特质。写作者在创作角色时，会尽可能在不妨碍剧情与世界观设计的前提下，将角色设计的维度拓展，以便于使更多的受众群体接触。

3. 更完整且标准化的文化符号展现

虽然世界观的设定要保持其开放性,但是在展现文化符号时,在初始设计阶段应保持文化符号展现的统一性与完整性,因为这部分内容后续会成为周边与衍生品制作的手册,也是今后IP内容改编所涉及的监修环节的一部分。

(二) IP作品的改编

对于项目成员原创的原创IP而言,研发团队大可以依照项目需求对IP进行创造、利用与保护,但是若要制作一个非原创IP作品,就会受到相应的限制。研发人员在获得IP拥有者的授权时,只是在一定限度内享有改编权限,因此任何对IP的使用与设计都必须经过IP拥有者的同意与授权,即"监修"。

IP的游戏化改编大致可总结为以下四个步骤:

1. IP学习

IP学习是指深度学习并了解授权IP及相关作品的过程。

IP改编作品的设计是基于授权IP的知名度与受众基础,因此在授权IP改编游戏的过程中,如何使用IP中的既有资源,如何改编才能在保证原有IP受众喜好的基础上进行改编,是IP作品改编的侧重点。

了解授权作品及相关衍生作品,是开展授权IP作品世界观设计的基础。唯有完全了解授权IP作品,才能有效甄别与筛选有用的设计内容与元素,也便于系统化地开展基于原有世界观的设计工作。

2. IP资料整合

全面详尽的IP资料收集可为今后改编、融合、设计打好坚实的基础。在此阶段，尽可能地归纳原始 IP 的设定细节、了解授权 IP 设计思路，是今后设计与创作的前置条件，也是明确监修边界的最好方式，因此 IP 资料的整合是改编之前不可或缺的环节。

3. 分类编纂

对于授权 IP 作品，系统化地分门别类、编纂资料，有助于在今后的设计工作中对 IP 内容进行使用与设计融合。IP 分类资料库的建设有利于游戏内模块的设计、美术风格的设定、IP 与玩法的结合。对于除写作者之外的项目成员，IP 资料库也是迅速了解 IP 内容，开展工作的一份前置学习资料。

4. 原创设计

学习、整合、编写 IP 资料和素材后，改编类游戏剧本工作才能正式开展，而这部分内容便是根据游戏类型、游戏受众开始的原创内容设计。

三、文本管理

文本管理是指游戏源语言文本内容的创作与维护，以及后续游戏本地化过程中一系列相关工作。

(一) 源语言文本制作

源语言文本是指游戏研发时的第一个语言文本内容，这个版本将作为后续所有翻译版本的对标主体，因此在游戏研发初期针对源语言版本进行有目的的文档维护与更新是制作其他多语言版本的前提。

为了更好地展现目标区域的文化特征，融入目标用户的文化体系，也为了规范游戏内各类词语的使用，研发团队会针对游戏内所有文本内容制作本地化术语表（语料库），以统一整个游戏内的专有名词。这样做的优势在于不会存在多个不同词语指代同一主体而造成玩家理解困难的情况，也不会出现因游戏规则语焉不详而使一些规范性文档出现歧义的情况。

在游戏研发过程中，术语通常包含以下两种类型：

1. IP 名词

指在特定文化视野下，具备特殊含义的专用语。例如：中国仙侠单机《仙剑奇侠传》中的"五灵珠"，是五颗分别拥有风、火、水、土、雷属性的灵珠；电影《终结者》系列中的"天网"，并非天道如网的意思，而是指一个自我意识觉醒的人工智能防御系统；日本动漫《新世纪福音战士》中的"使徒"，脱离了其原本的含义，特指一种与人类为敌的未知生命体。

2. 游戏化术语

用于准确表达玩家在游戏中某项行为或游戏相关概念的专用语。例如：游戏中增强角色能力的法术通常被称为"BUFF"；游戏中的生命值和魔法值简称"红蓝"；玩家之间的战斗行为一般叫作 PK 或 PVP。

在游戏研发阶段，无论是在最初的世界观设定，还是后续的细化包装或日常的沟通讨论过程中，项目成员都会不可避免地、高频率地使用这些名词。若无法保证名词的统一性，一旦发生混乱，则很可能对剧情创作产生歧义和误导，甚至增加工作过程中的沟通成本，更严重的还将造成游戏上线版本内的文案词汇无法统一，从而影响游戏品质，使用户对游戏产生不必要的质疑。

因此，写作者需要在着手剧情工作之初就系统化地、有组织地进行名词管理。只有这样，才能有效提升信息传递速度与准确率，确保各项游戏文案中所使用的专有词汇的统一性。在进行相应的多语言翻译工作时，也可以降低名词不统一的风险，并及时反馈名词选择和用法上存在的问题，从而提高翻译及源文案的质量。

下面总结部分游戏研发过程中系统化名词管理的方法：

一是收集汇编。

在识别、收集和初步创作工作中所涉及的所有名词条目后，写作者需要将这些不同层级、不同类别的名词进行系统性的梳理，再重新整合成更为清晰的知识体系，并最终以名词表的方式呈现出来。一旦建立起这样的名词体系，后续撰写、编辑、翻译、校对等工作就能更好地围绕其展开，实现一体化管理。

二是统一定义。

在游戏研发的过程中，如无特殊情况，名词的定义通常仅用于表示结果和意义，也就是对其概念的诠释。所以，我们往往需要通过多方核查、逐条校订的方式，仔细核对每个概念的使用范围、使用环境、使用状态、多语言翻译文本、历史版本等一系列信息，建立起概念与名词间的对应关系，然后才能针对不同的概念作详尽而准确的诠释，进而确定并统一最终的名词。这里需要特别提及的是，在某一概念对应数个同义的名词时，为了规避重复与矛盾，写作者通常选取其中不涉及其他概念的最优名词，必要时，也可以使用新的名词。

三是同步共享。

在完成一系列收集及定义工作后，写作者需要针对这份草案反复征询相关人员的意见，补充调优，然后提交审查、复核。

通过审核后，即可将这些经过标准化的优选名词编入术语总表同步分享给项目组内的每一位成员，以确保大家都能及时共享所有术语，快速了解并熟悉项目领域相关的名词内容。

3. 维护更新

在漫长的游戏研发过程中，系统迭代、玩法优化、本地化翻译，甚至美术 UI 调整等任何一个环节的变动，都有可能造成名词的新增、调整和优化。写作者需要及时且持续不断地将这些内容更新并同步整理至术语表内，还要将废弃的版本进行归档。

（二）本地化与全球化

在信息技术领域，国际化与本地化又被合称为 GILT，即全球化（Globalization）、国际化（Internationalization）、本地化（Localization）、翻译（Translation），是"全球软件产业生产要素和市场资源上的整合与迁移"的必然趋势之一。

本地化并非简单地将一种产品的内容从源语言翻译成其他语言版本，而是一种将一个区域市场（Locale）开发的数字化内容与产品进行更迭修改，以便适应另一个目标区域市场的销售与使用的过程。因此，本地化将会涵盖以下几种内容：

（1）根据目标区域市场的语言文化与文本习惯，对文本内容进行翻译。

（2）根据目标区域市场的文化氛围、技术水平、区域法令与规章制度，对非文本产品内容进行调整（比如产品的整体设计、配色方案、实体包装、外形因素等）。

（3）据目标区域市场环境采取定制化的发行与运营方案，如游戏的发售方式（比如上架平台）、游戏的内容营销风格（宣发素材与用户阵地的建设）等。

随着游戏出海发行方式的拓展，游戏本地化越来越受到重视，在游戏制作的后期，研发团队会将游戏中的内容交由本地化团队统筹制作针对不同市场的本地化版本。一般而言，游戏内容需要本地化介入的模块有底层技术、游戏玩法设计、游戏资源（涵盖文本、音频、美术）。在游戏研发初期，所有的本地化内容都依托于一个基础原始版本。由于市场上多数游戏和软件开发的底层代码的自然语言多为英语，因此底层技术的国际化与本地化相较于游戏内其他内容会更容易，而游戏玩法与游戏资源则需要按照不同市场进行差异化制作与设计，加之游戏玩法与游戏资源、剧情设计存在或多或少的耦合及关联，因此身为一名游戏剧本写作者，对本地化的基础认知与了解是游戏设计的前置条件之一。

多数本地化工作都会在版本稳定后交由专业本地化部门承接，但是其中源语言文本的制作、文化符号趋同化与差异化及区域法令对游戏制作的影响这三方面内容需要在较为前期的研发过程中进行。

四、创作规划与盘点

游戏剧本创作周期长、环节多，每部分创作内容都有其特定的创作节点与前后创作条件，如何在对的时间做对的事，是游戏剧本开始创作的第一步。在游戏剧本的实际写作工作中，全局性地规划、盘点工作，是开展工作的第一步。

（一）工作流的建立

游戏剧本创作与研发流程密不可分，在前述章节中我们介绍了游戏项目研发的四个阶段，即立项期、制作期、调优期、运营期。与之相对的，游戏剧本创作工作在不同时期有不同的侧重点，以下内容将游戏剧本创作与研发流程一一对应，明确每个阶段的游戏剧本创作工作。

1. 立项期

在立项阶段，游戏剧本写作者的介入一般会早于其他工种。

在确认了游戏品类之后,项目负责人会针对该品类进行基础规划,以便确认游戏的市场定位和主要受众群。在此前提下,写作者会与美术设计师一起确认游戏核心内容中的世界观、音美风格等。在该阶段,游戏剧本创作目标与工作内容是基础概念设定与认知对齐,以确认制作方向。写作者将该阶段的工作内容拆分,形成一套完整的创作文档,即游戏剧本策划案。

2. 制作期

制作期作为项目研发最为关键的时期,涉及多类型的工作和多次设计迭代,在极端情况下,甚至会全盘推翻重制。该阶段的主要目的是在核心玩法之外将其他子系统与其他玩法设计完成,并将所有的美术、音频和文本资源创作完成并入版。因此游戏剧本创作的多数工作都集中在这个阶段。该阶段的游戏剧本创作目标是启动游戏中多数与世界观、故事、文本相关的工作并保证其内容细化与落地。

3. 调优期

项目的调优期是上线冲刺的最后阶段,在此期间研发团队会反复进行阶段性复盘与调优,也会增补大量的商业化内容为后续的游戏上线做准备。该阶段的游戏剧本创作内容主要集中在测试后的迭代内容与商业化内容,其中包括大量的商业化角色设计、世界观设定的宣发增补、前期测试和商业化活动相关的文本创作。

4. 运营期

运营期开启,大量的市场素材亟须制作,在此阶段写作者要配合市场、运营团队持续制作和推出商业化相关内容,其中会涉及一部分市场宣传物料的设计与制作,也会有持续不断的社媒内容被加入写作列表。

(二）工作内容盘点

明确四个阶段游戏剧本工作方向后，为了快速地进入工作，写作者应在开展工作之前先整理好相关的文件夹，并在后续的工作中根据实际情况进行调整。创建工作文件夹的过程就是预演工作的过程，可以让写作者更明确下一步要做什么，也能更全局性地思考自己的创作内容具体有哪些。在正式开展写作工作之前，写作者可以通过以下三步进行前期准备。

1. 确认前置信息，理清创作方向

（1）这是一个什么游戏品类？它的核心玩法是什么？它需要怎样的核心设定来支撑这个玩法？这涉及我们如何去设计一个与游戏玩法相符的核心设定内容。

（2）这个游戏的剧情比重如何？在音频和美术上的成本投入大概是多少？这决定我们将进行何种形式的叙事设计，以何种资源形式表现剧情与角色，也决定了后续美术需求制作的量化方式。

（3）这个游戏的美术设计是否需要很高的原创度？是否区别于市场的多数美术表现？这决定了我们对世界观设定的尺度。

2. 拆分写作模块，形成初步文档

根据立项后的既有信息，写作者须明确诉求并拆分写作模块，最终以文档的形式与团队成员进行沟通，并就工作内容和方法达成一致。

3. 盘点工作量，预估工期与人力

提前盘点工作量并进行估算时，同时明确每个环节的人力投入，是为了防止后续工作效率满足不了版本需求。

上述三点内容往往由主文案进行整体的规划和预演，但这不妨碍任何一个对游戏写作工作有精进需求的学生或从业者对其有所了解，因此我们也将预设性建立的工作文件夹作一个罗列，以作工作流的补充。

A. 工作管理

A1. 工作规划表总表

A2. 阶段性工作计划

A3. 标准与范式

A4. 会议纪要与需求记录

B. 世界观

B1. 世界观核心框架设定

B2. 世界构成基础设定

B3. 文化符号说明/设计手册

C. 角色设计

C1. 角色设定总表

C2. 角色美术需求

C3. 角色语音需求

D. 剧情设计

D1. 新手剧情

D2. 主线剧情

D3. 区域剧情

D4. 活动剧情

D5. 其他特殊剧情设计

E. 文本与副文本内容创作

E1. 包装类文档

E2. 外宣类文档

E3. 其他文案

F. 文本管理

F1. 源语言文本管理

F2. 本地化与多语言管理

在上述几类文件夹中，写作者需要创作并置入以下文档：

G. 游戏剧本策划

G1. 游戏剧本策划案

H. 世界观相关

H1. 世界观核心框架设定

H2. 势力设定

H3. 地理地貌设定

H4. 宗教设定

H5. 时间线（世界大事件）

H6. 文化符号说明/设计手册

I. 剧情设计相关

I1. 剧情概述

I2. 剧情大纲

I3. 剧情音美需求资源盘点表

I4. 剧情美术需求（如过场动画脚本）

I5. 剧情相关音频需求

J. 角色设计相关

J1. 角色设定

J2. 角色美术需求

J3. 角色音频需求

K. 特性内容相关

K1. 包装类

K1.1. 玩法/系统概念包装文档

K1.2. 图标/道具/技能等包装文档

K1.3. 其他未分类内容包装文档

K1.4. 运营活动剧情设计与文本创作

K2. 市场宣发类

K2.1. 官网、社媒文本外宣文本创作

K2.2. 市场周边与相关美术需求创作

K3. 其他

K3.1. 监修文档

K3.2. 游戏介绍、上架信息

K4. 文本管理

K4.1. 游戏源语言版本全量文案表

K4.2. 多语言版本维护表(含术语表)

K4.3. 版署专用材料

全局性盘点游戏中所涉游戏剧本写作内容以及建立合理的工作流程是后续写作落地的基础。这样做的目的是让写作者全盘了解自己的写作范畴,也便于后续进行相关版本规划。同时,也可避免因前期对工作目标、方法与整体方向不确定而造成的创作内容迭代,保障成本的有效控制。

第十章
游戏走出去

作为一种文化产品,电子游戏走出去是当下的必然趋势。在创作中,如何让电子游戏从产品气质到游戏内容更具备全球化潜力,如何在创作中兼顾多元文化内核的同时,又能很好地展示中国特色的文化沉淀与历史底蕴,这对写作者提出了更高要求。让游戏走出去虽是高阶能力,却因"游戏全球化发行"的商业模式和"文化输出"的行业责任,成为从业者不得不强化的专业素养之一。

一、文化趋同与差异化

在前述章节中,我们讲述了游戏内容的文化符号统一,而在文本管理章节中,我们也指出要"根据目标区域市场的文化氛围、技术水平、区域法令与规章制度,对非文本产品内容进行调整",在游戏本地化中,我们可以把这项内容高度凝练成文化符号的趋同化与差异化制作。

趋同化是指综合考虑文化符号的同一性与综合性,使产品设计内容符合全球商业化特征,以便适应全球市场;而差异化则是指为了更契合目标区域市场,采取部分细节定制化的设计,更贴合本地市场。虽然乍一看这是两种相悖的设计理念,但是在实际设计过程中,两者是可以达到一定程度上的平衡的。

文化是一个非常广泛的概念,而文化符号作为社会生活中的表现也涵盖了生活的方方面面,可以说电子游戏设计内容中有许多细节与内容都会涉及,为了更好地帮助大家理解相关概念,我们会罗列出游戏中遇到的常规内容并进行示例讲解说明。

(一) 宗教

宗教元素不止一次被融合进游戏设计之中,2010年由艺电(EA)发行的电子游戏《但丁的地狱》①便取材自意大利诗人但丁的代表作《神曲》三部曲中的《地狱篇》。

玩家须操控主角"但丁"杀入地狱拯救自己妻子"比阿特丽斯"。游戏故事高度还原了《神曲》诗篇中对于地狱的描写,其中九层地狱、十字军等内容均与宗教有关。

与宗教故事相结合能够给游戏设计者带来许多灵感,但有些时候宗教元素反而有可能导致意料之外的文化冲突。因此,将宗教元素融合在游戏设计中需要充分考虑不同受众群体对宗教元素的接受度。

(二) 历史

以《全面战争:三国》为例,这款由 Creative Assembly 开发的回合制战略游戏显然是有关历史融合游戏内容并针对主要受众群体进行本地化调整的典范。这家来自英国的游戏开发团队尤其擅长制作历史题材的回合制战略游戏,而《全面战争:三国》正是以中国的《三国演义》《三国志》等相关资料为基础蓝本设计而成的游戏作品。通过游戏体验我们不难发现,制作组对于三国时期的历史事件和人物有着相当深入的了解,《全面战争:三国》在发售后被认为是市面上还原三国历史最好的游戏之一。游戏从配乐、CG 动画、角色设计再到故事都力图还原三国时期真实的社会风貌,游戏提供了演义、史实及王朝三种游戏模式,每种模式都以不同角度向玩家呈现三国争霸时期混乱的中原大地。

---

① 《但丁的地狱》:*Dante's Inferno*,[美] Visceral Games,2010 年。

不过，当我们仔细分析游戏内容时也不难看出，《全面战争：三国》虽然在尽可能地还原史实，但为了使游戏主要销售地欧美地区的玩家更容易理解和接受游戏故事，游戏在开场 CG 以及序章故事的设计上对历史内容进行了一定程度的调整，其中包括对来自《三国演义》的虚构桥段三英战吕布内容的调整，也包括对部分历史角色人生经历的精简。这些改动都能够使得欧美文化圈的玩家更快理解人物关系，更容易被代入到故事中。

此外，《刺客信条：起源》对古代埃及的历史也进行了类似的调整。作为一款以架空历史出名的游戏系列，《刺客信条：起源》着力于还原一个迷人而又真实的古代埃及，彼时埃及已经被罗马帝国所统治，大量罗马文化传入。开发团队在游戏内还原了许多历史上真实存在的罗马文化内容，但同时也对女性权益、教育、奴隶制度等内容进行了符合现代文化规范的调整，这些调整虽然减弱了产品的史实属性，但却更加符合现代人的价值观念。

通过以上两个案例，我们不难发现，对于那些致力于还原历史的电子游戏作品而言，针对不同受众群体和地区文化诉求灵活调整游戏内容是很有必要的工作。

(三) 社会舆情

与社会舆情产生关联也是游戏剧情设计的一种常用手段。由史克威尔·艾尼克斯发行的知名游戏《奇异人生》[1]便将目光投向了校园霸凌这一话题，游戏通过主角麦克斯的视角探讨了校园霸凌、家庭暴力等不良行为对青少年的伤害。《奇异人生》虽然讲述了一个充满奇幻色彩的故事，但其内核却一直围绕欧美青少年成

---

[1] 《奇异人生》：*Life is Strange*，[日] 史克威尔·艾尼克斯，2015 年。

长过程中所遭遇的许多社会问题展开,这些问题及其对应的社会舆情显然引起了玩家的共鸣,这也使得《奇异人生》在欧美地区一度被誉为"最出色的互动游戏"。

而在中国同样也有一款作品通过讨论社会舆情获得了大量关注,这款作品就是《中国式家长》。然而纵观这款游戏在全球范围的玩家反馈,我们不难发现,游戏所探讨的社会问题在不同国家不同人群中也会产生截然不同的反应。

在《中国式家长》这款游戏中,玩家需要扮演孩子的父母,通过多种方式抚养孩子长大,游戏将根据孩子的属性决定其人生走向,在一轮游戏结束时玩家能够看到自己做出的选择对孩子的人生造成的影响。《中国式家长》细致地将中国儿童的成长经历呈现在玩家面前。游戏在发售后,许多中国玩家认为游戏内容非常真实,而欧美玩家却难以接受游戏中呈现的内容。

显然,生活在不同文化环境下的人群面对同一种社会舆情时,其个人看法和反应会有相当大的差异,《中国式家长》在国内与国外的玩家社群评价就是这种情况的体现。因此,文化符号的趋同与差异化是游戏本地化工作中的一个重要环节。

(四) 地域特征

在游戏本地化过程中,使其符合区域文化特征也是非常重要的一项工作内容。不同国家和地区对文化产品有着不同的要求,符合区域文化特征的电子游戏更容易通过地区审核并成功推广销售。

游戏内容符合目标区域的文化特征是在对应地区稳定运营的重要条件。

二、区域法令对游戏制作的影响

众所周知,任何商业化游戏的研发制作、发行与运营都无法脱离其投放地区的相关法令与规定,遵守相关地区的法律规定,才能在合理合法的环境下进行游戏发行,因此区域法令对游戏内容的制作与本地化有着非常大的影响,那么,现在让我们针对区域法令与软件分级制度对游戏制作的影响展开说明。

(一)软件分级

和目前对电影行业一样,不少国家都已经针对娱乐性质的软件建立了分级系统,所以在制作游戏剧情时,同样需要考虑游戏的分级。

假设游戏的目标用户包含年龄大于13岁的青少年,那我们就必须确保游戏内剧情符合青少年的分级制度。若游戏中含有暴力、性或毒品等内容,那么游戏则有可能被一些国家所禁止。

因此,我们将在这里全面介绍国际软件分级委员会和其制定的各种分级制度的详情。

游戏发行时,需要在不同的国家申请分级。一般而言,发行商提交游戏测试或者接近完成的版本,以及相关文档至分级委员会,委员会将在审核材料后进行分配、评级。

虽然不是每个国家都强制规定游戏必须分级,但大多数零售商却并不习惯于引入尚未评级的游戏,所以为保证最大利益,申请游戏分级在所难免。当然,也有的国家直接就在法律中进行了强制规定,游戏发售前需要分级评定,比如德国。

每一款计划于国外发行的游戏,都必须通过该国家所有相关分级委员会的审核。例如,某款游戏想在亚洲、欧洲及美国、澳大利亚等地发行，就至少需要通过 6 个不同的分级委员会审核，且必须获取相应的评级认证。然而每个分级委员会都有一套独立的流程和指导方针，以确保顺利发放评级，事实上其标准相当主观，很难预测分级的结果。因此，我们在制作剧情之初，就应该明确目标用户，确认适用于这些用户的分级方案，再综合相应委员会的指导方针进行后续撰写工作。

相比游戏本身的可玩性，委员会更着重于规范游戏中儿童与青少年所接触到的信息安全，避免他们遭受不当内容的侵害。为此，委员会不断努力，尽量做到了分级的评定标准合理化。现如今，游戏的分级通常基于以下几点依据：

（1）暴力；

（2）语言；

（3）毒品；

（4）成人；

（5）犯罪；

（6）性与裸露。

当然，委员会并没有完全反对游戏内出现这些元素，这类元素的呈现方式是否对应适合的年龄分级才是他们关注的重点。例如，泛欧游戏信息组织（PEGI）就把暴力分作真人暴力与非真人暴力两类。当游戏中包含重度的真人暴力内容时，将直接获得 18＋年龄分级，若游戏内出现非真人暴力，比如外星人或奇幻人物等虚拟的角色时，通常会被评为 16＋年龄分级。

除此之外，委员会还会进行游戏的总评级，即在年龄分级 Logo 附近，以图标的形式补充一些对分级有影响的内容描述标识。例如，娱乐软件分级委员会（ESRB）提供的 30 多个标识，就大范围涵盖了各级别的暴力、性及毒品等内容，具体包括"血""流血""语言""烟草""烟草相关""恶作剧"等。而泛欧游戏信息组织（PEGI）只提供低于10种的标识，其中包含"暴力""犯罪"和"恐惧"等。

游戏相关的其他几部分内容同样需要通过委员会的审核：

（1）游戏样片；

（2）游戏预告片；

（3）游戏扩展包；

（4）下载内容；

（5）附赠内容。

在游戏尚未获取最终分级，发行商希望提前发布游戏样片或预告片等相关内容时，所提交的这部分审核内容很可能被评定为"待分级"或者其他相同等级。委员会也并不会仅仅凭借一个游戏样片或预告片就决定整个游戏最终的评级。

若游戏将在不同平台发布，每个平台的游戏版本都必须提交分级审核。如果这些游戏版本完全一致，那分级也必定相同。如果其中某个平台的版本被委员会认为添加了暴力相关内容，那么此版游戏的分级也将比其他版本高。

提交分级审核后，通常需要 10~45 天（不同委员会的审核时间也不同）才能获得最终评级结果。若质疑结果且提出重审，则需要经历下一个 10~45 天的重审时间。所以在最初制定进度时，就应该提前为此预留充足的时间。

由于游戏的测试版中通常包含所有游戏内容，且能从头至尾体验游戏，所以大多数委员会都对游戏的测试版更加青睐。部分委员会也会提出在审核前先将游戏本地化的要求。另外，在提交流程的最后，第三方往往会要求准备分级证明，若游戏无合适的年龄分级则会被拒绝递交审核。

以下我们列举一些全球市场环境下的主流软件分级组织与分级标准。

1. 美国——ESRB

娱乐软件分级委员会(The Entertainment Software Rating Board,简称 ESRB)是由美国娱乐软件协会(The Entertainment Software Association,简称 ESA)于1994年组建的,为美国游戏制定并评定分级的非营利性机构。虽然在美国并没有法律强制规定游戏必须接受 ESRB 的评级,但多数大型零售商都不会销售未分级的游戏,例如塔吉特(Target)、沃尔玛(Wal-Mart)等。

ESRB 分级标准如下:

(1)【EC】:适于3岁以上的人群,游戏中不含任何家长认定不适宜的内容。

(2)【E】:适于6岁以上的人群,游戏中含有极少量的恶作剧、轻微暴力和轻度不良语言等。

(3)【10+】:适于10岁以上的人群,游戏中含有更多恶作剧、轻微暴力和轻度不良语言等。

(4)【T】适于13岁以上的人群,游戏中含有中度暴力、粗话和暗示性情节等。

(5)【M】:适于17岁以上的人群,游戏中含有重度暴力、粗话和成人主题等。

(6)【AO】:适于18岁以上的人群,游戏中含有强烈的暴力、真正的赌博和性爱画面等。

(7)【RP】:尚未得到 ESRB 的最终分级,游戏在得到最终结果前不允许发行。

除上述内容外,目前 ESRB 在评级过程中还会综合考虑 30 多个描述标识作为判断的依据。

由于 ESRB 的审核标准也是不断更新的,所以在递交申请时,及时联系委员会同步最新信息非常必要。

2. 欧洲——PEGI

泛欧洲游戏信息组织(Pan European Game Information,简称 PEGI)于 2003 年成立,是如今绝大部分欧洲国家通用的分级标准机构。除德国外,法国、英国、西班牙和意大利等 30 多个国家均采用 PEGI 分级系统。

PEGI 分级详情如下:

(1) PEGI 3:适于 3 岁以上的人群,产品内不含任何家长认定不适宜幼儿的内容。

(2) PEGI 7:适于 7 岁以上的人群,产品内含轻微虚拟角色暴力和非性裸露,有可能会对儿童造成压力和惊吓等。

(3) PEGI 12:适于 12 岁以上的人群,产品内含虚拟角色暴力画面、真实角色或动物的暴力及中度性主题或轻度侮辱性质的语言等。

(4) PEGI 16:适于 16 岁以上的人群,产品内含虚拟角色或动物的暴力画面、重度性主题及非法药品的使用和美化犯罪等。

(5) PEGI 18:适于 18 岁以上的人群,产品内含真实角色或动物的暴力画面、性主题画面、美化毒品、种族歧视相关内容及施行犯罪的细节信息等。

此外,PEGI 还有如下分级描述标识:

(1) 暴力;

(2) 性;

(3）毒品；

(4）恐惧；

(5）歧视；

(6）粗话；

(7）赌博。

3．德国——USK

德国软件分级系统（Unterhaltungssoftware Selbstkontrolle，简称USK）管控着德国软件的年龄分级，具备法律效力。任何未遵守评级的游戏，政府都将通过法律途径对其提出起诉。

USK将软件分为以下5个级别：

(1）USK 0：无年龄限制。

(2）USK 6：适于6岁及以上的人群。

(3）USK 12：适于12岁及以上的人群。

(4）USK 16：适于16岁及以上的人群。

(5）USK 18：适于18岁及以上的人群。

德国软件分级制度向来以严格著称，且在接受或拒绝游戏内容的程度上暂无量化标准。所以若计划在德国地区发行游戏，那在制定游戏剧情时则建议以稳妥为主。例如，在象征仇视、犯罪的符号方面，德国一贯十分敏感。此外，过于血腥和暴力的内容也非常容易被禁。某些时候，游戏开发商也会根据德国的标准对游戏内容进行一些修改。

4．澳大利亚——ACB

澳大利亚分级委员会（The Australian Classification Board，简称ACB）负责澳大利亚的游戏分级工作。委员会由澳大利亚政府管理，所有希望在澳大利亚发行的游戏都需要先进行分级。

ACB 将游戏分为以下几个级别：

（1）G：产品适于所有年龄层的人群。

（2）PG：产品适于 8 岁以上的人群，建议 5 岁以下的儿童由家长陪同使用。

（3）M：产品适于 15 岁及以上的人群。

（4）MA15＋：无家长或监护人的陪同时，15 岁以下人群被禁止观看和购买此类产品（此规定受到法律的保护，若零售商向未及法定年龄的儿童出售产品，属违法行为）。

（5）RC：此分级代表产品被拒绝评级。任何游戏，只要超过 MA15＋的标准都会被拒绝分级，且禁止在澳大利亚地区销售。

5. 日本——CERO

计算机娱乐分级机构（Computer Entertainment Rating Organization，简称 CERO）是日本进行游戏分级的机构。它的分级如下：

（1）CERO A：适于全年龄的人群。

（2）CERO B：适于 12 岁以上的人群。

（3）CERO C：适于 15 岁以上的人群。

（4）CERO D：适于 17 岁以上的人群。

（5）CERO Z：适于 18 岁以上的人群。

此外，CERO 还有以下分级描述标识：

（1）浪漫；

（2）性；

（3）暴力；

（4）恐怖；

（5）赌博；

(6) 犯罪；

(7) 酒精或烟草；

(8) 毒品；

(9) 语言。

6. 韩国——GRAC

韩国游戏分级委员会（Game Rating Board，简称 GRAC）成立于 2013 年（其前身为 Game Ration Board，简称 GRB），负责独立管理所有在韩国发行的游戏分级。它的分级如下：

(1) 全年龄：适于全年龄的人群。

(2) 12+：适于 12 岁以上的人群。

(3) 15+：适于 15 岁以上的人群。

(4) 18+：适于 18 岁以上的人群。

(5) 测试：在取得最终评级前，经 GRAC 许可进行测试的游戏。

7. 中国——国家新闻出版署

国内针对软件或游戏并没有明确的分级制度，虽然近些年来由中国音像与数字出版协会推广的 CADPA 分级标识已逐步在新增电子游戏作品中推广开来，但详细的电子游戏内容、适用人群等分级指标很大程度上仍需要根据社会文化整体导向与状态进行与时俱进的制度更新。因此，我们应以国家新闻出版署的最新要求进行内容自审。

游戏分级能让游戏内容更加适于目标用户，避免儿童接触不当的主题和暴力内容。这对于制作游戏剧情而言，是一项不可规避的流程。

（二）法律规范

除软件分级之外，不同国家对于游戏内容的管理与法规规定都是不同的。

根据《中华人民共和国刑法》第六章第九节第三百六十三条：以牟利为目的，制作、复制、出版、贩卖、传播淫秽物品的，处三年以下有期徒刑、拘役或者管制，并处罚金；情节严重的，处三年以上十年以下有期徒刑，并处罚金；情节特别严重的，处十年以上有期徒刑或者无期徒刑，并处罚金或者没收财产。

第三百六十七条：本法所称淫秽物品，是指具体描绘性行为或者露骨宣扬色情的诲淫性的书刊、影片、录像带、录音带、图片及其他淫秽物品。

另外，根据《中华人民共和国刑法》第六章第一节第三百零三条：以营利为目的，聚众赌博、开设赌场或者以赌博为业的，处三年以下有期徒刑、拘役或者管制，并处罚金。因此制作博彩类游戏本身就是触犯法律底线的违法行为。

综上所述，在制作游戏内容的同时，必须依照当地法令进行内容定制，不同区域内容应该拥有不同的本地化特征。

三、讲好中国故事

一个好的故事不仅能让读者获得丰富的阅读体验，还能为其注入精神能量，承载好故事的文化产品某种意义上具备"精神食粮"的本质。

故事价值既然已被充分肯定，对于其创作来说自然被赋予了更高的要求。电子游戏作为一种文化产品，除商业价值外，理应具备一定的宣教功能和文化输出职责，生产者只有在创造时就带有自觉和使命，才能做出符合国情、符合时代、符合价值导向的文化佳作。到底应该如何讲好中国故事，不妨还是用产品思维中的受众意识,从听故事(玩游戏)的对象入手。

电子游戏因其娱乐性和大众性,在传播上拥有得天独厚的优势。在电子游戏的视野下,讲好中国故事,可以分别从对内的本土游戏制作和对外的全球化游戏发行两个角度入手。

值得注意的是,任何游戏的本质都是可玩性,若是将讲故事、做文化凌驾于玩法之上,不仅是一种本末倒置的做法,也会令人感到硬灌输的不适。在电子游戏中讲好中国故事,应该追求一种"润物细无声"的境界,这种"讲述"即游戏设计,应该主动拥抱电子游戏的数智技术,充分关照玩家主体,利用交互系统、虚拟空间、沉浸体验、元宇宙等技术,结合游戏玩家的共同"趣点"(动漫、国风、社群等),为电子游戏中的中国故事提供丰富创新的演绎形式,营造亲和主动的传播环境。

(一) 本土游戏制作

这一角度主要提供在本土游戏制作中的讲故事方向上,先来明确对内讲好中国故事的目的。中国故事伴随着每一个中国人的成长,在日积月累的耳濡目染下,形成中国人的文化底蕴和精神底色,要对国人讲好中国故事,就要以符合主流价值、遵循正确主张、饱含正能量的方式去涵养人心,提振精神,为人们日趋虚无的内心创建一个生机勃勃的归属之地。

下文我们将从市面上已有的优秀作品中归纳电子游戏讲好中国故事的四种基本路径,但讲好中国故事、共创精神家园的道路漫长曲折,需要写作者不断思考和试验。

1. 肃正传统文化

我们从小听过看过不可计数的优秀的历史故事、英雄故事、伟人故事、典故、小说、寓言……但互联网的高速发展致使万物碎片化,这对传统阅读形成近乎摧毁式的挑战,这让"误读"愈发普遍。加之游戏产业刚刚经历了野蛮生长的风口,对产品的需求量巨大,制作难免粗糙草率,这让很多电子游戏剧情出现犹如"抗日神剧"那样的"魔改"和错误缝合。要讲好中国故事,最直接也最基本的一条路径,就是肃正传统文化。《忘川风华录》[①]用一个架空的"忘川"世界,将中国历史长河中璀璨明星般的英杰网罗其中,让玩家得以跨越朝代,与名士们共聚一堂,沉浸式体会中华传统文化的精粹。

2. 挖掘文化珠玉

这条路径本质上与非遗传承保护相通,主要以传统节庆、习俗、技艺、物品为创作对象。"B站"(哔哩哔哩)发行的《物华弥新》[②]就通过将传统器物拟人化,做出了先锋尝试。

3. 建立精神归属

建立精神归属即创建一种"集体意识",我们还可以将其细分为两种方法。

一是提取所有国人共有的文化基因。无人不晓的历史时期、耳熟能详的故事、民族美学、宗教、哲学都可以作为创作的落脚点。《隐形守护者》用国人非常熟悉的谍战背景创作了广受好评的交互游戏,以宋代美学为设计抓手,呈现独特画面风格的解谜游戏《绘真·妙笔千山》[③];以杨贵妃和唐玄宗凄美爱情故事为原型的《画境长恨歌》[④];以"桃花源"的隐世追求为玩家虚拟了第二家园的

---

① 《忘川风华录》,[中] 网易,2021年。
② 《物华弥新》,[中] bilibili游戏,2024年。
③ 《绘真·妙笔·千山》,[中] 网易游戏联合故宫博物院,2019年。
④ 《画境长恨歌》,[中] 腾讯游戏,2020年。

《桃源深处有人家》[1]以及数不胜数的修仙、仙侠游戏都是较为成功的作品。

二是聚焦新时代新裂变,具体来说,就是要关注新型业态,关照小众群体。以外卖小哥为原型的模拟游戏《外卖来了》就是一个很不错的尝试。

4. 架构虚拟现实

在虚拟与现实之间架起桥梁,是为了尽可能地消弭在互联网技术背景下电子游戏对人们生活所造成的负面影响,这种架接是一种对社会学概念中"附近"的恢复,简单来讲,就是反沉迷、反虚拟,让"网络一代"重新回到真实的世界之中。

当下越来越多的电子游戏与线下实体物品进行联名跨界,就是一种呼吁玩家从手机屏幕中拔出脑袋,走向真正世界的号召。除此之外,直接与文博进行互动加强并拉长了虚拟走向现实的影响和时长。《崩坏:星穹铁道》[2]曾与苏州博物馆共同发起集章打卡活动,在玩家中收获了超高热度。

(二)全球化游戏发行

相比本土游戏制作,对海外讲好中国故事的目的则更加纯粹,即在纷繁复杂的国际环境中,传播中国文化,通过文化影响力的提升,逐渐提高中国的话语地位。

把本土制作的游戏推向世界需要精通海外市场的用研、发行、市场、运营部门合力运作,同时对写作者在创作上提出了更高的挑战,克服水土不服自然不易,但这对建立中国在世界上的文化影响

---

[1] 《桃源深处有人家》,[中]五十一区工作室,2023年。
[2] 《崩坏:星穹铁道》,[中]米哈游,2023年。

力意义重大。

伴随着电子游戏行业的发展和规范,对游戏内容的精品化追求已经提上日程,讲中国故事,讲好中国故事,应当是游戏剧本写作者不懈追求的方向。

附 录

附录1 电子游戏行业术语表

编号	简称	介绍
1	ACGN	由英文单词动画(Animation)、漫画(Comic)、游戏(Game)、小说(Novel)的合并缩写而来,是从 ACG 扩展而来的新词汇,主要流行于亚洲文化圈
2	IP	IP 是英语 Intellectual Property 的缩写,该词语的直译为"知识所有权"或"知识财产权",最早出现在 17 世纪社会学家卡普佐夫的著作之中
3	元游戏	即 Metagaming 或 Meta Game,通常是指关于游戏的游戏,或任何超越规定的游戏规则、利用外部因素来影响游戏或超越游戏所设定的限制及环境的游戏方法
4	TGA	The Game Awards,即游戏大奖,简称 TGA,是由加拿大籍著名游戏媒体人杰夫·吉斯利主办并主持的电子游戏奖项,颁奖典礼于每年 12 月初在美国举行,颁发共 20 余项奖项,其中每年的"年度最佳游戏(Game of The Year)"奖项被视为业界最为重要的荣誉之一
5	游戏引擎	游戏引擎(Game Engine)是一系列已编写好的可编辑游戏系统或交互式实时图像应用程序的核心组件或程序集合。它们为游戏开发者提供各种工具,可以高效地制作游戏,且无须从头开始构建所有内容
6	中台	互联网术语,作为平台型组织的一部分,是在前台作战单元和后台资源部门之间的组织模块。这些模块多半是传统组织中所谓的成本中心,它们负责把后台的资源整合成前台打仗所需的"中间件",方便随需调用。中台又可被细分为多个不同的子类型
7	用研	用户研究(User Research)的简称,是通过各种方法和技术,深入了解用户的需求、行为、体验和动机,从而提供有助于产品改进的信息或方案

续 表

编号	简称	介绍
8	最大差异测量	一种广泛应用于市场调研的数据分析模型,全称 Maximum Difference Scaling,简称 Maxdiff,用于调研受访者对产品属性的偏好程度,一般做法是让受访者从一组对象中指出能表明最大差异偏好的对象,例如指出对象中"最喜欢的"或"最讨厌的"
9	里程碑	游戏研发用语,是指游戏研发与发行过程中的重要节点,可以是立项通过、某个版本内容制作完成或是测试达到预期等
10	源语言	游戏研发用语,是指游戏研发时的第一个语言文本内容
11	本地化	游戏研发用语,是指游戏产品从源语言版本翻译成其他语言版本,并根据目标区域进行产品内容更迭以适应市场销售和使用
12	监修	监修原指在动漫创作中给漫画家、动画监督为主的创作人员提供一些专业意见的一个职位。后延伸包含在 IP 授权产品中代表授权方向被授权方提供 IP 协助,审核 IP 资产是否破坏或偏离原有形式的一类职能
13	宣发物料	意指宣传和发行物料,宣发物料是在游戏市场化流程中面向主要受众群体、媒体及社群所准备的各类宣传品的总称。宣发物料可包含视频、图像、音频等内容,也可包含实体的传单、海报等
14	扩展包	即 DLC(Downloadable Content),DLC 通常指在游戏发布后通过互联网下载并添加到游戏本体之上的额外内容,这些内容包罗万象,例如新的关卡、故事、角色或者物品等
15	UI	即 User Interface,简称 UI,也称使用者界面,是系统和用户之间进行交互与信息交换的媒介
16	UX	即 User Experience,指的是围绕用户,以用户在使用过程中的主观感受为出发点,力求更简单高效地满足用户需求的设计
17	2D	在电子游戏领域,2D 通常指代各类平面图像资产,它可以是角色的概念设定、立绘插画,也可以是基于序列帧或原画切片组件制作的平面动画

续　表

编号	简称	介绍
18	3D	在电子游戏领域,3D通常指代用计算机或其他设备展示的具有立体效果的图形或模型,它可以是基于三维模型渲染的一段视频内容,也可以是在虚拟空间中可被观察和操作的三维角色或物件
19	图形学	全称计算机图形学(Computer Graphics),是研究如何在计算机中表示、生成、处理和显示图形的科学
20	蒙版	即Mask,在图形图像处理领域中,是一种用于控制图层中特定区域可见性的工具,类似于"遮罩"或"面具"。它可以隐藏或显示图像的一部分,同时不改变原始图像数据,常用于非破坏性编辑和图像合成
21	蒙太奇	即Montage,是一个源自法语的词汇,原意是"构成"或"装配",在电影艺术中,它指代一种电影剪辑技术,通过将一系列短镜头组合在一起,创造出特定的叙事和表达效果。此含义也被电子游戏领域所引用,在通常语境下蒙太奇指代游戏中为呈现故事而安排的特定叙事效果或编排效果,有时蒙太奇也指一种游戏动画的制作方式或片段组织方式
22	三视图	三视图是指从三个不同的方向对一个立体图形进行投影得到的平面图形的组合。通常包括正视图(也称主视图)、俯视图和左视图。这些视图可以完整地表达物体的形状和结构。延伸至电子游戏领域,三视图也指对角色或物品进行早期设计时,用于完整展示角色或物品详细概念与设计细节的原画画稿
23	二维拆分资源	指在电子游戏制作中,基于角色和物件的二维原画制作的拆分图像资源,此类资源将原本一体化的二维原画进行拆解,拆解后的资源可通过动画工具或引擎内置工具转换为多种可被操作或使用的资源
24	CG动画	是一种利用电脑和CG作画的技术所制作的移动图像或动画的名称,通常指的是数字化的作品,在电子游戏领域多指代通过游戏三维模型或独立影视级三维模型在电脑中构建的动画影像
25	KV	即Key Visual,主视觉是一种在营销与设计领域指代贯穿所有宣传物料的核心视觉元素,用以统一呈现品牌、产品或活动形象。在电子游戏领域中多指一张或多张能够综合体现游戏风格、故事内容、情感氛围的海报或插图

续　表

编号	简　称	介　绍
26	角色时装	即角色时尚装扮,是指部分或全面修改角色、设施、物品形象的额外功能组件,此类功能组件可以为玩家的游戏体验提供更多自定义方案,可满足玩家对游戏代入感或角色形象的自定义需求。在部分电子游戏产品中,此类功能组件会被作为一种虚拟商品进行贩售
27	角色像素点阵形象	是指以像素为基本单位制作的美术形象,此类形象同样是基于二维空间设计的,在计算机性能尚未发展的时期,艺术家以8bit或16bit色深创作角色形象,如今点阵形象因其简洁复古且自成一派的视觉风格而被大量开发者所喜爱
28	BUFF	电子游戏领域常用词汇,指能够为玩家或其他非玩家角色提供增益的各类效果或技能
29	DEBUFF	电子游戏领域常用词汇,指能够为玩家或其他非玩家角色提供减益或妨碍的各类效果或技能
30	NPC	游戏术语,Non-Player Character,指玩家不可控制的游戏角色
31	PVP	即 Player VS Player,有时亦称 PK(Player Kill),最初是指网络游戏中玩家之间的互相较量和厮杀,后来引申为任何形式和种类的玩家之间对抗、竞争或比拼行为
32	BOSS	在电子游戏领域中,通常指代各类头目角色或强大的敌人
33	卡池	卡池通常存在商业化运营的电子游戏中,玩家通过抽选来获取角色或物品的奖品池。卡池中通常存在多种不同类型的角色或物品,玩家在进行抽选时从该奖品池中随机获取结果
34	肉鸽游戏	即 Roguelike Game 或 Roguelite Game,此类游戏基本都具有其1958年发行的鼻祖游戏 *Rogue* 的部分或全部设计特征
35	立绘对话	通常指在游戏中以角色平面插画或高精度三维模型的形式分列屏幕左侧或右侧,再辅以对话框体来展示文本内容的一种表现形式,此类对话方式可以较低成本营造相对沉浸的剧情体验
36	界面文本	通常指在游戏中依托于 UI(用户交互界面)来传达信息的一类文本呈现方式,区别于动画展示或语音展示等形式,能够为玩家呈现出更接近真实书籍或信件的文本阅读体验,进而实现一些特定氛围或体验形式

续 表

编号	简称	介绍
37	QTE	即快速反应事件（Quick Time Event）的缩写，此类事件是指在游戏体验流程中突然出现的快速反应事件，凭借 QTE 游戏开发者可令较长的剧情体验不再仅停留于"观看"视角，充分调动游戏特有的"交互"特性，使玩家对剧情内容产生更强烈的代入感，在某些情况下 QTE 也常用于为一段剧情内容创建分支，并根据玩家的 QTE 响应结果播放不同内容
38	气泡对话	通常指在游戏界面或游戏环境内依托于可交互物件来呈现的沉浸式文本展示方法。此方法相较于立绘对话、动画等形式能够更贴近角色身份，进而营造出"这个角色自己在说话"的感受。在一些游戏作品中，可用此方式来营造"漫画感"，从而实现一些类似纸质漫画的风格质感
39	PC	即 Personal Computer，通称电脑，是在大小、性能以及价位等多个方面适合于个人使用，并由最终用户直接操控的计算机的统称。在通常语境下也指代安装了 Windows 或 Linux 操作系统的电脑设备，在电子游戏领域内大多特指使用 Windows 操作系统的个人电脑设备
40	掌机	即掌上游戏机（Handheld Game Console），又名便携式游戏机、手提游戏机、携带型游乐器，简称掌机，指方便携带的小型专门游戏机，它可以随时随地执行电子游戏软件
41	家用主机	家用游戏机（Home Video Game Console 或 HomeConsole）的别称，有时也称家用主机或主机，是供居家娱乐的电子游戏设备。家用游戏机是电子游戏机的一种，与街机不同的是，家机通常使用电视屏幕作为显示器，并使用专门的游戏手柄进行操控。通常语境下家用主机一般不包含 PC 以及专门设计用于游戏的智能手机
42	街机	街机（Arcade Cabinet 或 Arcade Machine），即街边游戏机、步行街游戏机，又称大型电玩，是放置于公共娱乐场所或电子游乐场营业用的游戏机，最早的街机雏型于 1971 年诞生在美国，当时常放置于酒吧内
43	安卓	即 Android，是 Google 开发的开源移动操作系统，基于 Linux 内核开发，由 Google 和开放手机联盟（Open Handset Alliance）共同维护。基于该开源操作系统开发的移动智能设备现已遍布全球

续　表

编号	简　称	介　绍
44	iOS	苹果公司（Apple.Inc）为其移动设备开发的专用操作系统。该系统最初随 iPhone 一同发布并命名为 iPhone OS，2010 年更名为 iOS
45	PDP-1	即 Programmed Data Processor-1，是迪吉多公司（Digital Equipment Corporation）推出的一款迷你计算机设备
46	PDP-10	即 Programmed Data Processor-10，是迪吉多公司于 1966 年到 1980 年之间为 PDP 系列计算机所生产的第 10 代产品
47	红白机	即 Family Computer 游戏机，是任天堂生产、发行和销售的 8 位第三世代家用游戏机。日本版官方名称为家庭电脑（日版名：ファミリーコンピュータ，Family Computer，Famicom，欧美版名称为任天堂娱乐系统（英文版名：Nintendo Entertainment System，NES）
48	雅达利 2600	即 Atari 2600，该款设备是雅达利公司于 1977 年所推出的一款家用电子游戏机
49	SCV	Super Cassette Vision 的简称，日本玩具与电脑游戏公司 Epoch 公司在 1984 年 7 月 17 日发布的家用游戏机
50	Game Boy	Game Boy（ゲームボーイ，简称 GB）是日本任天堂公司在 1989 年发售的第一代便携式掌上游戏机
51	SFC	超级任天堂（スーパーファミコン，Super Famicom，英文：Super Nintendo Entertainment System），由任天堂公司开发的 16 位家用游戏机，于 1990 年 11 月 21 日在日本发售
52	WS	WonderSwan（ワンダースワン，简称 WS）是日本知名玩具制造商万代公司于 1999 年发布的 16 位掌上游戏机
53	Xbox	Xbox 是微软创立的一个游戏品牌，涵盖了一系列视频游戏主机、游戏和服务。它是游戏行业中的一个主要参与者，为玩家提供了全面的生态系统。本书谈及 Xbox 时通常指代其游戏主机平台。当前最新款 Xbox 设备为 Xbox Series X 和 Xbox Series S

续　表

编号	简　称	介　　绍
54	PS	PlayStation（PS）是索尼互动娱乐（Sony Interactive Entertainment）旗下的一个知名游戏品牌，与Xbox类似本书中提到PS平台时通常指代其游戏主机平台。当前最新款PS设备为PlayStation 5
55	Wii	任天堂于2006年11月19日发布的一款家用游戏机
56	PSV	PlayStation Vita（PS Vita）是索尼互动娱乐开发并销售的一款掌上游戏机。它是PlayStation Portable（PSP）的后继机型，也是PlayStation游戏设备家族的一部分。PS Vita首次于2011年12月17日在日本发布
57	PSP	PlayStation Portable（PSP）是索尼互动娱乐推出的一款革命性掌上游戏机。它于2004年12月12日在日本首次发布
58	Nintendo Switch	是任天堂开发的一款广受欢迎的视频游戏主机，以其独特的混合设计而闻名，既可以作为家用主机，也可以作为便携式掌机。该系列机型于2017年3月3日首次发售
59	丝绸朋克	即Silkpunk，是由华裔科幻作家刘宇昆在其小说《蒲公英王朝》系列中所创的科幻概念，指具备东方美学与科技高度结合的文化创作理念

附录2 电子游戏剧本文档模板

角色设定表

角色称号+角色名称			
基 本 资 料			
姓名	角色的中文名称	英文姓名	定制类需求:因个别项目需要在设定阶段就拥有英文名称
ID	研发用ID(用于后续表单配置,需与策划、程序统一ID[①]规则)		
人 物 特 征			
性别	此处设定性别	年龄	此处撰写角色年龄
性格	性格标签,简单的词语	家族/组织	描述角色的归属组织或势力
亲卫	定制类需求:因个别游戏品类需要每个角色有对应的从属兵种	兵系	兵种类型(诸如骑兵、枪兵、弓兵等)
亲卫英文名	定制需求	亲卫ID	研发用ID(用于后续表单配置)
角色特征	角色的附加特征	外貌简述	角色的外貌描写
三维属性	定制属性:如谋略、军事、武力的等级		
背 景 设 定			
背景简介	角色的背景故事设计,因一般游戏多数拥有角色系统,因此可以最终上线标准撰写,省去后续迭代成本		

① ID:专属编码或唯一识别编号。

续 表

参考图	运用图片进行角色形象的直观展示,供美术部门参考,诸如希望角色是年轻的女性、年长的男性等 参考图不限于一张,可分内容参考,角色的面部特征、发色身形,乃至角色的穿搭等都可以寻找相关参考图				
武器设定	名称		文 案 描 述		
	此处填写武器名称		此处填写该武器的介绍说明		
	黑羽剑		来自深渊的黑羽大剑,可斩断一切尘世之物		
语 音 台 本					
声音类型	台词ID	台词类型	台词内容	备 注	
此处填写对声音的要求,诸如声线、特点等	此处填写台词的ID	此处填写台词的使用场景或用途,如角色展示界面、角色战斗台词、角色剧情台词等	此处为台词内容	以下为案例	
声线要求:20岁左右女性声音特点:偏中性	1001	技能释放台词	臣服于利刃之下!	点击触发	
英 雄 技 能					
技能图标	技能ID	技能名	技 能 介 绍		
图标展示	技能的ID	真实的利刃	针对技能的描述性文字,基本上由技能的设定内容与实际在游戏中的效果2个部分组成		
	100101	真实的利刃	女妖手中的利刃,无坚不摧,弹指间便可击破敌军的防御 破除单个敌方目标的护甲,造成{0;0.}点伤害,如果敌方目标防御力大于{1},则额外造成{2}点伤害		

角色美术需求

角色名称+角色ID信息

美术流程	风格	题材类别	资源类型	游戏资源规格	角色构图	用途	文件命名（中文）	文件命名（英文）
简述流程中各阶段美术资源类型,为更好理解,以下为部分示例	美术风格概述	题材类型概述	资源类型	所需要的制作规格	角色构图范围	游戏中的用途,能让设计者注意细节以符合实际使用场景	文件的中文命名,后续配置需要,因此需美术与策划制定好规范命名	文件的英文命名,后续配置需要,因此需美术与策划制定好规范命名
角色概念设计	写实	欧洲中世纪轻魔幻	2D	/	全身	角色概念设定	指挥官17-酋长_设定	commander17_mountainchief
三视图细化	写实	欧洲中世纪轻魔幻	2D	/	全身	3D制作指引	指挥官17-酋长_三视图	commander17_mountainchief
展示高模_头部	写实	欧洲中世纪轻魔幻	3D	12 000面	全身	用于高模角色整合	指挥官17-酋长_高模_头部	commander17_mountainchief_high_head
展示高模_身体	写实	欧洲中世纪轻魔幻	3D	8 000面	全身	用于高模角色整合	指挥官17-酋长_高模_身体	commander17_mountainchief_high_body
展示高模_引擎整合	写实	欧洲中世纪轻魔幻	3D	20 000面	全身	用于游戏英雄角色展示	指挥官17-酋长_高模_整合	commander17_mountainchief_high

续 表

美术流程	风格	题材类别	资源类型	游戏资源规格	角色构图	用途	文件命名（中文）	文件命名（英文）
插画-构图草图	写实	欧洲中世纪轻魔幻	2D	/	半身	确定插画构图	指挥官17-酋长_插图_草图	commander17_mountainchief
插画-角色渲染2	写实	欧洲中世纪轻魔幻	2D	/	半身	用于插画整合	指挥官17-酋长_插图_角色	commander17_mountainchief
插画-角色细化	写实	欧洲中世纪轻魔幻	2D	/	半身	用于插画整合	指挥官17-酋长_插图_角色	commander17_mountainchief
插画-背景细化	写实	欧洲中世纪轻魔幻	2D	/	半身	用于插画整合	指挥官17-酋长_插图_背景	commander17_mountainchief
插画_整合	写实	欧洲中世纪轻魔幻	2D	1 624*750	半身	用于游戏角色卡牌和背景简介展示	指挥官17-酋长_插图	commander17_mountainchief

名 称	角色的名称	武器或道具特征	角色的武器与武器的基础特征

基 本 资 料

续表

		服饰特征	角色的服饰风格
基本信息	角色的基础信息，与角色设定中内容为一套内容		
性格特征	角色的性格特征	表情神态	角色的表情与神态
角色动态	角色设计时有展示效用的动作或姿势		
	背 景 故 事		
	角色背景故事文本		
表情神态参考图	角色表情神态等面部特征的参考图片		
服装参考图	服装风格的参考图片		
武器参考图	武器的参考图片		
	角色_使用范例		
	此处粘贴该美术资源的使用范例 一般由美术负责人制定 （一般会用界面的形式进行展示，比如角色在展示、战斗、剧情对话中的效果案例）		

剧情大纲

章节	所属章节	游戏时间	对应版本	章节剧情内容	对应关卡	对应区域	主要出场角色	备注
		玩家游戏行为一般与等级挂钩，游戏进度到哪个章节会一个时间范围。第一天，诺如第一天、第三天乃至半年年以上都可以定位。以下为一个简单的示例	对应的游戏研发版本	章节的剧情内容简述	对应的关卡数	对应的地理区域，此处内容是为了初步盘点出剧情内所需要的美术场景，以便后续制作	剧情内的出场角色，此处是为了初步盘点出剧情内所需要的游戏角色数量，以便后续制作	其他特殊备注信息
1		第一天	先行玩家测试	百年前，受到神灵眷顾的莱茵斯家族在一夕之间神秘消失。整个国家被封印于结界之中。法维安在命运的指引下，踏入了几百年前神秘消失的莱茵斯公国	30	莱茵斯公国	法维安、安妮、哈辛达	
2		第7天	封闭性测试	原来在百年前，神女肉遭到背叛而不小心解开了魔神的结界，致使国家深陷中爬出的无尽繁荣的国度走向毁灭。面对被深陷在"永恒的轮回"中的无数魂灵，法维安决定救赎众人包括王女	100	莱茵斯公国	法维安、安妮、哈辛达	

239

剧情细纲

章 节 标 题：飞 空 艇

序号	剧情类型	剧情概述	剧情表达方式	剧情出场角色/我方角色	敌阵角色	场景	备注
序号	剧情类型	剧情内容的简述	剧情表现类型，比如例会对话、气泡对话、动画等	游戏剧情与战斗中所需要使用的角色	游戏战斗行为中的对战角色	涉及的战斗场景	
1	主线剧情	主角法维安为找回被夺走的断罪残章，和科林哈辛达一起追寻着死灵法师的踪迹来到婆荒森林与恐怖魂要塞。在穿婆荒之地时，三人被无数横冲暴动的魂灵所阻，选择绕道不败要塞	立绘对话	法维安、哈辛达、科林	死灵法师	婆荒森林	
2	主线剧情	恐怖要塞正酝酿着来自天国之犀的兽潮进攻，为尽快打开城门，法维安三人协助守军击退魔兽，结识了闻名于世的豪侠拉伊	即时渲染动画	法维安、拉伊	魔物、死灵法师	婆荒森林、不败要塞	

通用剧情合本

通用剧情合本

序号	引导ID	步骤	类型	引导ID或对话组ID	角色名	文本内容	备注
序号	需配置的资源ID	阐述该游戏步骤的类型,如战斗/引导/剧情展示等		文本对话内容的ID	角色名称	对话文本	
1	Guide_010	序章战斗	黑场字幕	1001	死亡伴随着死灵法师步步紧逼		
2			战斗		【首场战斗】法维安 VS 死灵法师		
3	Guide_020	科林登场	黑场字幕	1002	意外比想象中来得更快		
4			战斗		【第二场战斗】科林 VS 死亡术士		
5	Guide_030		剧情ID		科林	没事吧?	
6					法维安	你来得可真及时。	
7					科林	死灵法师在这里出现,绝对不是偶然。	
8					法维安	莱茵斯公国已经封印了百年,最近却意外地热闹起来了。	
9					科林	看这些魔物的波动,也许里面有更多惊喜等着我们。	

241

场景美术需求

场景美术需求模板

编号	资源类型	资源名称	优先级	美术风格	题材类别	资源类型	资源规格	用途	备注
	描述美术资源类型	美术资源的名称,一般由策划与美术定制规范	制作优先级	美术风格概述	题材来源概述	资源类型	资源制作规格	游戏中的使用场合	
序号		名称		美术风格	题材信息	资源类型	资源规格	用途	备注
1	场景设定稿	名称	高	美漫卡通	美式漫画	2D	2 000*2 000	战斗场景设定稿	
2	场景模型	名称	中	美漫卡通	美式漫画	3D	1 000面	战斗场景3D模型	

场景设定信息

场景名称	由策划定制
场景用途	场景的实际使用场合描述
场景时间	定制类需求,固有建筑的不同时间点
场景标志	场景内标志建筑物
场景视角	场景的设计视角
场景基本设定	对总体场景内容的综合描述,可以包含场景的整体背景设定、外观描述、场景内的关键信息、场景的设计细节等

所属城市	场景归属的城市
建筑风格	建筑风格描述,如拜占庭风格、中式建筑等
场景天气	场景当时的天气状况,如雷雨闪电、晴空万里等
场景反派(如果有)	特殊定制需求
巨型首领特化场景	特殊定制需求

续 表

参 考 图	
场景整体氛围图构图形式参考	场景氛围参考
主要建筑物参考	主要建筑物参考
次要建筑物参考	次要建筑物参考
覆盖元素参考	场景覆盖元素
可选其他相关元素参考	其他物件参考

243

动画脚本

动 画 脚 本	
概 述	
出场角色	填写动画中出现的出场角色，便于预估后续的工作量
剧情概述	剧情内容概述，便于制作者快速了解剧情内容
所涉场景	填写动画中出现的场景，便于预估后续的工作量

分镜ID	画面	预估时长	景别	画面描述	对应文本/台词	音效	画面元素参考	备注
	美术填充	画面时常	景别	画面内容描述	对应画面的文本内容			
美术撰写		2	特写	黑幕中燃起一缕返魂香，烟雾弥散至整个画面	无	轻微的火光燃起的声音	返魂香	
		2	远景	烟雾弥散后画面中出现点光源，照亮画面为昏黄的橙色，画面中朦胧的人影结构	此去经年	隐约的伴奏与远处传来的人声	人影晃动，画面逐渐清晰	

插画需求

插画需求模板

风格	题材类别	资源类型	游戏资源规格	角色构图	用途	文件命名(中文)	文件命名(英文)
美漫卡通	超级英雄题材	2D	/	/	角色插画	资源中文名	资源英文名

画面描述	
尺寸&分辨率要求(如有范例可使用范例,如无可用文本描述制作要求)以下为示例 1. 图集里画面使用的元素请分层,按照背景第一层、特效一层,每个角色单独一层;如果角色层前面有物作,需要单独分层。 2. 如果角色因前后关系有部分被隐藏掉的,只需绘制可以展示出来的部分即可	
主体角色	描述插画中出现的主要角色
画面氛围	画面氛围描述
角色简介	画面中出现的角色简介,便于设计师了解并更好地诠释角色
绘画内容与构图要求	针对画面与构图的要求
审核步骤&要点	定制需求:针对外包回包的审核要点 1. 草图阶段需提供至少三种不同表现方向的构图,大的光影也要在这一步表现出来(审核要点:大的光影和氛围是否符合;角色形象气质特点是否符合;构图;设计语言,细节密度及疏密关系是否合理) 2. 构图确定后出三种氛围配色方案(审核要点:配色是否符合氛围的要求,整体颜色是否协调并统一) 3. 之后确定具体材质的颜色和材质方案并细化

245

续 表

项目	说明
角色形象参考图	
角色的形象参考图	
其他参考图	其他需要特别注意的细节参考信息,如特殊刷情物件等
氛围参考	图片整体展现出视觉氛围图参考
插画使用范例	插画的使用范例,最好是实际在游戏UI界面中的范例。这部分需要该内容的策划与UI负责人制定规范

图标 & 道具包装与美术需求

图标需求(单个)	
图标功能使用范例说明	
此处粘贴图标在用户界面中的使用范例,一般来源于用户界面设计师	界面内容说明
图标 1	
需求表述图	
此处粘贴图标参考图,可从图标的文化元素、设计风格等入手	
中文命名	此处为图标的中文名称
图标 ID	此处为图标的 ID
画稿尺寸(美术绘制时原稿图像的尺寸)	策划定义
功能说明	策划定义
图标设定文案	图标设定文案(如道具/技能)的设定文本
视觉描述	图片视觉内容的描述

角色语音需求

角 色 名 称			
基础设定（这部分内容需要根据不同项目进行定制）			
称号	角色称号	真名	角色名称
角色ID	角色的ID	品质	定制需求，角色的品质
性别	角色性别	外貌年龄	角色的外观年龄
性格	角色的性格标签	所属势力	角色的势力归属
背 景 设 定			
角色设定	角色的基础设定信息，可使用游戏设定表中的文案内容		
角色完成图	角色的原画展示，如有则附上，以便配音演员了解角色		
语 音 需 求			
音色/ 声音类型	声线要求：对角色的声线要求 声音特点：如有特别的声音也只要求可在此备注		
语 音 台 本			

文件命名	台词类型	演绎风格	台词文本	长度要求	备 注
文件名称	台词类型	对台词演绎风格描述	台词文本内容	语音时长	
10011	展示	哀愁、悲伤	血统之外的人只会叫你悲伤。	4秒	
10012	战斗技能	坚毅	最好准备吧，这仅仅只是个开端！	3.5秒	

附录3　日本ACGN部分作品受众倾向分类标签示例

小小外星人（日语：とんがり帽子のメモル）				
载体	制作人员/单位	连载/播映时间	连载/播映单位	受众倾向分类标签
漫画	高畑梨绘	1984.03—07	讲谈社旗下少女漫画杂志 Carolo	女童、一般向
动画	东映动画	1984.03—1985.03	朝日电视台	女童、一般向
电影	东映动画	1985.07.21	院线	女童、一般向

我是小甜甜（日语：魔法の天使クリィミーマミ）				
载体	制作人员/单位	连载/播映时间	连载/播映单位	受众倾向分类标签
动画	株式会社 Pierrot	1984.03—1985.03	日本电视台等	女童、一般向

面包超人（日语：それいけ！アンパンマン）				
载体	制作人员/单位	连载/播映时间	连载/播映单位	受众倾向分类标签
动画	TMS娱乐有限公司	1988.10.03至今	日本电视台等	儿童、一般向
电影	日本电视台、松竹富士等	1989—1991	院线	儿童、一般向
游戏（以《面包超人·微笑聚会》为例）	株式会社アガツマ・エンタテインメント	2010.11.25	Wii平台	儿童、一般向

光之美少女（日语：ふたりはプリキュア）				
载体	制作人员/单位	连载/播映时间	连载/播映单位	受众倾向分类标签
漫画	原作：东堂泉/作画：上北双子	2004—2006	讲谈社旗下少女漫画杂志 Nakayoshi	少女、一般向
动画	东映动画	2004.02—2006.01	朝日电视台	女童、一般向
电影	东映动画	2005.04.16—12.10	院线	女童、一般向
游戏（以《ふたりはプリキュアありえな～い！夢の園は大迷宮》为例）	株式会社バンダイ	2004.12.09	GBA 平台	儿童、一般向

哆啦 A 梦（日语：ドラえもん）				
载体	制作人员/单位	连载/播映时间	连载/播映单位	受众倾向分类标签
漫画	藤子・F・不二雄	1969—1996	小学馆旗下的《龙漫 CORO-CORO》、学习杂志等	儿童、一般向
动画	日本电视台	1973.04—1973.09	日本电视台	儿童、一般向
动画	朝日电视台	一期：1979.04—2005.03.18；二期：2015.4.15至今	朝日电视台	儿童、一般向
电影	东宝株式会社	1980.03.15 至今	院线	儿童、一般向
游戏（以《哆啦 A 梦 大熊的时光机冒险》为例）	ブランド：エポック社	1985.12	SCV 平台	一般向

附 录

铁臂阿童木（日语：鉄腕アトム）				
载体	制作人员/单位	连载/播映时间	连载/播映单位	受众倾向分类标签
漫画	手塚治虫	1952.04—1968.03	光文社旗下少年漫画杂志《少年》	儿童、一般向
动画	虫制作公司	1963.01—1966.12	株式会社富士电视	儿童、一般向
游戏（以《アトム》为例）	High Voltage Software	2009.10.20	Wii/PS2/PSP平台	一般向

美少女战士Sailor Moon（日语：美少女戦士セーラームーン）				
载体	制作人员/单位	连载/播映时间	连载/播映单位	受众倾向分类标签
漫画	武内直子	1992.02—1997.03	讲谈社旗下少女漫画杂志Nakayoshi	少女、一般向
动画	东映动画（東映動画）	1992.03—1997.02	朝日电视台	少女、一般向
游戏（以《ゲーム：美少女戦士セーラームーン》为例）	アークシステムワークス株式会社	1992	Game Boy 平台	少女、一般向

元气少女结缘神（日语：神様はじめました）				
载体	制作人员/单位	连载/播映时间	连载/播映单位	受众倾向分类标签
漫画	铃木JULIETTA（鈴木ジュリエッタ）	2008.06—2016.08	白泉社旗下少女漫画杂志《花与梦》	少女、一般向

续表

载体	制作人员/单位	连载/播映时间	连载/播映单位	受众倾向分类标签
动画	TMS娱乐	一期：2012.10—12；二期：2015.01—03	东京电视台	少女、一般向

龙珠（日语：ドラゴンボール，英语：DRAGON BALL）				
载体	制作人员/单位	连载/播映时间	连载/播映单位	受众倾向分类标签
漫画	鸟山明	1985.09—1995.08	集英社旗下少年漫画杂志《周刊少年Jump》	少年、一般向
动画	东映动画	1986.02—1997.11	富士电视台	少年、一般向
电影	东映动画	第一部：1986.12.20；第二部：1987.07.18；第三部：1988.07.09	院线	少年、一般向
游戏（以《龙珠Z限界突破》（ドラゴンボールZ BURST LIMIT)为例)	株式会社バンダイナムコエンタテインメント	2008.06.05	PS3/Xbox360	少年、一般向

名侦探柯南（日语：名探偵コナン）				
载体	制作人员/单位	连载/播映时间	连载/播映单位	受众倾向分类标签
漫画	青山刚昌	1994.06至今	小学馆旗下少年漫画杂志《周刊少年Sunday》	少年、一般向

续 表

载体	制作人员/单位	连载/播映时间	连载/播映单位	受众倾向分类标签
动画	TMS娱乐有限公司	1996.01.08至今	读卖电视台、日本电视台	少年、一般向
电影	TMS娱乐	第一部：1997.04.19；第二部：1998.04.18；第三部：1999.04.17……	院线	少年、一般向
游戏（以《名侦探柯南 地下游乐园杀人事》为例）	株式会社バンダイ	1996.12.27	Game Boy平台	少年、一般向

全职猎人（日语：ハンター×ハンター，英语：HUNTER×HUNTER）				
载体	制作人员/单位	连载/播映时间	连载/播映单位	受众倾向分类标签
漫画	富坚义博	1998至今	集英社旗下少年漫画杂志《周刊少年Jump》	少年、一般向
动画	日本动画公司	第一期：1999.10.16—2001.03.31；第二期：2011.10.02—2014.09.23	富士电视台	少年、一般向
电影	MADHOUSE	2013.1.12	院线	少年、一般向
游戏（以《全职猎人：奇迹冒险》为例）	株式会社バンダイナムコエンターテインメント	2012.9.20	PSP	少年、一般向

火影忍者（日语：NARUTO -ナルト-）				
载体	制作人员/单位	连载/播映时间	连载/播映单位	受众倾向分类标签
漫画	岸本齐史	1999.09.21—2014.11.10	集英社旗下少年漫画杂志《周刊少年Jump》	少年、一般向
动画	株式会社Pierrot	2002.10.03—2017.03.23	东京电视网	少年、一般向
电影	株式会社Pierrot	第一部：2004.8.21；第二部：2005.8.6；第三部：2006.8.5……	院线	少年、一般向
游戏（以《火影忍者疾风传：究极觉醒2》为例）	株式会社サイバーコネクトツー	2007.12.20	PS3、Xbox360、PC等平台	少年、一般向

航海王（日语：ワンピース，英语：ONE PIECE）				
载体	制作人员/单位	连载/播映时间	连载/播映单位	受众倾向分类标签
漫画	尾田荣一郎	1997.7.19至今	集英社旗下少年漫画杂志《周刊少年Jump》	少年、一般向
动画	富士电视台·东映动画	1999.10.20至今	富士电视台	少年、一般向
电影	东映动画	第一部：2000.03.04；第二部：2001.03.03；第三部：2002.03.02……	院线	少年、一般向

续　表

载体	制作人员/单位	连载/播映时间	连载/播映单位	受众倾向分类标签
游戏（以《ONE PIECE～めざせ海賊王！～》为例）	株式会社バンダイナムコエンターテインメント	2000.07.19	WS平台	少年、一般向

妖精的尾巴（日语：フェアリーテイル，英语：FAIRY TAIL）					
载体	制作人员/单位	连载/播映时间	连载/播映单位	受众倾向分类标签
漫画	真岛浩	1998至今	讲谈社旗下少年漫画杂志《周刊少年Magazine》	少年、一般向
动画	A-1 Pictures等	第1期：2009.10.12—2013.03.30；第2期：2014.04.05—2016.03.26；第3期：2018.10.07至今	东京电视台	少年、一般向
电影	A-1 Pictures	第一部：2012.08.18第二部：2017.05.06	院线	少年、一般向

浪客行（日语：バガボンド）					
载体	制作人员/单位	连载/播映时间	连载/播映单位	受众倾向分类标签
小说	吉川英治	1935.8.23—1939.7.11	朝日新闻社发行的《朝日新闻》原著名为《宫本武藏》	男性、青年、一般向
漫画	井上雄彦	1998(2015年之后休刊)	讲谈社旗下青年漫画杂志Morning	男性、青年、一般向

无限之住人（日语：無限の住人）

载体	制作人员/单位	连载/播映时间	连载/播映单位	受众倾向分类标签
漫画	沙村广明	1993.08—2012.12	讲谈社旗下青年漫画杂志 Afternoon	男性、青年、限制级
动画	Bee Train	2008.07.13—12.28	动画剧场 X	男性、青年、限制级

敏行快跑（日语：ボーイズ・オン・ザ・ラン）

载体	制作人员/单位	连载/播映时间	连载/播映单位	受众倾向分类标签
漫画	花沢健吾	2005—2008.06	小学馆旗下青年漫画杂志 Big Comic Spirits	青年、一般向

庸才（日语：ヒミズ）

载体	制作人员/单位	连载/播映时间	连载/播映单位	受众倾向分类标签
漫画	古谷实	1998 至今	讲谈社旗下青年漫画杂志 Young Magazine	男性、青年、限制级

BASILISK～甲贺忍法帖～（日语：バジリスク ～甲賀忍法帖～）

载体	制作人员/单位	连载/播映时间	连载/播映单位	受众倾向分类标签
小说	山田风太郎	1958.12—1959.11	光文社旗下《面白俱乐部》杂志	男性、青年、限制级
漫画	原作：山田风太郎/作画：濑川雅树	2003—2004	讲谈社旗下青年漫画杂志 Young Magazine Uppers	男性、青年、限制级

续 表

载体	制作人员/单位	连载/播映时间	连载/播映单位	受众倾向分类标签
动画	GONZO	2005.04.12—09.20	三重电视台、玉视、KBS京都等	男性、青年、限制级
游戏（以《バジリスク》为例）	株式会社ユニバーサルエンターテインメント	2009	街机	男性、青年、限制级

剑豪生死斗（日语：シグルイ）				
载体	制作人员/单位	连载/播映时间	连载/播映单位	受众倾向分类标签
小说	南条范夫	1998至今	《骏河城御前试合》中的第一话	青少年、青年、一般向
漫画	山口贵由	2008.8—2010.9	秋田书店旗下的漫画杂志 Champion RED	男性、青年、限制级
动画	MADHOUSE	2007.07.19—10.12	WOWOW	男性、青年、限制级

Re：从零开始的异世界生活（日语：Re：ゼロから始める異世界生活）				
载体	制作人员/单位	连载/播映时间	连载/播映单位	受众倾向分类标签
小说	长月达平	2012.04至今	株式会社 HINA PROJECT 旗下网站"成为小说家吧"	男性、青少年、青年、一般向
漫画	第一、三章：松塞达奇 第二章：枫月诚	2014.10.25—2017.08.23	第一、三章：月刊 Comic Alive；第二章：月刊 BIG GANGAN	少年、一般向

续　表

载体	制作人员/单位	连载/播映时间	连载/播映单位	受众倾向分类标签
动画	WHITE FOX	2016.04.03—09.18	动画剧场 X	少年、一般向
游戏（以《Re：从零开始的异世界生活-INFINITY》为例）	成都天象互动科技有限公司	2020.01.14	iOS、安卓平台	一般向

小长门有希的消失（日语：長門有希ちゃんの消失）				
载体	制作人员/单位	连载/播映时间	连载/播映单位	受众倾向分类标签
小说	谷川流	2003.6.30 至今	角川书店旗下角川 Sneaker 文库 原著名为《凉宫春日》系列	男性、青少年、青年、一般向
漫画	原作：谷川流 作画：Puyo	2009.7—2016.9	角川书店旗下杂志 Young ACE	男性、青少年、青年、一般向
动画	株式会社 SATELIGHT	2015.04.04—07.18	动画剧场 X	男性、青少年、青年、一般向

Free!（日语：フリー）				
载体	制作人员/单位	连载/播映时间	连载/播映单位	受众倾向分类标签
小说	おおじ こうじ	2014.7	京都动画出版的 KA Esuma 文库，原著名为 High☆Speed!	女性、青少年、青年、一般向

续 表

载体	制作人员/单位	连载/播映时间	连载/播映单位	受众倾向分类标签
动画	京都动画	第1期：2013.07.03—2013.9.25；第2期：2014.07.02—2014.09.24；第3期：2018.07.11—2018.09.26	日本 BS 放送株式会社等	女性、青少年、青年、一般向

冰上的尤里（英语：*YURI!!! on ICE*，日语：ユーリ!!! on ICE）

载体	制作人员/单位	连载/播映时间	连载/播映单位	受众倾向分类标签
动画	株式会社 MAPPA	2016.10.05—12.21	朝日电视台、BS 朝日等	女性、青少年、青年、一般向

血冷式内燃机关室（日语：血冷式内燃機関室，エンジンルーム）

载体	制作人员/单位	连载/播映时间	连载/播映单位	受众倾向分类标签
漫画	大暮维人	1996.04	*Core Magazine*	男性、青年、限制级

个人授业（日语：個人授業）

载体	制作人员/单位	连载/播映时间	连载/播映单位	受众倾向分类标签
漫画	鬼之仁	2006.12.19	小学馆旗下青年漫画杂志 *Young Sunday*	男性、青年、限制级

	*My Pure Lady*（日语：My Pure Lady お願いサプリマン）
载体	制作人员/ 单位	连载/播映时间	连载/播映单位	受众倾向 分类标签
漫画	原作：富山千夏/ 作画：八月薰	2006—2015	双叶社旗下漫画杂志 *MANGA Action*	男性、青年、 限制级

	小野猫（英语：*WILD·CATS*）
载体	制作人员/ 单位	连载/播映时间	连载/播映单位	受众倾向 分类标签
漫画	小林拓己	2001	竹书房旗下成人漫画杂志 *VITAMAN*	男性、青年、 限制级

	缘之空（日语：缘の空）
载体	制作人员/ 单位	连载/播映时间	连载/播映单位	受众倾向 分类标签
漫画	水风天	2009.08— 2011.01	角川书店旗下杂志 *Comp Ace*	男性、青年、 限制级
动画	Feel.	2010.10.04— 12.20	动画剧场 X	男性、青年、 限制级
游戏 （以《缘の空》 为例）	Sphere	2008.12.05	PC 平台	男性、青年、 限制级

附录 4　施密特原型理论下的文化产品角色示例

为了更好地理解角色原型概念,以下基于维多利亚·林恩·施密特所著《经典人物原型 45 种》①一书,分列文学、影视、游戏作品中的代表角色。

一、女性角色

第一组原型阿芙洛狄忒:原型 1 诱人缪斯与原型 2 蛇蝎美人。

希腊神话中爱与美的女神阿芙洛狄忒,是奥林波斯的十二主神之一。其正面是象征着爱、美好与自我实现的女神缪斯,而其反面则是象征着欲望、自私与不受道德约束的蛇蝎美人。

代表人物:

① 东野圭吾所著小说《白夜行》②中的唐泽雪穗;

② 电影《本能》中的凯瑟琳·特拉梅尔;

③ 动作角色扮演游戏《巫师 3:狂猎》中的叶奈法。

第二组原型阿尔忒弥斯:原型 3 亚马逊女子与原型 4 蛇发女妖。

身为阿波罗的孪生姐姐,在月夜下奔跑着狩猎的阿尔忒弥斯是充满野性的少女、荒野之主、无法被束缚的独身处女神。其正面是向往自由、充满野性的女权主义者亚马逊女子,其反面则是疾恶

---

① 维多利亚·林恩·施密特:《经典人物原型 45 种》,吴振寅译,北京:中国人民大学出版社 2014 年版。

② [日]东野圭吾:《白夜行》,刘姿君译,海口:南海出版公司 2013 年版。

如仇、爱恨分明且手段激烈的蛇发女妖。

代表人物：

① 梁羽生所著小说《白发魔女传》①中的练霓裳；

② 电影《卧虎藏龙》中的玉娇龙；

③ 动作角色扮演游戏《地平线：零之曙光》中的亚萝伊。

第三组原型雅典娜：原型5父亲的女儿与原型6背后中伤者。

雅典娜是希腊神话中的战神、智慧女神，也是奥林波斯十二主神之一，她是神王宙斯挚爱的女儿，她从父亲的头部出生，是胜利的象征，拥有力量、知识与良好的控制力，其正面是聪明、睿智、公正与备受宠爱的父亲的女儿，其反面则是会利用手段计谋去挫败对手，当遭遇背叛时会怒火滔天成为多疑的背后中伤者。

代表人物：

① 莎士比亚所著戏剧《麦克白》中的麦克白夫人；

② 电影《伊丽莎白》中的伊丽莎白一世；

③ 角色扮演游戏《最终幻想VII》中的艾瑞丝·盖恩斯巴勒。

第四组原型得墨忒耳：原型7养育者与原型8过度控制的母亲。

在希腊神话中，得墨忒耳之女春之女神珀耳塞福涅被骗去冥府成为冥王哈迪斯的冥后，得墨忒耳寻女心切，绝望之中万物凋零，所到之处寸草不生，唯有每年春天，女儿的回归才能让她安心，令万物生长。因此该原型的正面是爱女心切的养育者，其反面则

---

① 梁羽生：《白发魔女传》，广州：中山大学出版社2012年版。

是过分希望他人认同与子女服从的过度控制的母亲。

代表人物：

① 乔治·雷蒙·理查·马丁所著小说《冰与火之歌》中的瑟曦·兰尼斯特；

② 电视剧《恶行》中的母亲 Dee Dee；

③ 动作角色扮演游戏《战神》中的华纳女神芙蕾雅。

第五组原型赫拉：原型 9 女族长与原型 10 被嘲笑的女人。

赫拉是希腊神话中神王宙斯的妻子，名副其实的神后。其正面是面对宙斯的背叛，选择一次次原谅对方、顾全大局、掌握整个家庭、视婚姻与誓言为最高责任的女族长，其反面原型则是失去丈夫与家庭就失去意义，被困于婚姻，时常感到空虚、易怒与神经质的被嘲笑的女人。

代表人物：

① 琦君所著小说《橘子红了》中的容家大太太；

② 电视剧《甄嬛传》中的皇后乌拉那拉·宜修；

③ 大型多人在线角色扮演游戏《剑侠情缘网络版》中的元沧鸾。

第六组原型赫斯提亚：原型 11 神秘主义者与原型 12 背叛者。

赫斯提亚是炉灶、火焰的女神，她喜欢独处和宁静。其正面原型为喜爱宁静、喜欢自由与平和的神秘主义者，其反面则是隐藏内心、害怕被拒绝，躲避在暗处悄无声息的背叛者。

代表人物：

① 美国电视剧《吸血鬼猎人巴菲》中的薇洛·罗森博格；

② 策略角色扮演游戏《火焰纹章：风花雪月》中的林哈尔特·

冯·海弗林格；

③ 2D冒险解谜游戏《黑暗侦探》中的保姆麦芬。

第七组原型伊西斯：原型13女救世主与原型14毁灭者。

伊西斯是古埃及神话中掌管生命、生育与王权的女神，受到女神庇佑的人将得到永生与权力，其正面是充满母性与神权象征的女救世主，其反面则是过分关心得失与欲望，坚持己见，奉行自我正确道路的毁灭者。

代表人物：

① 乔治·雷蒙·理查·马丁所著小说《冰与火之歌》中的丹妮莉丝·坦格利安；

② 电影《圣女贞德》中的贞德；

③ 动作游戏《死亡搁浅》中的亚米丽。

第八组原型珀耳塞福涅：原型15少女与原型16问题少女。

珀耳塞福涅是古希腊神话中神王宙斯与得墨忒耳的女儿，被冥王哈迪斯绑架至冥界，成为冥王的新娘。珀耳塞福涅被抓走之前备受关怀，受尽宠爱，她天真无邪，被母亲保护得非常周全，因此其原型的正面就是纯真无邪的少女，其反面则是期待被关注，沉迷于某些事物且失去控制的问题少女。

代表人物：

① 谢拉·科勒所著小说《裂缝》中的费雅玛；

② 电影《少女》中的眉子；

③ 叙事冒险游戏《奇异人生》中的维多利亚·蔡司；

④ 开放世界动作冒险游戏《塞尔达传说：旷野之息》中的塞尔达公主。

二、男性角色

第九组原型阿波罗：原型17商人与原型18背叛者。

阿波罗是希腊神话中掌管光明、艺术与医药的神灵。身为光明之神的阿波罗从不说谎，光明磊落，同时也具备预言能力，是代表真理、睿智与俊美的神，其正面是逻辑思维强大且沉着冷静的商人，而其反面则是过分完美主义，甚至不择手段掩埋过错的背叛者。

代表人物：

① 金庸所著武侠小说《天龙八部》中的慕容复；

② 电影《星际迷航》中的指挥官史波克；

③ 策略角色扮演游戏《最终幻想战略版：狮子战争》中的迪利塔·海拉尔。

第十组原型阿瑞斯：原型19保护者与原型20角斗士。

阿瑞斯是希腊神话中神王宙斯与神后赫拉的儿子，身为战争之神的他既热血又好斗，身体永远先于想法，他守护着团体与家庭，是先发制人奉行正义的保护者，而其反面则是嗜血、好斗、冲动且沉迷力量与冲突的角斗士。

代表人物：

① 司马辽太郎所著小说《燃烧吧！剑》中的土方岁三；

② 动画剧集《妖精的尾巴》中的艾特利亚斯·纳兹·多拉格尼尔；

③ 动作角色扮演游戏《战神》中的奎托斯。

第十一组原型哈迪斯：原型21隐士与原型22巫师。

哈迪斯与神王宙斯一样，为十二泰坦之一的克洛诺斯与同为泰坦神的时光女神瑞亚所生，他既不是死神也不是冥界的判官，喜欢黑暗且公正无私，他安于冥王的身份，一丝不苟维持着冥界的秩序。除了将珀耳塞福涅掳走，他从未做过任何出格的事，因此其正面是一名外表冷静、喜欢独自思考、内心世界非常丰富的隐士，而其反面则是离群索居、略显孤僻、专注甚至过分痴迷于某一类事物，无法表达自我情感，会控制他人的巫师。

代表人物：

① 电视剧《嗜血法医》中的德克斯特·摩根；

② 美剧《硅谷》中的理查德；

③ 大型多人在线角色扮演游戏《魔兽世界》中的麦迪文。

第十二组原型赫尔墨斯：原型23愚者与原型24无业游民。

赫尔墨斯是神王宙斯与迈亚的儿子，他发明了钻木取火，掌管着商业和畜牧，是守护旅人的旅行之神，是守护灵魂的黄泉引路者，也是善于耍小聪明的偷盗之神。该原型的正面是内心不愿意长大，害怕被剥夺自由的小男孩，也就是愚者，其反面则是游手好闲、善于欺诈与骗人的无业游民。

代表人物：

① 詹姆斯·马修·巴里所著小说《彼得·潘》中的彼得·潘；

② 电视剧《废柴舅舅》中的安迪；

③ 第一人称射击游戏《地铁2033》中的主角阿尔乔姆。

第十三组原型狄奥尼索斯：原型25妇女之友与原型26引诱者。

酒神狄奥尼索斯，亦是奥林波斯十二主神之一，他教会人们种植葡萄酿造葡萄酒。除此之外他也是戏剧之神、狂喜之神、欢乐之神。其正面原型是给人带来欢愉与快乐的妇女之友，而其反面则是让人深陷欲望的引诱者。

代表人物：

① 托马斯·哈代所著小说《德伯家的苔丝》中的亚力克·德伯维尔；

② 电影《猫鼠游戏》中的弗兰克；

③ 动作游戏《鬼泣》中的但丁。

第十四组原型欧西里斯：原型 27 男救世主与原型 28 惩罚者。

欧西里斯是古埃及神话中的掌管阴间的神祇，他收容死者又审判死者，身为九柱神之一的他同时也是生育与农业之神。在古埃及神话中，欧西里斯被其兄弟风暴之神赛特所杀，他的妻子伊西丝与妹妹泰芙努特为了将其复活而将其制成木乃伊，他反复重生，获得新生。该原型的正面是代表重生、神性与革新的救世主，而其反面则是残酷的惩罚者。

代表人物：

①《星球大战》中的天行者卢克；

② 角色扮演及第一人称射击游戏《质量效应》中的约翰·薛帕德。

第十五组原型波塞冬：原型 29 艺术家与原型 30 虐待者。

波塞冬是神王宙斯的哥哥，是海神与水神，他拥有震撼大地的力量，驾驶金色马车的他奔驰于海面，他给予人类第一个马匹，用三叉戟击碎礁石释放清泉，同时他也具有爱憎分明的本质。该原型的正面是敏感却勇于表现自己，拥有创造力与能力的艺术家，而反面则是罔顾他人意愿，缺乏道德感，无法控制自我情绪，报复心极强的虐待者。

代表人物：

① 莎士比亚所著戏剧《奥赛罗》中的奥赛罗；

② 电影《沉默的羔羊》中的汉尼拔；

③ 冒险游戏《德波尼亚》中的克莱图斯；

④ 动作角色扮演游戏《巫师3：狂猎》中的菲丽芭·艾哈特。

第十六组原型宙斯：原型31国王与原型32独裁者。

宙斯，奥林波斯十二主神之首，古希腊神话中的众神之王，他是统治者的象征，如同所有君王一样明白自身的需求与统治范围内的处境，他希望获得尊重与崇拜，甚至有一些自负。该原型的正面是博爱、关怀子民、极其自信的国王，而其反面则是沉迷统治与控制他人的独裁者。

代表人物：

① 乔治·雷蒙·理查·马丁所著小说《血与火：坦格利安王朝史 第一卷》中的伊耿一世，另称征服者伊耿；

② 电影《阿提拉》中的匈奴王阿提拉；

③ 实时和角色扮演游戏《魔兽争霸3》中的阿尔萨斯·米奈希尔。

三、配角原型：朋友、对手与象征

在施密特的理论中，配角的存在是故事发展过程中、编排情节时制造戏剧化冲突的重要元素，一般有三种类型：朋友、对手和象征。而其中朋友可分为四种类型：智者、指导者、挚友与爱侣；对手分为逗乐者、小丑、劲敌、调查者、悲观者、超能力者这六种；象征则分为影子、迷失的灵魂、翻版。

（一）朋友

第一种原型：原型33智者。

"智者就是智慧之音。他是那个无所不知的人，主角正在经历的事他早就已经经历过，可能还经历过好几次。他有能力帮助主角避开问题和陷阱,不过他觉得让主角自己琢磨出办法要更好一些。"[1]从施密特的描述中,我们可以了解到原型智者的一些特质,睿智、有经验、能够帮助主角解决问题,但是同时,智者不具备主动性,他更像一个隐士。

代表人物:

① J. K. 罗琳所著系列小说《哈利·波特》中的霍格沃茨魔法学校校长阿不思·珀西瓦尔·伍尔弗里克·布赖恩·邓布利多;

②《星球大战》中的欧比旺·肯诺比;

③ 动作角色扮演游戏《暗黑破坏神3》中的迪卡·凯恩。

第二种:原型34 指导者。

指导者的特质更像是亦兄亦友的启蒙导师,他对主角的主动性更强。

代表人物:

① 金庸所著小说《天龙八部》中的乔峰;

② 电影《黑客帝国》中的黑客组织首领墨菲斯;

③ 生存动作游戏《古墓丽影:崛起》中的约拿·玛伊瓦。

第三种:原型35 挚友。

代表人物:

① 安东尼·德·圣-埃克苏佩里所著童话故事《小王子》中的小狐狸;

② 电影《触不可及》中的富翁菲利普的看护戴尔;

③ 角色扮演游戏《女神异闻录5》中的坂本龙司。

---

[1] 维多利亚·林恩·施密特:《经典人物原型45种》,吴振寅译,北京:中国人民大学出版社2014年版,第138页。

第四种：原型 36 爱侣。

爱侣是主角心灵的归处。

代表人物：

① 森鸥外所著小说《舞姬》中的舞女爱丽丝；

② 电影《箭士柳白猿》中的绝世名伶月牙红；

③ 动作冒险游戏《神秘海域 4：盗贼末路》中的伊莲娜·费雪。

（二）对手

对手是主角的宿命的竞争者。具体可细分为六种类型：逗乐者、小丑、劲敌、调查者、悲观者、超能力者。

第一种：原型 37 逗乐者。

代表人物：

① 莎士比亚所著戏剧《第十二夜》中的费斯特；

② 美国电视剧《硅谷》中的埃利希；

③ 美国电视剧《老友记》中的钱德勒；

④ 动作角色扮演游戏《暗黑破坏神 3》中的追随者盗贼林登。

第二种：原型 38 小丑。

代表人物：

① 弗兰克·鲍姆所著小说《绿野仙踪》中的稻草人；

② 美国电视剧《神烦警探》中的泰瑞；

③ 《哈利·波特与消失的密室》中的家养小精灵多比。

第三种：原型 39 劲敌。

代表人物：

① 温瑞安所著武侠小说《逆水寒》中的顾惜朝；

② 日本动画《火影忍者》中的宇智波佐助；

③ 角色扮演游戏《宝可梦剑·盾》中的彼特；

④ 动作冒险游戏《阿修罗之怒》中的夜叉。

第四种：原型40调查者。

代表人物：

① 电影《男大当婚》中的丹尼；

② 电影《觉醒》中的阿黛尔·拉低格诺拉太太。

第五种：原型41悲观者。

代表人物：

① 张爱玲所著小说《金锁记》中的曹七巧；

② 英国电视剧《绛红雪白的花瓣》中的卡特威夫人；

③ 动作角色扮演游戏《黑暗之魂3》中位于传火祭祀场的霍克伍德。

第六种：原型42超能力者。

代表人物：

① 格林兄弟所著文学作品《格林童话》中灰姑娘的仙女教母；

② 电影《阿拉丁》中的神灯精灵；

③ 动作冒险游戏《蝙蝠侠：阿卡姆骑士》中的神谕芭芭拉·戈登。

（三）象征

"象征类角色代表着一些对主角来说重要的人和事，可能象征着主角的过去、主角的缺点，或是主角想要成为的那个人。有时候，一个朋友或是一个敌人也可以是象征类角色，比如说，挚友就像一面镜子，能够照出主角的缺点。"[①] 象征类的配角有三种：影

[①] 维多利亚·林恩·施密特：《经典人物原型45种》，吴振寅译，北京：中国人民大学出版社2014年版，第153页。

子、迷失的灵魂和翻版。

第一种：原型 43 影子。

代表人物：

① 杰夫·林赛所著小说《嗜血法医》中主角德克斯特·摩根的哥哥连环杀手布莱恩·莫泽；

② 美国电视剧《梅尔罗斯》中残暴的父亲；

③ 动作冒险类游戏《星球大战绝地：陨落教团》中的帝国裁判官"二姐"崔拉·萨杜瑞。

第二种：原型 44 迷失的灵魂。

代表人物：

① 深见真所著小说《心理测量者》中宜野座伸元的从监视官成为执行官的父亲征陆智己；

② 美国电视剧《犯罪心理》中斯潘塞·瑞德身患精神分裂症的母亲；

③ 冒险游戏《余兴派队》中的琳达·兰登。

第三种：原型 45 翻版。

代表人物：

① 南条范夫所著小说《骏河城御前试合》中的岩本虎眼；

② 日本动画片《航海王》中的哥尔·D. 罗杰；

③ 角色扮演游戏《最终幻想 VII》中的扎克斯·菲尔。

四、补充原型

原型 46 游戏改变者。

代表人物：

① 电影《华尔街》中的巴德·福克斯；

② 文字冒险游戏《命运/守护之夜》中的卫宫士郎。

原型 47 操纵者。

代表人物：

① 电影《华尔街》中的戈登·盖柯；

② 文字冒险游戏《命运/守护之夜》中的英雄王吉尔伽美什。

附录5　国内外配音产业介绍

配音作为电子游戏音频内容中重要的组成部分,对游戏的整体品质有着举足轻重的作用,对于某些特定的游戏类型而言,配音品质的好坏甚至成为游戏商业化价值的决定因素之一。加之电子游戏的全球化乃是现今的产业趋势,游戏配音也会与本地化工作产生关联,涉及多区域与多语种的情况,故而了解全球配音产业的基础产业知识也有利于我们更好地进行内容创作与落地制作。

一、欧美配音产业

1927年,华纳兄弟公司出品的《爵士歌王》(*The Jazz Singer*)的上映,标志着配音技术走进了影视制作的"梦工厂",主角的一句台词"等一下,等一下,你们还什么也没听到呢。"(Wait a minute, Wait a minute, you ain't hear nothing.)标志着新时代的来临,而大名鼎鼎的美国"八大"即八个电影业的大公司也随着有声电影发展的浪潮应运而生。

由于欧美等地区较早地走上了电影工业化的道路,该地区的演员也都经过了专业的系统化训练,所以电影等作品往往会由演员亲自配音。但随着动漫作品的普及,尤其是电子游戏的蓬勃发展,配音演员有了更多表现才能的机会。

如同早期游戏"粗糙"的画面一样,欧美游戏配音也由最初简单的表演形式逐渐发展起来。最初的游戏配音可能只需要做十几次的录制,配音演员只需要简单发出一些或暴怒或绝望的怪叫以及死去前的喘息声。而如今,不少电子游戏的台词量已经达到了上万行之多,游戏发行时往往含有多个语种的语音包,这一切都极大丰富了游戏的世界。这些年来,随着《生化危机》《神秘海域》①《龙腾世纪》等系列3A大作问世,众多的配音演员从幕后走向台前成为广受玩家追捧的明星配音演员,尤其是Twitter(推特)等社交平台的发展使得游戏玩家更多认识到了配音演员在游戏表现中的重要作用。

二、日本配音产业介绍

相对其他国家和地区,日本的声优产业走向了高度成熟和正规化,且形成了独有的产业链条和粉丝生态。声优产业不但为日本动漫产业创造了巨大的商业价值,也向游戏产业等行业辐射,形成了独特的日本动漫游戏产业的特征符号。

日本最早的配音演员出现于1925年,同年日本放送协会录取了12名"广播话剧研究生"从事广播配音工作,这批人是日本最早的声优。而后,随着日本电视的普及以及动画产业的发展,日本的声优产业得到规范的发展。1974年上映的《宇宙战舰大和号》不仅成为日本动画的起步之作,也使声优从幕后走到台前,声优产业从此走上了偶像化道路。

在日本,如果年轻人希望从事声优行业,往往需要进入声优养成所或拥有动画多媒体专业的学校(这些学校往往集中在东京)学习,而后这些声优学校的毕业生必须进入声优事务所进行实习,实习期满后如果成功签约,才能成为一名正式的声优。当然这只是声优演员漫长而艰辛的职业生涯的开始,他们将从普通的配角做起,直到能够胜任更加重要角色的配音工作。尽管动画配音收入并不丰厚,但偶像化的声优制度给声优带来了很多副业收入机会,

---

① 《神秘海域》:Uncharted,[美]顽皮狗,2007年。

声优可以从事游戏配音、广播剧配音等工作,通过人气的不断积累,有的声优甚至可以发行属于自己的 CD,获得动漫游戏展会的邀请,甚至举办个人演唱会。

由于日本的声优演员接受过专业的声优培训,有些声优演员在中国青少年群体中也已经拥有相当高的人气,所以中国越来越多的游戏研发团队选择聘请日本声优为游戏角色配音,而发行方也乐于利用人气声优的影响力进行宣传推广。

三、国内配音产业介绍

中国的影视动画配音产业起步并不晚,从 20 世纪 30 年代到 90 年代初,涌现出了无数优秀的电影以及动画作品,也产生了相当多的具有专业水准的配音员。同时,由于 90 年代中国从欧美、日本引进了不少优秀的电影和动画片,这也为配音演员提供了大量的实践机会——事实上,不少出色的国内游戏配音演员正是来自上海电影译制厂。但由于早期国内动画产业发展一直未得到过多重视,而游戏产业更是经历了较长的沉寂时期,因此发展并不迅速。但近几年来随着国内动漫游戏产业的蓬勃发展,不少声音工作室如雨后春笋般纷纷成立,国内动漫游戏配音产业也开始逐步走上了正规化、商业化的道路。

电子游戏对于国人来说算是舶来品,而正是这些舶来品促生了国内游戏配音行业的起步。值得一提的是,在 90 年代后期,育碧中国(全名为:上海育碧电脑软件有限公司,成立于 1996 年)负责了多款海外游戏的引进和本地化工作,其中就包括《魔法门之英雄无敌 2》《雷曼》①等游戏。该系列游戏不仅在游戏界面上做到了

---

① 《雷曼》:*Rayma*,[美] Ludimedia,1995 年。

中文本地化，甚至采用了全中文配音，为了确保游戏配音的品质，本地化团队聘请了上海电影译制厂的多位著名配音演员，比如陈兆雄、王玮、倪康等。这一次合作对中国游戏配音的发展产生了极大的影响。

如今游戏研发团队普遍会聘请配音演员为游戏角色配音，甚至已有不少演员在玩家群体内产生了一定知名度，例如《英雄联盟》中艾希的配音演员洪海天、《魔兽世界》中吉安娜的配音演员黄莺等。这些老牌的配音演员如今除了参与游戏的制作以外，也正努力培养新的一批优秀的配音演员。

在人才培育机制方面，我国目前只有北京电影学院、同济大学电影学院等院校拥有配音专业课程，培养出的人才数量还远远不够，因此非科班出身但是具备天赋的配音演员或爱好者成为不少游戏公司的选择，呈现出百花齐放之势。相信在不远的未来，国产配音产业将会蓬勃发展，形成一个全新的文化产业。

参考文献

一、著作类

［1］ G. Genette. *Narrative Discourse*［M］. Cornell University Press，1980.

［2］ 霍尔,诺德贝.荣格心理学入门［M］.冯川,译.北京：生活·读书·新知三联书店,1987.

［3］ C. G.荣格.论分析心理学与诗的关系［M］.叶舒宪,选编.神话—原型批评［M］.陕西：陕西师范大学出版社,1987.

［4］ 热拉尔·热奈特.叙事话语　新叙事话语［M］.王文融,译.北京：中国社会科学出版社,1990.

［5］ 亚里士多德.诗学［M］.陈中梅,译.北京：商务印书馆,1996.

［6］ 姚晓光,孙泱.游戏开发核心技术：剧本和角色创造［M］.北京：机械工业出版社,2007.

［7］ 杨颖波,王华伟,崔启亮.本地化与翻译导论［M］.北京：北京大学出版社,2011.

［8］ 葛红兵.小说类型学的基本理论问题［M］.上海：上海大学出版社,2012.

［9］ 诺亚·卢克曼.情节！情节！——通过人物、悬念与冲突赋予故事生命力［M］.唐奇,李永强,译.北京：中国人民大学出

版社,2012.

[10] 拉里·布鲁克斯.故事工程——掌握成功写作的六大核心技能[M].刘在良,译.北京:中国人民大学出版社,2014.

[11] 维多利亚·林恩·施密特.经典人物原型45种[M].吴振寅,译.北京:中国人民大学出版社,2014.

[12] 詹姆斯·斯科特·贝尔.冲突与悬念——小说创作的要素[M].王著定,译.北京:中国人民大学出版社,2014

[13] 陈京炜.游戏心理学[M].北京:北京广播学院出版社,2015.

[14] Chris Crawford.游戏大师 Chris Crawford 谈互动叙事[M].方舟,译.北京:人民邮电出版社,2015.

[15] 戴安娜·卡尔,等.电脑游戏——文本、叙事与游戏[M].丛治辰,译.北京:北京大学出版社,2015.

[16] 罗伯特·麦基.故事[M].天津:天津人民出版社,2016.

[17] 茱莉亚·克里斯蒂娃.主体·互文·精神分析[M].祝克懿,黄蓓,译.北京:生活·读书·新知三联书店,2016.

[18] 海瑟·麦克斯韦·钱德勒.游戏制作的本质(第3版)[M].腾讯游戏,译.北京:电子工业出版社,2017.

[19] 约翰·赫伊津哈.游戏的人:文化的游戏要素研究[M].傅存良,译.北京:北京大学出版社,2017.

[20] 佐佐木智广.游戏剧本怎么写[M].支鹏浩,译.北京:人民邮电出版社,2018.

[21] 北京大学互联网发展研究中心.游戏学[M].北京:中国人民大学出版社,2019.

[22] 史克威尔艾尼克斯(中国)互动有限公司.艾欧泽亚百科全书[M].北京:民主建设出版社,2020.

[23] 弗里德里希·席勒.审美教育书简[M].冯至,范大灿,译.上海:上海人民出版社,2022.

[24] 许道军.故事工坊[M].北京:中国人民大学出版社,2022.

[25] 迈克尔·布劳特.游戏故事写作[M].许道军,孙小洋,译.北京:中国人民大学出版社,2023.

二、论文类

[1] 曾光光,路云辉.王国维、席勒:"游戏说"之辨析[J].山西大同大学学报(自然科学版),1998(3).

[2] 洪凉.中西"游"和"游戏说"之比较[D].北京:中国人民大学,2004.

[3] 董虫草.弗洛伊德眼中的游戏与艺术[J].浙江师范大学学报(社会科学版),2005(6).

[4] 徐涛.中国游戏产业成长分析[D].北京:清华大学,2005.

[5] 董虫草,汪代明.虚拟论的游戏理论从斯宾塞到谷鲁斯和弗洛伊德[J].西南民族大学学报(人文社会科学版),2006(4).

[6] 何道宽.游戏、文化和文化史——《游戏的人》给当代学者的启示[J].南方文坛,2007(6).

[7] 文雯.试论维特根斯坦的"语言游戏说"[J].文教资料,2007(23).

[8] 谭德生.自由与控制——电子传媒时代的审美文化研究[D].济南:山东大学,2007.

[9] 肖绵.空间转向与文学流变——以赛博空间的文学研究为例[D].桂林:广西师范大学,2007.

[10] 黄照翠.电子游戏影响玩家多元智能的实证研究[D].南京:

南京师范大学,2008.

[11] Jesper Juul.游戏、玩家、世界:对游戏本质的探讨[J].关萍萍,译.文化艺术研究,2009(3).

[12] Jesper Juul.游戏讲故事?——论游戏与叙事[J].关萍萍,译.文化艺术研究,2010(1).

[13] 关萍萍.互动媒介论——电子游戏多重互动与叙事模式[D].杭州:浙江大学,2010.

[14] 赵壁.电子游戏人物角色设计研究[D].昆明:昆明理工大学,2010.

[15] 柏建波.网络游戏中的人际传播研究[D].西安:陕西师范大学,2011.

[16] 金菊.中国现代美学中的艺术游戏理论研究[D].南京:南京大学,2011.

[17] 王文捷.另类奇幻的解构性娱乐意态的新兴——世纪之交"非典型性"游戏影像流行文本研究[D].武汉:武汉大学,2011.

[18] 郑豪.狂欢理论与ACG亚文化研究[D].上海:上海师范大学,2011.

[19] 宗争.游戏能否"讲故事"——游戏符号叙述学基本问题探索[J].当代文坛,2012(6).

[20] 高学也.ACG亚文化在中国的传播研究[D].长春:东北师范大学,2013.

[21] 李乐.电子游戏概念及审美探究[D].重庆:西南大学,2013.

[22] 王晓.影视与电子游戏之间的产业融合性研究——以文本改编为中心[D].西安:陕西师范大学,2013.

［23］张萌萌.赫伊津哈游戏论研究［D］.济南：山东大学，2013.

［24］陈希其.中国网络游戏产业出口现状及对策研究［D］.济南：山东师范大学，2014.

［25］方文洁.网络游戏传播的伦理分析［D］.武汉：华中师范大学，2014.

［26］刘研.电子游戏的情感传播研究［D］.杭州：浙江大学，2014.

［27］王大阔.日本ACG亚文化流行语研究［D］.长春：东北师范大学，2014.

［28］徐欢.网络游戏——虚拟空间的自我认同与群体认同［D］.成都：四川师范大学，2014.

［29］闫郡虎.电子游戏的叙事模式研究［D］.重庆：重庆大学，2014.

［30］张敏.网络游戏群体传播研究［D］.长沙：中南大学，2014.

［31］宗益祥.作为游戏的传播——威廉·斯蒂芬森的传播游戏理论研究［D］.重庆：西南政法大学，2014.

［32］杜程.电子游戏影响下的网络文学新现象［D］.苏州：苏州大学，2015.

［33］周群.电子游戏竞争因素对玩家攻击性的影响［D］.重庆：西南大学，2015.

［34］李金泰.电子游戏虚拟空间构成的理论研究［D］.北京：清华大学，2015.

［35］刘雨晨."可玩的故事"——电子游戏的互动叙事研究［D］.杭州：中国美术学院，2015.

［36］潘秀瑛.电子游戏的审美体验研究——以陈星汉的游戏为例［D］.杭州：中国美术学院，2015.

[37] 翁蕾.共情及游戏角色对玩家攻击性影响的初步探究[D].重庆：西南大学,2015.

[38] 徐靓.微观赋权：网络游戏玩家的文化消费与文化生产——《剑侠情缘网络版叁》玩家群体个案研究[D].南京：南京大学,2015.

[39] 陈旸英.网络游戏中御宅族的话语互动研究——以《剑侠情缘三》为例[D].南京：南京师范大学,2016.

[40] 邓鹤翔.推动波兰电子游戏产业发展的因素分析[D].北京：中国青年政治学院,2016.

[41] 孙敏.西方游戏学说评析[J].文化学刊,2016(4).

[42] 王丹丹.热奈特的叙事话语理论研究[D].济南：山东大学.2016.

[43] 向林.网络电子游戏的游戏性叙事[J].长江文艺评论,2016(9).

[44] 张炜.以基本游戏为对象的游戏定义及其机制研究[D].杭州：中国美术学院,2016.

[45] 蔡梅华.电子游戏的作品属性研究[D].广州：华南理工大学,2017.

[46] 姬瑞艺.赫伊津哈游戏理论及其伦理意蕴研究[D].上海：上海师范大学,2017.

[47] 李璐.电子游戏的叙事美学研究[D].重庆：西南大学,2017.

[48] 王博.电子游戏与电影的跨界、融合与互动[D].哈尔滨：哈尔滨师范大学,2017.

[49] 熊良.美国电子游戏版权保护历史演进及其启示[D].武汉：中南财经政法大学,2017.

[50] 王炳钧.游戏话语的历史转换[J].外国文学,2018(6).

[51] 王耀辉.作为媒介的网络游戏研究——以《英雄联盟》为例[D].兰州:兰州大学,2018.

[52] 郑安格.试论叙事类游戏在创意写作教学中的应用——以电子游戏《暴雨》为例[C].世界华文创意写作高峰论坛(2016—2017)会议论文合辑,2018.

[53] 张轩源.中国青年网络亚文化新现象研究[D].南京:中共江苏省委党校,2018.

[54] 陈可欣.浅析武侠IP的游戏改编优势及融合途径[J].科技传播,2019(12).

[55] 刘斌,邹欣.日本动画产业价值链形态的创新与转型[J].现代传播,2019(6).

[56] 左崚倩.基于电子游戏的视角分析"童年的消逝"[J].今传媒,2019(7).

[57] 葛雨晨.电子游戏叙事结构模型研究[D].深圳:深圳大学,2020.

[58] 熊超琨.电子游戏超文本叙事研究[D].武汉:华中师范大学,2020.

[59] 李欣蔚.基于电子游戏案例的互动叙事研究[D].重庆:西南大学,2021.

[60] 闭尔伦.跨媒介理论与跨语言实践——游戏化叙事的溯源研究[J].南方文坛,2023(5).

[61] 郭峥.电子游戏碎片化叙事研究[D].北京:北京印刷学院,2023.

参考游戏

一、角色扮演类

[1] 龙与地下城(Dungeons & Dragons),[美] TSR,1974.

[2] 勇者斗恶龙(Dragon Quest),[日] 艾尼克斯,1986.

[3] 女神转生(Megami Tensei),[日] ATLUS,1987.

[4] 仙剑奇侠传,[中] 大宇资讯,1995.

[5] 暗黑破坏神(Diablo),[美] 暴雪娱乐,1996.

[6] 金庸群侠传(Heroes of Jin Yong),[中] 河洛工作室,1996.

[7] 剑侠情缘,[中] 西山居,1997.

[8] 无冬之夜(Neverwinter Nights),[加拿大] BioWare,2002.

[9] 洛奇(Mabinogi),[韩] Nexon,2005.

[10] 奥丁领域(オーディンスフィア),[日] Vanillaware,2007.

[11] 质量效应(Mass Effect),[加拿大] BioWare,2007.

[12] 龙腾世纪(Dragon Age),[美] 艺电,2009.

[13] 斗战神,[中] 腾讯游戏,2010.

[14] 古剑奇谭,[中] 上海烛龙信息科技有限公司,2010.

[15] 星际公民(Star Citizen),[美] Cloud Imperium Games Corporation,2012.

[16] 剑灵(Blade & Soul),[韩] NCSoft,2013.

［17］灵魂献祭（ソウルサクリファイス Soul Sacrifice），［日］Marvelous AQL，2013.

［18］汤姆克兰西：全境封锁（Tom Clancy's The Division），［法］育碧，2013.

［19］侠盗猎车手5（Grand Theft Auto V），［美］Rockstar Games，2013.

［20］最终幻想14（Final Fantasy XIV），［日］史克威尔·艾尼克斯，2013.

［21］辐射4（Fallout 4），［美］Bethesda Softworks，2015.

［22］方舟：生存进化（Ark: Survival Evolved），［美］Studio Wildcard，2015.

［23］命运：冠位指定（Fate/Grand Order），［日］DELiGHTWORKS，2015.

［24］巫师3：狂猎（The Witcher 3: Wild Hunt），［波兰］CD Projekt RED，2015.

［25］阴阳师，［中］网易，2016.

［26］塞尔达传说：旷野之息（The Legend of Zelda: Breath of the Wild），［日］任天堂，2017.

［27］神舞幻想，［中］北京九凤信息科技有限公司，2017.

［28］歧路旅人（Octopath Traveler），［日］史克威尔·艾尼克斯，2018.

［29］沉没之城（The Sinking City），［乌克兰］Frogwares，2019.

［30］极乐迪斯科（Disco Elysium），［乌克兰］ZA/UM，2019.

［31］神界：原罪2（Divinity: Original Sin II），［比利时］拉瑞安工作室，2019.

[32] 渡神记：芬尼斯崛起（*Immortals: Fenyx Rising*），[法] 育碧，2020.

[33] 赛博朋克 2077（*Cyberpunk 2077*），[波兰] CD Projekt RED，2020.

[34] 原神，[中] 米哈游，2020.

[35] 忘川风华录，[中] 网易，2021.

[36] 崩坏：星穹铁道，[中] 米哈游，2023.

[37] 少年西游记 2：[中] 游族网络，2024.

[38] 物华弥新，[中] bilibili 游戏，2024.

二、模拟类

[1] *FIFA*，[美] 艺电，1993.

[2] *NBA 2K*，[美] 2K Games，1999.

[3] 动物森友会（どうぶつの森），[日] 任天堂，2001.

[4] 星战前夜（*EVE Online*），[冰岛] CCP Games，2003.

[5] 这是我的战争（*This War of Mine*），[波兰] 11 bit Studios，2014.

[6] 星露谷物语（*Stardew Valley*），[美] ConcernedApe，2016.

[7] 恋与制作人，[中] 叠纸游戏，2017.

[8] 埃及古国（*Egypt: Old Kingdom*），[俄] Clarus Victoria，2018.

[9] 纪元 1800（*Anno 1800*），[法] 育碧，2019.

[10] 桃源深处有人家，[中] 五十一区工作室，2023.

三、战略类

[1] 信长的野望（信長の野望シリーズ，*Nobunaga's Ambition*），

［日］光荣,1983.
[2] 三国志（*Romance of the Three Kingdoms*）,［日］光荣,1985.
[3] 火焰纹章（*Fire Emblem*）,［日］Intelligent Systems,1990.
[4] 魔兽争霸：人类与兽人（*Warcraft: Orcs & Humans*）,［美］暴雪娱乐,1994.
[5] 魔法门之英雄无敌（*Heroes of Might and Magic*）,［美］New World Computing,1995.
[6] 命令与征服：红色警戒（*Command & Conquer: Red Alert*）,［美］Westwood Studios,1996.
[7] 帝国时代（*Age of Empires*）,［美］全效工作室,1997.
[8] 星际争霸（*StarCraft*）,［美］暴雪娱乐,1998.
[9] 文明 VI（*Sid Meier's Civilization VI*）,［美］Firaxis Games,2016.
[10] 权力的游戏：凛冬将至,［中］游族网络,2019.
[11] 全战 三国（*Total War: Three Kingdoms*）,［英］Creative Assembly,2019。
[12] 十字军之王 3（*Crusader Kings III*）,［瑞典］Paradox Development Studio,2020.

四、冒险类

[1] 巨洞冒险（*Colossal Cave Adventure*）,［美］William Crowther,1976.
[2] 街：命运的交叉点（街～運命の交差点～）,［日］CHUNSOFT,1998.
[3] 寂静岭（サイレントヒル,*Silent Hill*）,［日］科乐美,1999.

[4] 哈利·波特与魔法石（*Harry Potter and the Philosopher's Stone*），[美] 艺电，2001.

[5] 逆转裁判（*Ace Attorney*），[日] 卡普空，2001.

[6] 零～红蝶～（*Fatal Frame II: Crimson Butterfly*），[日] 特库摩，2003.

[7] 大神（*Okami*），[日] 卡普空，2006.

[8] 蔷薇法则（*Rule of Rose*），[日] Punchline，2006.

[9] 神秘海域（*Uncharted*），[美] SCE 顽皮狗，2007.

[10] 机械迷城（*Machinarium*），[捷克] Amanita Design，2009.

[11] 暴雨（*Heavy Rain*），[法] Quantic Dream，2010.

[12] 心灵杀手（*Alan Wake*），[芬] Remedy，2010.

[13] 风之旅人（*Journey*），[美] Thatgamecompany，2012.

[14] 魔法使之夜（魔法使いの夜），[日] TYPE-MOON，2012.

[15] 超凡双生（*Beyond: Two Souls*），[法] Quantic Dream，2013.

[16] 饥荒（*Don't Starve*），[加] Klei Entertainment，2013.

[17] 史丹利的寓言（*The Stanley Parable*），[英] Galactic Café，2013.

[18] 逃生（*Outlast*），[加拿大] Red Barrels，2013.

[19] 纪念碑谷（*Monument Valley*），[英] Ustwo Games，2014.

[20] 勇敢的心：世界大战（*Valiant Hearts: The Great War*），[法] 育碧，2014.

[21] 奇异人生（*Life is Strange*），[日] 史克威尔·艾尼克斯，2015.

[22] 生命线（*Lifeline*），[美] 3 Minute Games，2015.

[23] 她的故事（*Her Story*），[英] Sam Barlow，2015.

[24] 奥威尔（*Orwell: Keeping an Eye on You*），[德] Osmotic

Studios,2016.

[25] 见证者(*The Witness*),[美] Thekla,2016.

[26] 看火人(*Firewatch*),[美] Campo Santo,2016.

[27] 旁观者(*Beholder*),[俄] Warm Lamp Games,2016.

[28] 艾迪·芬奇的记忆(*What Remains of Edith Finch*),[美] Giant Sparrow,2017.

[29] 画中世界(*Gorogoa*),[美] Jason Roberts,2017.

[30] 生化危机7(*Resident Evil 7: Biohazard*),[日] 卡普空,2017.

[31] 底特律:化身为人(*Detroit: Become Human*),[法] Quantic Dream,2018.

[32] 致命框架(*Fellow Traveller*),[澳] Loveshack Entertainment,2018.

[33] 绘真·妙笔千山,[中] 网易游戏联合故宫博物院,2019.

[34] 隐形守护者,[中] New One Studio,2019.

[35] 纸人,[中] 北京荔枝文化传媒公司,2019.

[36] 画境长恨歌,[中] 腾讯游戏,2020.

[37] 12分钟(*Twelve Minutes*),[美] 微软,2021.

五、动作类

[1] 超级马力欧兄弟(*Super Mario*),[日] 任天堂,1985.

[2] 街头霸王(*Street Fighter*),[日] 卡普空,1987.

[3] 星之卡比(*Kirby*),[日] HAL研究所,1992.

[4] 雷曼(*Rayma*),[美] Ludimedia,1995.

[5] 生化危机(*Resident Evil*),[日] 卡普空,1996.

[6] 马里奥派对(マリオパーティ),[日] Hudson Soft,1998.

[7] 塞尔达传说：梅祖拉的假面（ゼルダの伝説 ムジュラの仮面），［日］任天堂，2000.

[8] 太鼓达人（太鼓の達人），［日］南梦宫，2001.

[9] 使命召唤（*Call of Duty*），［美］Infinity Ward，2003.

[10] 地下城与勇士（*Dungeon & Fighter*），［韩］Neople，2005.

[11] 战神（*God of War*），［日］索尼互动娱乐，2005.

[12] 愤怒的小鸟（*Angry Birds*），［芬兰］Rovio，2009.

[13] 胧村正：妖刀传（*Oboro Muramasa: The Demon Blade*），［日］Vanillaware，2009.

[14] 舞力全开（*Just Dance*），［法］育碧，2009.

[15] 英雄联盟（*League of Legends*），［美］拳头游戏，2009.

[16] 但丁的地狱（*Dante's Inferno*），［美］Visceral Games，2010.

[17] 地铁 2033（*Metro 2033*），［乌克兰］4a-games，2010.

[18] 黑暗之魂（*Dark Souls*，ダークソウル），［日］From Software，2011.

[19] 古树旋律，［中］雷亚游戏，2013.

[20] 生化奇兵：无限（*BioShock Infinite*），［美］Irrational Games，2013.

[21] 刺客信条：大革命（*Assassin's Creed Unity*），［法］育碧，2014.

[22] 幽灵行动：荒野（*Tom Clancy's Ghost Recon: Wildlands*），［美］育碧，2015.

[23] 艾希，［中］幻刃网络，2016.

[24] 黎明杀机（*Dead by Daylight*），［加］Behavior Interactive，2016.

[25] 量子破碎（*Quantum Break*），［芬］Remedy，2016.

［26］盐与避难所（*Salt and Sanctuary*），［美］Ska Studios，2016.

［27］绝地求生（*PlayerUnknown's Battlegrounds*），［韩］KRAFTON, Inc.，2017.

［28］荒野大镖客2（*Red Dead Redemption 2*），［美］Rockstar Games，2018.

［29］控制（*Control*），［芬］Remedy，2019.

［30］星球大战绝地：陨落的武士团（*Star Wars Jedi: Fallen Order*），［美］Respawn，2019.

［31］哈迪斯（*Hades*），［美］Supergiant Games，2020.

六、其他

［1］万智牌（*Magic The Gathering*），［美］威世智，1993.

［2］炉石传说：魔兽英雄传（*HearthStone: Heroes of Warcraft*），［美］暴雪娱乐，2014.

［3］游戏王：决斗链接（*Yu-Gi-Oh! Duel Links*），［日］科乐美，2016.

后　记

　　本书的写作历时三年,得到了上海大学创意写作学科带头人葛红兵教授的鼓励和理论指导,同时还在案例、机制与玩法、多媒体叙事、用研与本地化、音频与美术设计等方面得到许多优秀同行与同事的支持,他们是叶栩成、谢琪琪、喻子晨、王长江、李天欣、何帆、王小涵、梁昳珉。在此一并表示感谢。

2025 年 7 月 5 日